Oetinger

Taurus. Die Erben der Macht ist der erste Band der spannenden Sternen-Saga.
Der zweite Band *Orion. Die Jäger des Schicksals* erscheint voraussichtlich im Frühjahr 2019.

Michael Templar lebt mit seiner Familie in Nordengland. Er hat klassische Altertumswissenschaften studiert und ist ein begeisterter Hobby-Astronom und -Historiker – beste Voraussetzungen, um die Sternen-Saga zu schreiben. Nur wie man in die Zukunft schaut, hat er noch nicht herausgefunden.

Michael Templar

TAURUS

DIE ERBEN DER MACHT

Aus dem Englischen von
Nadine Mannchen

Verlag Friedrich Oetinger · Hamburg

MIX
Papier aus verantwortungsvollen Quellen
FSC® C014496
FSC
www.fsc.org

Aus dem Englischen von Nadine Mannchen
Umschlaggestaltung von Alexander Kopainski unter
Verwendung eines Bildes von Shutterstock Standard
Typografie & Satz: Torsten Hartmann, Hamburg
Druck und Bindung: GGP Media GmbH,
Karl-Marx-Straße 24, 07381 Pößneck, Deutschland
Printed 2018 II
ISBN 978-3-7891-0949-2

www.oetinger.de

Wenn Wesen mit dem Antlitz von Tieren
Höhnisch grinsend die Finsternis durchbrechen
Und vom Firmament Taurus blutrot brennt,
Ist das Ende aller Tage gekommen.
Bald schon wird Fatum uns alle in Staub verwandeln.

- *NOSTRADAMUS 1557*

KAPITEL I

TAURUS

Der Stier der Macht, der in uralten Tagen die Frühjahrs-Tagundnachtgleiche kennzeichnete. Große Veränderungen stehen bevor.

Natalie Hardaker schob die Brille mit dem breiten Rand auf ihrer Nase ein Stückchen nach oben und knöpfte sich die Strickjacke zu. Eine abendliche Brise war aufgekommen. Sie beobachtete die Silhouette ihres Großvaters, der auf dem Deck der Fähre auf und ab tigerte. Stumm las er auf einem Tablet, das er in der Hand hielt. Mit der anderen zwirbelte er gedankenverloren seinen Gehstock. Natalie fand, dass der Smoking an seiner gebeugten, schlaksigen Figur schlecht saß. An den Rändern verschwamm er geradezu mit den öligen Strömungen der Themse.

»Wenn du jetzt noch nicht vorbereitet bist, ist es sowieso zu spät«, rief Natalie ihm zu und hob tadelnd den Finger. Genau das sagte ihr Großvater nämlich immer zu ihr, wenn er sie spätnachts noch dabei ertappte, wie sie für eine Prüfung an der nächsten neuen Schule lernte.

Laut pochte sein Gehstock aufs Deck. Er blieb stehen und sah sie an. Nur das Weiß seines Kragens sorgte dafür, dass er vor dem schwarzen Hintergrund der East-End-Betonsilos und -Schiffswerften nicht unterging. Er wirkte viel mehr wie ein Schatten als wie ein Mann, der sein ganzes Leben der Wissenschaft gewidmet hatte.

Ein Leben, das ihn zielgerichtet an eben diesen Abend geführt hatte, wie Natalie wusste.

»Keine Ahnung, wer dir das erzählt hat, aber er hatte keinen blassen Schimmer, wovon er redet«, erwiderte Natalies Großvater. »Ein bisschen Vorbereitung auf den letzten Drücker hat noch keinem geschadet.«

Natalie lachte. »Na ja, besser, du beeilst dich. Wir sind fast da.« Nicht weit vor ihnen kam der lange Streifen des Greenwich Piers in Sichtweite, an dem die Lichter vieler Boote funkelten. Natalie bekam Gänsehaut. Sie war schon oft in London gewesen, doch noch nie hatte sie dabei die Möglichkeit gehabt, das berühmte Observatorium von Greenwich von innen zu sehen. Jahrhundertelang war Greenwich der Dreh- und Angelpunkt für Wissenschaft und Astronomie gewesen – Natalies zwei große Leidenschaften.

»Stimmt«, sagte Natalies Großvater, wandte sich wieder seinem Tablet zu und schritt weiter auf und ab. Das dumpfe Pochen seiner Absätze wurde alle zwei Schritte vom Klopfen seines Stocks unterbrochen: *tapp, tapp, klonk, tapp, tapp, klonk.*

Ihr Großvater hatte versucht, es vor ihr zu verbergen, aber Natalie merkte ihm deutlich an, wie nervös ihn der Vortrag machte, den er gleich vor der Royal Society halten würde – einer Gruppe der genialsten Wissenschaftler aus der ganzen Welt. Seit Natalie und ihr Großvater vor ein paar Wochen ihr Zuhause in Paris verlassen hatten und hierhergeflogen waren, hatten die Vorbereitungen für den Vortrag jeden seiner wachen Augenblicke in Anspruch genommen. Komisch war nur, dass er sich geweigert hatte, Natalie irgendetwas darüber zu erzählen. Ich will, dass es eine Überraschung ist, hatte er nur gesagt und sich ein gezwungenes Lächeln abgerungen, nachdem sie nicht aufgehört hatte, ihn immer wieder zu löchern.

Bisher hatte er seine Arbeit noch nie vor Natalie geheim gehalten. Außerdem hatte sie den Eindruck, dass er niedergeschlagen war. Das sah dem sonst so ausgelassenen Professor Hardaker gar nicht ähnlich. Noch dazu wurde sie das merkwürdige Gefühl nicht los, dass seine Niedergeschlagenheit etwas mit *ihr* zu tun hatte.

»Alles in Ordnung?«, fragte sie ihn schließlich, nachdem er ein paar weitere Runden auf dem Deck gedreht hatte.

Er schaute zu ihr auf. »Ja, Liebes, das sind nur die Nerven.« Da war es wieder, das seltsame Zögern in seiner Stimme. Die Art, wie sein Blick eine Sekunde zu lange auf ihr ruhte.

»Sonst bist du wegen einem Vortrag nie so nervös«, stellte Natalie fest.

»Um den Vortrag mache ich mir keine Sorgen.« Er machte eine Pause. »Mehr über das Danach.«

»Worüber sollte man sich beim Thema Astronomiegeschichte schon streiten? Das ist doch alles längst, na ja, *Geschichte*.«

Ihr Großvater seufzte und wandte den Blick ab. »Ach, wenn du da nur recht hättest.«

Bevor sie nachhaken konnte, was das heißen sollte, löste sich ein Mädchen mit zurückgekämmten blonden Haaren aus einer Gruppe Teenager, die es sich auf einigen der roten Plastiksitze der Fähre gemütlich gemacht hatte. Sie kaute so kräftig auf ihrem Kaugummi herum, dass sie einen Generator hätte antreiben können. Bevor sie sich vor Natalies Großvater stellte, warf sie ihren Freunden noch ein Grinsen zu. »Darf ich ein Selfie mit Ihnen machen, Professor Hardaker?«

Natalies Großvater war nicht nur in der akademischen Welt eine Berühmtheit, auch dem Fernsehpublikum war er ein Begriff. Und das überall – in seiner ursprünglichen Heimat Amerika, in Europa, Afrika und selbst im Mittleren Osten. Seine TV-Show *Professor Hardakers Geheimnisse der Archäologie* war fast zwei Jahrzehnte lang ausgestrahlt worden.

»Er ist gerade beschäftigt«, sagte Natalie abweisend.

Das Mädchen schnitt eine Grimasse. »Und wer bist du? Sein Bodyguard? Und außerdem, habt ihr Amerikaner das Selfie nicht quasi erfunden?«

Natalie klang vielleicht, als stamme sie aus den USA, doch das stimmte nicht. Nicht wirklich. Seit sie denken konnte, war Natalie ihrem Großvater durch die ganze Welt gefolgt, als Passagier auf seiner akademischen Reise. Von Stadt zu Stadt waren sie gezogen, von Universität zu Ausgrabungsstätte zu Speziallabor. Natalie hatte internationale Schulen besucht oder war privat unterrichtet worden. Zuletzt waren sie in Griechenland, Ägypten und Frankreich zu Hause gewesen, von wo aus sie jeweils zusätzlich Abstecher an andere Orte unternommen hatten. Manchmal störte es Natalie – immer wieder aufzubrechen, gerade wenn sie sich irgendwo eingelebt hatte, immer wieder neu gewonnenen Freunden Lebewohl zu sagen. Doch die Vorteile schienen die Nachteile am Ende zu überwiegen. Welcher Teenager konnte schon von sich behaupten, auf sechs Kontinenten gelebt zu haben, fünf Sprachen zu sprechen und Freunde in Griechenland, Mexiko, Ägypten und auf der ganzen Welt zu haben?

Aber sie hatte keine Lust, dem Mädchen ihre Lebensgeschichte zu erklären. »Von mir aus«, sagte sie stattdessen. »Gib mir dein Handy. Ich kann das Foto machen.«

Die Blonde grinste. »Cool. Dann bist du ein lebendiger Selfiestick!« Sie warf Natalie das Smartphone zu.

»Man könnte es fast Fotograf nennen«, sagte Natalie und machte ein paar Schnappschüsse von dem Mädchen, das den Arm um Professor Hardaker legte, während der geduldig lächelte. Lachend hüpfte das Mädchen zurück zu ihren Freunden und zeigte die Bilder herum.

»Danke, dass du das übernommen hast«, sagte Natalies Großvater mit einem anerkennenden Nicken.

Natalie runzelte die Stirn. »Du weißt schon, dass ich nicht dein Leibwächter *und* deine Forschungsassistentin sein kann. Ich finde, dafür wäre zumindest eine Gehaltserhöhung fällig.«

»Soll das etwa heißen, archäologische Entdeckungen an vorderster Front mitzuerleben, ist nicht Bezahlung genug?«, konterte ihr Großvater. »*Weisheit ist Reichtum*, hat man dir das noch nie gesagt?«

Natalie machte ihr *Netter-Versuch*-Gesicht. »Suahelisches Sprichwort, arabischer Herkunft.« Natalie versuchte, die Phrase auf Arabisch auszusprechen. Doch seit sie Ägypten vor einem Jahr verlassen hatten, um nach Frankreich zu ziehen, waren ihre Sprachkünste etwas eingerostet. Dieses Spiel spielten sie und ihr Großvater gerne. Ständig versuchten sie, historische Sprichwörter und Zitate in alltäglichen Unterhaltungen zu verstecken, und der andere musste sie finden. In ihrem Notizbuch hielt Natalie den Punktestand fest. Einmal hatte ihr Großvater bei einer Talkshow der BBC einen ganzen Haufen klassischer Redewendungen und berühmter Zitate ins Interview eingeschmuggelt. Als Natalie sich die Sendung im Wohnzimmer ihres Pariser Appartements angesehen hatte, war ihr vor Lachen fast die Luft weggeblieben. Es war, als hätte ihr Großvater direkt mit ihr gesprochen, als hätten sie einen ganz besonderen privaten Augenblick miteinander geteilt, obwohl sie von einer Glasscheibe und Hunderten von Kilometern getrennt waren.

Professor Hardaker nickte. »Gut. Sehr gut. Natürlich ist *wahre Weisheit, zu wissen, dass man nichts weiß*.«

Natalie runzelte die Stirn. »Das ist nicht mal schwer: Sokrates.«

Ihr Großvater seufzte. »Ich finde es zunehmend schwieriger, dich noch herauszufordern, Mädchen.«

Der Motor des Schiffs begann laut zu tuckern, während es wendete und den Landungssteg ansteuerte. Eine Gangway aus Metall wurde hinuntergelassen, und die wenigen Passagiere machten sich an den Ausstieg.

Schwerfällig stützte sich ihr Großvater auf seinen Stock. »Tja, es führt wohl kein Weg daran vorbei. Nach dir!«

Gemeinsam gingen sie den wackligen Steg hinunter und schlängelten sich anschließend durch kleine Straßen auf die prächtige, hell erleuchtete Fassade des National Maritime Museum zu, des weltweit größten Museums für Seefahrtgeschichte. Zu dieser Uhrzeit waren hier nur noch wenige Menschen unterwegs. Natalie und ihr Großvater betraten den Greenwich Park und spazierten unter einer hohen, dunklen Baumreihe den ansteigenden Pfad hinauf. Vor sich sahen sie schon die ersten Gäste, die in Grüppchen verteilt herumstanden. Aufgeregtes Stimmengewirr übertönte das Rascheln der Zweige.

Auf einer Anhöhe konnte Natalie von ihrem Platz aus die geriffelte Kuppel ausmachen, die das Great Equatorial Telescope – oder auch G.E.T. – beherbergte. Man hatte es im neunzehnten Jahrhundert erbaut, trotzdem war es noch immer eins der größten Linsenteleskope der Welt.

»Wow«, stieß Natalie aus und machte ein Foto. »Meinst du, wir dürfen es ausprobieren?«

Ihr Großvater schien sie nicht zu hören.

Na ja, vielleicht brauche ich gar kein Teleskop. Hier draußen ist der Himmel sowieso viel klarer. Natalie schaute nach oben. Hier gab es so viel weniger störendes Licht, dass sie zumindest einen Teil des langsam dunkel werdenden Himmels sehen und die Sternbilder aus ihrem handgezeichneten *Sternenbuch* erkennen konnte: Die Namen waren in ihrem Gedächtnis verankert wie die Buchstaben des Alphabets. Taurus, der Stier, wirkte für diese Jahreszeit besonders hell. Natalie fühlte ein Prickeln im Nacken. Der riesige Stern darin, Aldebaran, glühte in einem ungewöhnlichen Blutrot.

Sie blinzelte und überlegte, ob sie den Stern falsch zugeordnet hatte. *Nein, das ist auf jeden Fall Aldebaran – unter den Sieben Schwestern und über Orion.* Die strahlende Farbe deutete auf eine Supernova hin, doch eigentlich sollte Aldebaran überhaupt nicht explodieren, sondern über Milliarden von Jahren zu einem Nebelfleck verpuffen. *Vielleicht liegt es an irgendeiner Lichtstörung.*

»He, Grandad, warum, glaubst du, hat Aldebaran diese Farbe?«

Er schaute hoch und sah sie dann mit einem verblüfften Stirnrunzeln an. »Sieht für mich aus wie immer.«

Mit einem früheren Harvardprofessor für Astrophysik wollte sie keinen Streit anfangen. *Vielleicht lassen seine Augen langsam nach,* überlegte sie. Ihrer Meinung nach sah der Stern eindeutig rot aus. Kurz überlegte sie, ob sie wohl genug Zeit hätte, ihn sich durch das G.E.T. genauer anzusehen. Vielleicht könnte sie auch einen der Astronomen fragen, ob ihm das Gleiche aufgefallen war – ihr Großvater kannte den Chefastronomen des G.E.T. Andererseits konnte sie genauso gut einfach warten, bis sie wieder zu Hause war. Ihr eigenes Reiseteleskop mit computergesteuertem Gestell spielte zwar nicht ganz in der Liga des G.E.T., aber für ihre Zwecke reichte die Leistung allemal.

Als ihr Blick zurück auf den Weg fiel, bemerkte sie in einem Waldfleck zu ihrer Rechten eine huschende Bewegung. Sie blinzelte. So schnell der Eindruck gekommen war, war er auch schon wieder verschwunden. Doch ein Nachbild hatte sich auf ihre Netzhaut gebrannt: ein Gesicht, oder eine Art Maske. Ein gehörnter Kopf wie von einem Stier, mit einem bestialisch klaffenden Lächeln. Natalies Herz klopfte, aber ihre Angst wurde schnell zu Unmut, weil sie wusste, dass es höchstwahrscheinlich nichts weiter als eine Illusion gewesen war. Und das war schlecht, denn Halluzinationen waren für gewöhnlich ein Anzeichen, dass sich eine ihrer Migränen ankündigte.

Bloß nicht jetzt! Bitte nicht während des Vortrags.

Während der vergangenen Wochen war ihre Migräne schlimmer geworden, und sie fragte sich, ob die Sorgen ihres Großvaters auf sie abfärbten. Natalie überlegte, ob sie ihr Notizbuch aus der Tasche ihrer Strickjacke holen sollte. Ihr Großvater hatte darauf bestanden, dass sie Dauer und Stärke jedes Migräneanfalls notierte, um die Auslöser besser verstehen zu lernen. Sie entschied sich dagegen. Falls er es bemerken sollte, würde es ihn nur zusätzlich beunruhigen. Lieber sollte er seine ganze Aufmerksamkeit auf die Rede konzentrieren.

Mit einem letzten Blick zurück zu den Bäumen – nun leer und verlassen – folgte Natalie ihrem Großvater zu einer Sicherheitsabsperrung, die das rote jakobinische Backsteingebäude der Sternwarte umgab. Private Sicherheitsleute standen neben Angestellten der Royal Society, die mit Klemmbrettern ausgerüstet waren. Eine Frau hakte die Namen von Natalie und ihrem Großvater ab, bevor sie ihnen Schlüsselbänder mit Pässen reichte und beiseitetrat, um sie vorbeizulassen. Natalies Spannung wuchs.

Hinter der Absperrung versammelten sich die geschätzten Gäste der Royal Society. Im Hintergrund ragte das Planetarium aus dem Erdboden – eine merkwürdige, halbkegelförmige und mit Bronze verkleidete Konstruktion. Der eigentliche Vorführraum, in dem Touristen Astronomievorführungen sehen konnten, lag direkt unter der Erde. Natalie ignorierte die verdutzten Blicke, die ihr folgten. Sie war daran gewöhnt, das einzige Kind unter Wissenschaftlern zu sein, auch wenn sie sich nie daran gewöhnen würde, wie eins behandelt zu werden.

Jupp, Dreizehnjährige im Anmarsch. Ihr werdet's überleben.

Natalie sah jemanden winken und erkannte in einer Gruppe Gäste Dr. Johann Schar. Schar war Physiker am CERN, dem ringförmigen Netzwerk unterirdischer Tunnel in der Schweiz, wo sie mit Lichtgeschwindigkeit die Teile von Atomen aufeinanderprallen ließen, um den Big Bang nachzustellen, den großen Urknall, mit dem das Universum begonnen hatte. Schar war ein dicker, fröhlicher Mann, der schon so lange mit Professor Hardaker befreundet war, wie Natalie denken konnte. Während die übrigen Gäste um ihn herum eifrig plauderten, verdrehte er die Augen und tat so, als würde er seinen Champagner in einem Zug leeren. Natalie unterdrückte ein Lachen. Sie wusste, dass Schar viel lieber mit Natalies Großvater in einer Kneipe Darts spielte oder sich mit ihr über Sci-Fi-Serien auf Netflix unterhielt, als mit anderen Akademikern zu reden.

Plötzlich bemerkte Natalie das strahlende Lächeln auf

dem Gesicht ihres Großvaters, allerdings galt es nicht Schar. Eine schmucke, elegante Frau in den Sechzigern mit langen grauen Locken kam in einem hinreißenden roten Kleid auf sie zu. Es war Professor Belinda Estevez, eine Mathematikerin und Informatikerin der Universität von Mexiko City. Natalies Großvater hatte oft voller Anerkennung von Belindas Errungenschaften erzählt, von denen die größte der Nobelpreis für Physik war, den man ihr vor fünf Jahren verliehen hatte. Sie war der einzige Mensch, den ihr Großvater jemals ein Genie genannt hatte, und Natalie hatte keine Zweifel, dass er das ernst meinte. Professor Hardaker küsste Belinda auf die Wangen, dann standen beide eine Weile da und klammerten sich am Arm des jeweils anderen fest. Natalie konnte sich ein Grinsen nicht verkneifen. Abgesehen von ihrem Großvater und vielleicht noch Johann Schar war Belinda der einzige Mensch, der Natalie wirklich auf Augenhöhe behandelte, nicht wie ein Kind, das an seinem Rockzipfel hing. Natalie hatte schon mehrfach die Ferien bei Belinda in Mexiko verbracht. Manchmal war sie sogar bei ihr geblieben, während ihr Großvater irgendwo im Dschungel Mittelamerikas uralte Stätten ausgrub. Belinda war für Natalie das, was einer Großmutter am nächsten kam, und sie hoffte, dass dieser Titel eines Tages vielleicht sogar offiziell werden würde.

»Es ist herrlich, dich zu sehen, Bel«, sagte Professor Hardaker.

»Dich auch, Avery«, erwiderte sie. »Ich muss schon sagen, diesmal lässt du dir wirklich nicht in die Karten schauen.« Dann entdeckte sie Natalie. »Hallo, Liebes, wie geht's dir?« Sie umarmten sich herzlich.

»Gut, danke, Belinda«, antwortete Natalie.

»Fein. Was macht die Migräne?«

»Ach.« Etwas erschrocken linste Natalie zu ihrem Großvater. Für gewöhnlich redete sie nicht gerne über ihre Kopfschmerzen. »Geht so.«

»Das Gehirn ist ein bemerkenswerter Computer. Nur schade, dass es immer wieder kleine Defekte aufweisen kann«, sagte Belinda. »Irgendwann werden wir das von Grund auf verstehen und beherrschen. Und dieser Tag könnte näher sein, als wir denken.« Belinda lächelte. »Du hast auch keine Ahnung, worum es in der großen Rede geht?«

»Er verrät es *niemandem*!«, sagte Natalie. »Na ja, ich glaube, Dr. Schar weiß ein bisschen was. Ich habe gehört, wie Grandad mit ihm telefoniert hat.«

»So, so, dann hast du mich also belauscht?«, meinte Professor Hardaker. »Bei meiner neugierigen Enkelin muss man wirklich auf alles gefasst sein. Ja, Johann hat bei einigen Vorbereitungen geholfen und es geschafft, mir ein paar grundlegende Aspekte des Vortrags zu entlocken. Er kann sehr überzeugend sein.«

Schar hatte sich zu ihnen gesellt und klopfte seinem Freund auf den Rücken. Offensichtlich hatte er zugehört, denn nun sagte er: »Ein höchst ungewöhnliches Thema. Ich muss zugeben, ich finde den Titel sehr dramatisch:

Das Orakulum – eine geheimnisvolle Prophezeiungsmaschine!« Professor Hardaker lächelte verlegen, und Natalie versuchte, seinen Gesichtsausdruck zu deuten. War es ihm vielleicht peinlich? Immerhin klang der Name eher nach einem Hollywoodstreifen als nach einer akademischen Vorlesung. Schar redete weiter. »Andererseits, wer bin ich, einen so angesehenen Akademiker und Fernsehstar zu kritisieren?« Er verneigte sich.

Natalies Großvater schüttelte den Kopf. »Lass das, Johann.«

»Also, ich werde nicht so tun, als wäre ich nicht eifersüchtig, weil du mich nicht in dein Geheimnis eingeweiht hast, Avery«, sagte Belinda und stieß Natalies Großvater mit der Hüfte an.

Unter seinem gestutzten Bart wurde Avery Hardaker rot. »Es tut mir leid, Bel. Ich dachte, du wärst schon beschäftigt genug, weil du Natalie bei ihrem Physikprojekt geholfen hast.«

Natalie hob abwehrend die Hände. »Hey, ich habe sie nur bei einigen Sachen nach ihrer Meinung gefragt. Ich habe nicht geschummelt oder so.«

»Gute Güte, natürlich würdest du das niemals tun!«, sagte Schar mit übertriebenem Stirnrunzeln. »Aber es schadet sicher nicht, eine Nobelpreisträgerin zu haben, die einem Tipps gibt, oder?«

Natalie wollte erneut protestieren, da fiel ihr auf, dass einige der übrigen Gäste bereits die Haupttreppe betraten, die ins Planetarium hinunterführte. Als die Menge sich langsam ausdünnte, entdeckte sie Lord Lionel Thwaites, begleitet von seinem jungen Schützling, Giles Mountford. Giles war so alt wie Natalie, hatte aber irgendeinen uralten Titel wie 14. Graf von Middlesex oder 7. Marquis von Sussex oder etwas in der Art. Der Junge trainierte offenbar gerade seine Boxkünste, denn er versetzte seinem persönlichen Bodyguard Romain einen Schlag in den Magen und versenkte kurz darauf die Faust kräftig in der Taille des Anzugträgers.

Der hat mir gerade noch gefehlt! Als wären meine Kopfschmerzen nicht schon schlimm genug.

Natalie und Giles waren sich seit Jahren immer wieder über den Weg gelaufen. Als Kinder waren sie sogar ein paar Monate lang auf dieselbe Schule gegangen, bevor Giles' Eltern vor Jahren bei einem Helikopterunglück ums Leben gekommen waren. Seitdem verwaltete Thwaites Giles' Besitz als Treuhänder und agierte als sein Vormund. Thwaites war ein enger Freund von Giles' Vater gewesen. Allerdings behandelte er Giles nicht wesentlich anders als einen der vielen Posten im gewaltigen Vermögen der Familie Mountford, um das er sich kümmerte – eine Bürde, der er entkommen konnte, sobald Giles achtzehn wurde und alles erbte. Und soweit es Giles betraf, schien dieses Gefühl auf Gegenseitigkeit zu beruhen. Doch so tragisch die Vergangenheit seiner Familie auch war, konnte Natalie nicht darüber hinwegsehen, wie Giles die Menschen um sich herum behandelte. Als wären sie nichts anderes als widerwärtige Schmeißfliegen. Ihn hier zu sehen, überraschte Natalie. Normalerweise vermied er alles, was mit seinem Vormund zu tun hatte. Thwaites war knochendürr und blickte grundsätzlich ernst und streng drein. Er trug einen klassischen Tweedanzug und hatte das Haar mit Öl straff zurückgekämmt, sodass der spitze Ansatz sichtbar wurde. Seit vielen Jahren schon war er mit Natalies Großvater befreundet. Als privater Kunst- und Reliktesammler war häufig er es, der die Fundstücke diverser Ausgrabungen ihres Großvaters kaufte, bevor er sie einem Museum spendete. Was sie absolut verblüffte, war, dass ihr Großvater seine Zeit tatsächlich gerne mit Thwaites zu verbringen schien. Dabei redete Thwaites meistens über erlesene Weine, die Jagd oder darüber, wie schwierig es war, einen vernünftigen Butler zu finden – nicht gerade Themen, mit denen ihr Grandpa viel anfangen konnte.

Absichtlich hielt Natalie sich dicht hinter ihrem Großvater, in der Hoffnung, Thwaites und Giles auf dem Weg zum Eingang des Planetariums zu entgehen. Vor der Schlange standen zwei weitere Angestellte, die sämtliche Pässe überprüften. Professor Hardaker wurde durchgewunken, doch der Mann, der Natalies Band inspizierte, schüttelte den Kopf. »Tut mir leid, Miss, Sie dürfen nicht rein.«

»Was? Aber ich habe einen Pass.«

»Er hat nur eine Freigabe Stufe zwei«, erklärte der Türsteher. »Für das Planetarium gilt Stufe eins.«

»Grandad?«

Ihr Großvater blinzelte, und als er antwortete, klang

er heiser. »Sie wissen aber schon, dass ich derjenige bin, der den Vortrag heute hält? Natalie ist meine Enkelin. Sie muss dabei sein!« Natalie hörte, wie Thwaites sich direkt hinter ihnen laut räusperte.

Der Türsteher wurde verlegen. »Es tut mir leid, aber man muss Gönner oder Mitglied der Society sein, um eingelassen zu werden. Und so leid es mir tut, Kinder haben zu den Sonderveranstaltungen keinen Zutritt. Ich dachte, Sie wüssten das.«

Professor Hardakers Blick driftete ins Leere. »Nun, wahrscheinlich ist es sogar das Beste.« Er wandte sich zu Natalie, und seine hellblauen Augen glänzten. Was sich in seinem Blick verbarg, konnte sie nicht deuten.

»Natalie, Liebes, könntest du während des Vortrags hier draußen warten? Es ist vielleicht besser so ... wenn ich danach mit dir rede. Ich muss dir so vieles sagen.«

Natalie spürte ein kaltes Schaudern auf der Haut, und den Bruchteil einer Sekunde lang sah sie vor dem inneren Auge ihres dröhnenden Schädels den lodernd roten Stern von Taurus. *Hier stimmt was nicht.* Sie wollte ihren Großvater zur Seite nehmen, den Vortrag absagen, begreifen, was vor sich ging. Doch bevor sie den Mund öffnen konnte, erhob sich aus der ungeduldigen Menge hinter ihnen eine nasale Stimme.

»Können wir vielleicht einen Gang zulegen?«, meldete Thwaites sich zu Wort. »Junge Dame, warum gehst du nicht zur Seite? Giles kann dir Gesellschaft leisten, da er vermutlich ebenso wenig eingelassen wird.«

Giles zuckte mit den Schultern. »Von mir aus. Aber warum hast du mich nicht einfach gleich zu Hause gelassen?«

Natalie wusste nicht, was sie tun sollte. Über das Gesicht ihres Großvaters huschten verschiedene Gefühlsregungen. Schließlich nickte er nervös. »Ja, Giles wird dir Gesellschaft leisten, Nat. Bleibt dicht bei Romain. Nachher werde ich dir alles erklären.« Sein Blick glitt durch sie hindurch, als er sie aus der Schlange schob. »Die vergangenen Wochen haben mir sämtliche Kräfte geraubt. Ich hätte es dir längst sagen sollen. So war das alles nicht gedacht. Aber ich werde … Vertrau mir einfach, alles wird sich klären. Jetzt muss ich erst einmal den Vortrag in Angriff nehmen. Die Welt muss es erfahren.«

Natalie schüttelte langsam den Kopf. »Grandad, wovon redest du? Was muss die Welt erfahren?«

Professor Hardaker beugte sich zu ihr und drückte sie fest an sich. Dabei flüsterte er in ihr Ohr: »Natalie … egal, was heute Abend passiert, ich will, dass du weißt … ich hab dich lieb.«

Nachdem er sie losgelassen hatte und gefolgt von Thwaites die Treppe hinunter verschwunden war, blieb Natalie verwirrt zurück. Seine Worte waren an sich schon seltsam genug gewesen, aber noch beunruhigender war die Art, *wie* er sie gesagt hatte.

Es hatte verdächtig nach einem Lebewohl geklungen.

KAPITEL 2

ARA

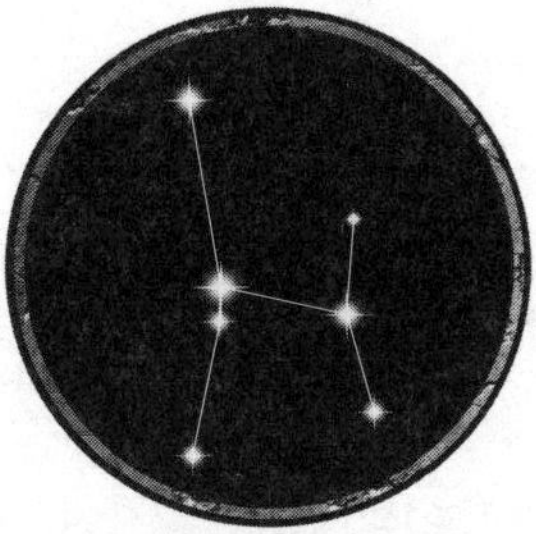

Der Altar, über dem die Götter
den Krieg erklärten.
Konflikte bahnen sich an.

Natalie sah zu, wie die letzten Gäste im Planetarium verschwanden. Die Worte ihres Großvaters hallten in ihrem Kopf nach und machten sie ganz unruhig. In seinem Blick hatte etwas gelegen, das beinahe so aussah, als … als hätte er *Angst*. Außerdem hatte ihre Migräne jetzt richtig zugeschlagen. Ihr ganzer Schädel pochte. Am besten, sie suchte sich irgendwo ein ruhiges Plätzchen.

»Tja, dann haben wir jetzt wohl das Vergnügen miteinander«, ertönte eine Stimme.

Sie drehte sich um und sah Giles. Er hockte auf dem Geländer, das das leicht kegelförmige Dach des Vorführungsraums umgab. Er war groß. Der Blick seiner dunklen Augen ruhte träge auf Natalie. Sein langer schwarzer Pony ragte unter einer Beanie-Mütze hervor. Wahrscheinlich versuchte er, als Skater durchzugehen. Sein Bodyguard stand wie aus Stein gemeißelt gut einen Meter neben ihm, die Hände hinter dem Rücken. Gesicht und Hals des Mannes waren mit Granatsplitternarben übersät. Solange Natalie Giles kannte, hatte Romain für ihn gearbeitet. Und wann immer sie sich getroffen hatten, hatte Giles damit angegeben, dass Romain St Pierre früher einmal Kommandeur bei der französischen Fremdenlegion gewesen war – bevor er an die Spitze der französischen Militärpolizei aufgestiegen war. Gerne prahlte er auch damit, wie viele feindliche Soldaten und »Verbrecher« Romain schon getötet hatte. Natalie hatte ihre Zweifel, was davon man glauben konnte. In jedem Fall hinterließ es einen bitteren Geschmack in ihrem Mund. Sie konnte sich nicht daran erinnern, Giles' Leibwächter auch nur ein einziges Mal lächeln gesehen zu haben.

»Das sehe ich anders.«

»Du solltest dich glücklich schätzen. Ein Haufen uralter Profs, die über Wissenschaft schwafeln – lieber schaue ich Farbe beim Trocknen zu.«

»Deine Meinung«, entgegnete Natalie. »Ich finde das rein zufällig spannend.«

Giles lachte laut. »Ich habe einmal versucht, mir die Sendung von deinem Grandad anzuschauen. Bin dabei eingepennt und drei Tage lang nicht mehr aufgewacht.«

»Sehr witzig.« Ihr Kopf dröhnte. »Warum bist du dann überhaupt hier? Musst du nicht irgendwelche Computerspiele zocken? Oder unschuldige Tiere jagen?«

Giles tat so, als würde er mit einem Gewehr einen Fasan vom Himmel holen. »Schön wär's. Ich glaube, Lionel hofft, diese Nerds könnten mich irgendwie inspirieren oder so. Als ob ich gerne so wäre! Nichts für ungut.«

»Dann bin ich also ein Nerd?«

»Lass mal überlegen … Ist Wasser nass?«

Natalie schüttelte nur den Kopf. Sie hatte keine Lust, sich zu streiten. Stille breitete sich aus.

Nach einer oder zwei Minuten sah sie auf die Uhr. Der Vortrag würde bald beginnen.

»Kannst du nicht stillhalten?«, fragte Giles.

Erst jetzt merkte Natalie, dass sie ununterbrochen mit dem Fuß gewippt hatte, und hörte auf. Sie musste unbedingt verstehen, was ihr Großvater gemeint hatte. All die komischen Dinge, die er gesagt hatte. Wenn sie doch nur den Vortrag hören könnte!

Natalie trat an das Geländer und lehnte sich darüber. Von hier aus konnte man auf den abfallenden gewundenen Gehweg blicken, der das Planetarium umgab. Der beleuchtete Pfad führte unter anderem zu einem Notausgang im hinteren Teil des Gebäudes. Bewacht wurde er lediglich von einem Angestellten des Observatoriums. *Ob ich da vielleicht reinkommen könnte?* Natalie fand die Vorstellung schrecklich, von dem Vortrag ausgeschlossen zu sein, während Thwaites dabei war. *Er* war nicht mal Mitglied der Royal Society – nur jemand mit großen Taschen und guten Beziehungen. *Als würde ausgerechnet ich die Rede stören oder so.* Sie musste diesen Türsteher irgendwie ablenken und dann den Notausgang öffnen. Langsam drehte sie sich zu Giles um.

»Giles. Wie wäre es, wenn du mir dabei hilfst, mich in den Vortrag zu schleichen? Das wird sicher lustig.«

Giles kratzte sich am Kinn. »Ähm, wie wäre es …? Nein, danke, ich passe.«

Natalie biss die Zähne zusammen. »Hast du Schiss, Thwaites könnte wütend werden?«

Giles schaute sie finster an. »Als ob!« Er blickte Richtung Tür und überlegte. »Romain könnte dich locker da reinbringen«, sagte er schließlich und sah sie frech an. »Aber nur unter einer Bedingung: Ich komme mit.«

»Wozu?«, fragte Natalie. »Astronomie ist dir doch völlig egal.«

»Dafür stehe ich auf coole geheime Missionen. Außerdem würde Lionel ausrasten. Das ist immer ein Plus.«

Natalie dachte nach. »Okay, einverstanden.« Sie sah zum Eingang. »Also, wie lautet der Plan? Romain wird den Sicherheitstypen da ja kaum erwürgen, oder?«

Giles tippte sich an die Wange. »Würde er, wenn ich ihn drum bitte. Aber ist wahrscheinlich nicht so ganz das Richtige. Romain, was meinst du?«

Der Bodyguard sah Giles an, trat dann zu ihnen und warf einen Blick zum Notausgang. Dabei veränderte sich seine Miene keine Sekunde.

Kann er überhaupt blinzeln?

Seine Stimme war rau, und er sprach mit schwerem französischem Akzent. »Der Notausgang war Teil der Sicherheitseinweisung. Man könnte ihn mit minimalem Aufwand manipulieren.«

»Siehst du?«, sagte Giles.

Natalie ließ es sich durch den Kopf gehen. Eigentlich traute sie Giles nicht, und Romain genauso wenig, aber sie *musste* in diesen Vortrag. Sie musste herausfinden, was ihr Großvater verborgen hatte, was er ihr verschwiegen hatte. Außerdem wuchs ein ungutes Gefühl in ihrer Brust. Eine Ahnung, dass etwas Schlimmes, vielleicht sogar Katastrophales, sich anbahnte. »Okay. Aber Erwürgen scheidet definitiv aus.«

Giles grinste und ließ seine Fingergelenke knacken. »Na, dann los, Romain. Zeit, dir dein Gehalt zu verdienen.«

Natalie folgte ihnen zum Notausgang. Sie sah zu, wie

Romain zu dem Museumswärter schlenderte und ihm etwas zumurmelte. Dann hielt er ihm irgendeine Art Ausweis vor die Nase. Der Angestellte – kaum älter als ein Teenager – wirkte verdutzt, nickte und trollte sich. Natalie und Giles eilten hinüber. »Was haben Sie zu ihm gesagt?«, wollte Natalie wissen.

»Dass ich Lord Thwaites' Bodyguard bin und am anderen Ende der Terrasse ein verdächtiges Päckchen gesichtet habe«, antwortete Romain.

Zur Hälfte stimmt das ja sogar, dachte Natalie.

Die Türen des Notausgangs waren direkt in die Wände eingelassen, komplett ohne Griffe. Romain ging kurz in die Hocke und holte etwas aus seiner Socke. Es war eine Art Schweizer Taschenmesser mit mehreren Aufsätzen.

»*Das* wird gut«, sagte Giles zu Natalie.

Romain klappte einen der Messeraufsätze aus und ließ ihn in die Lücke zwischen den Türen gleiten. Nachdem er einige Sekunden damit herumhantiert hatte, hörte Natalie ein dumpfes Klicken, und Romain öffnete ihnen. Hinter dem Eingang lag tiefe Finsternis.

»Romain kann überall einbrechen«, prahlte Giles. Doch obwohl es seine Idee gewesen war, mitzukommen, wirkte er mit einem Mal unsicher.

Natalie holte ihr Smartphone aus der Tasche und schaltete die Taschenlampe ein. »Jetzt kommt schon! Der Vortrag hat wahrscheinlich schon angefangen.«

Natalie führte Giles und Romain in einen nackten Betonflur. Es dauerte nicht lange, dann erreichten sie eine weitere Tür. Diesmal gab es einen Knauf. Mit angehaltenem Atem drehte Natalie ihn langsam. Sie fanden sich in der verlassenen Empfangshalle vor dem Zuschauerraum des Planetariums wieder. Auf Tischen standen noch vereinzelt leere Sektgläser herum, doch die Gäste waren bereits alle im Saal. Ein Kellner kam mit einem Tablett vorbei, und schnell gingen Natalie, Giles und Romain in Deckung. Nachdem die Luft wieder rein war, liefen sie auf Zehenspitzen zum Bühneneingang des Saals, der durch einem dunklen Vorhang abgetrennt war.

»Romain, du stehst Schmiere«, wies Giles ihn an.

Natalie schob den Vorhang beiseite.

Das Auditorium war in metallisch blaues Licht getaucht. Das Publikum blickte gebannt auf die kleine Bühne, die sich direkt unter dem Kuppeldach befand. Auf dem Podium stand Johann Schar und hielt eine Ansprache.

»Ich erinnere mich noch daran, als Avery und ich als junge Doktoranden gemeinsam an einer Physikabhandlung für Harvard arbeiteten und uns eine Wohnung teilten, die so groß war wie eine Toilettenkabine – und ebenso sauber. Das war vor seinem Geschichts-Spleen und bevor er so viel im Sand gebuddelt hat. Wer hätte gedacht, dass Archäoastronomie so viele Menschen begeistern kann? Ich muss zugeben, ich habe ihn anfangs für verrückt gehalten. Doch wie sich zeigt, war es gar keine so schlechte Entscheidung, diesen Karriereweg einzuschlagen!« Die Menge lachte. »Und nun ist es mir ein Vergnügen, unseren geschätzten Akademikerkollegen, beliebten

Fernsehstar, Physiker, Soziologen, Historiker, Archäologen – den multitalentierten Professor Avery Hardaker zu begrüßen!«

Die Menge spendete begeistert Beifall.

Ein Glück, ich habe noch nichts verpasst.

Natalie fand, dass ihr Großvater ein wenig gebückt aussah, als er sich zum Podium aufmachte. Er schüttelte Schars Hand und legte sein Tablet auf das Rednerpult, an dem er sich links und rechts festklammerte, als würde er sonst den Halt verlieren.

»Ladys und Gentlemen«, begann er, »ich danke Ihnen für Ihr Kommen. Der heutige Abend mag nicht ganz Ihren Erwartungen entsprechen, denn meine Rede trägt den Titel *Das Orakulum – eine geheimnisvolle Prophezeiungsmaschine*.« Er hielt inne, und im Auditorium trat Stille ein. »Im Laufe der Jahre habe ich schon oft mit dem Gedanken gespielt, diesen Vortrag zu halten. Aber zuerst musste ich alles nur irgend Mögliche herausfinden und alle Quellen prüfen, um die Behauptung, die ich gleich aufstellen werde, zu untermauern. Nun endlich habe ich gefunden, wonach ich gesucht habe, und die Beweise schließen jeden Zweifel aus. Ich darf nicht länger warten. Alle, die Sie heute hier sind – die herausragendsten Geister unserer Gesellschaft –, sind der Schlüssel, um die Zukunft der Menschheit zu sichern.« Natalie lauschte wie gebannt, ihr Herz pochte. Worauf wollte er hinaus? Ging es ihm gut?

Ihr Großvater musste auf seinem Tablet etwas aktiviert haben, denn das Display an der Decke wurde hell und zeigte eine Abbildung des Nachthimmels, an dem die Sterne funkelten. »Seit wir uns von den ersten Menschenaffen weiterentwickelt haben, schon bevor wir wussten, was Sterne sind, faszinierten uns ihre Muster und ihre Ordnung. Wir gaben ihnen Namen, und noch heute berufen wir uns auf die frühen Astronomen: das Volk der Dogon aus Maui, die Perser, die während der Blütezeit des Islam Sternenkarten angefertigt haben, die Wissenschaftler der Han-Dynastie im Alten China, die Sterngucker aus Nubien, die komplexen Errechnungen der Ägypter, Griechen und Römer.«

Natalie merkte, wie sich auf ihren Lippen ein Lächeln ausbreitete und ihre Nervosität verflog. Ihrem Großvater ging es gut. Er redete genau wie sonst im Fernsehen: klar und voller Leidenschaft.

»Ich hatte das Privileg, viele wichtige Stätten dieser uralten Völker besuchen zu können und dabei viele wundervolle Kollegen und Mitarbeiter kennenzulernen.«

Das Publikum hing an seinen Lippen.

»Die Astronomie ist die allgegenwärtigste aller Wissenschaften, denn überall dort, wo man die Sterne sieht, haben die Menschen versucht, ihre Bedeutung zu verstehen. Bis in die Gegenwart gibt es viele Völker, die sie wie Götter verehren. Seit Anbeginn der Menschheit blicken wir in den Nachthimmel hinauf und suchen dort nach Antworten für unser Leben unten auf der Erde. Heute Abend stehe ich vor Ihnen, um Ihnen mitzuteilen, dass diese Antworten dort draußen tatsächlich existieren.«

Professor Hardaker machte eine Pause. In der Stille, die einkehrte, sah Natalie, wie einige Besucher im Publikum verunsicherte Blicke tauschten.

Was meint er damit: »diese Antworten«?

»Seit dem Zeitalter der Aufklärung hat die Astronomie ein eher schwieriges Verhältnis zu ihrer Verwandten, der Astrologie. Für viele ist die eine eine Wissenschaft, die andere reine Bauernfängerei. Und viele Jahre lang habe ich diese Auffassung geteilt. Doch nun muss ich zugeben: Ich habe mich geirrt.«

Unter den Zuschauern wurde Gemurmel laut.

»Heute Abend kann ich nicht anders, als zu verkünden«, fuhr Hardaker fort, »dass die Sterne in der Tat Antworten bereithalten. Dass wir in ihren Konstellationen und Bewegungen die Zukunft vorhersehen können.«

Natalie lächelte nervös und wartete auf die Pointe.

Thwaites war es, der in der ersten Reihe recht laut sagte: »Immer langsam, Avery, alter Knabe!«

Sie war selten einer Meinung mit dem aufgeblasenen Schnösel, doch in diesem Moment verstand sie genau, was er meinte. *Grandad ist kurz davor, sich zum Affen zu machen.* Sterne waren nichts als Bälle aus Gas und Materie in den Weiten des Weltalls. Sie folgten den Gesetzen der Physik. *Jedes Baby weiß das.*

»Ich merke Ihnen an, dass meine Worte Ihnen Schwierigkeiten bereiten«, sagte der Professor, »aber erlauben Sie mir, meine Rede abzuschließen. Vor fünfzehn Jahren, während einer archäologischen Ausgrabung an der Universität von Paris, wo ich damals arbeitete, fand man ein Tagebuch. Es gehörte Caterina de Medici, der Königin Frankreichs – einer der wichtigsten Personen des sechzehnten Jahrhunderts. Ich habe das Papier radiokarbondatieren und den Inhalt von drei unabhängigen Wissenschaftlern der Grafologie, Linguistik und Historiografie begutachten lassen. Es besteht kein Zweifel daran, dass es echt ist.«

Natalie fiel der manische Blick in den Augen ihres Großvaters auf. In den Reihen der Royal Society wurde immer mehr getuschelt, und er redete schneller.

»Dein Grandpa hat sie nicht mehr alle«, flüsterte Giles.

»Halt die Klappe!«, zischte Natalie. Aber insgeheim hatte sie Angst, er könnte recht haben. Wurde ihr Großvater dement? Hatte sie die Anzeichen bisher übersehen?

»Das Tagebuch beinhaltet mehrere verschollene Prophezeiungen von Nostradamus«, erzählte Professor Hardaker.

Natalie ächzte innerlich. Das wurde ja immer schlimmer! *Jeder* wusste, dass Michel de Nostradame, der »Seher« aus dem sechzehnten Jahrhundert, den man als Nostradamus kannte, nur ein Hochstapler gewesen war. Seinem Werk schenkten lediglich Verschwörungstheoretiker und Bekloppte Beachtung.

»Tatsächlich trafen diese Prophezeiungen in allen Details ein. Und glauben Sie mir, sie *sind* detailliert. Nicht nur das, Caterina schreibt ausführlich von *une machine prophétique*, einer ›Maschine der Prophezeiungen‹, mithilfe derer Nostradamus seine Vorhersagen traf.«

Mehrere Personen im Publikum schüttelten die Köpfe. Belinda Estevez war schon halb aufgestanden. Wahrscheinlich überlegte sie, ob sie Natalies Großvater von der Bühne zerren sollte, bevor er seine Karriere vollständig ruinierte. Natalie ertrug das alles nicht. Sie wünschte, sie wäre draußen geblieben.

Professor Hardaker hob die Hände, um seine Zuhörer zu beschwichtigen. »Bitte, beruhigen Sie sich. Gestehen Sie mir zumindest zu, auszureden. Mir ist bewusst, dass diese Dinge … schwer zu verdauen sind. Aber wenn ich mir durch die Jahrzehnte meiner Forschung eins verdient habe, dann doch sicherlich Ihren Respekt.«

Respekt, den du im Eiltempo kaputt machst, dachte Natalie.

»Im Deckel von Caterinas Tagebuch gibt es eine Inschrift, eine Botschaft, verfasst mit fünfhundert Jahre alter Tinte. Diese Botschaft, meine Damen und Herren, ist an *mich* gerichtet. An Professor Avery Hardaker. Ich glaube, man hat sie dort vor fünfhundert Jahren platziert, damit ich sie finde. Um mich auf einen ganz bestimmten Weg zu schicken. Sinn und Zweck der Nachricht war es, dass ich diese Maschine der Prophezeiungen, ein gewisses Orakulum, finde. Damit ich die grausige Zukunft verhindere, die uns allen droht. Ladys und Gentlemen, ich *habe* es gefunden.«

Wie aufs Stichwort brach die Menge in lautstarke Buhrufe und Pfiffe aus. Jemand warf angewidert sein Programmheft in die Luft.

Natalie biss sich auf die Lippen. Sie sah ihrem Großvater an, dass er von jedem seiner Worte überzeugt war. Leider machte das alles nur noch schlimmer.

Er zog das Mikrofon des Rednerpults dichter an den Mund, sodass seine Stimme mit einem Mal schrecklich laut aus den Lautsprechern dröhnte. »Bitte! Sie müssen mir zuhören! Ich kann es beweisen. Ich …«

Eine quietschende Rückkopplung durchschnitt mit greller Wucht das Auditorium. Die Grafik des Nachthimmels wurde plötzlich schwächer, bevor sie anfing zu blitzen wie ein pulsierendes Stroboskop. Das gleißende Licht blendete Natalie. Mehrere Zuschauer schrien panisch auf, krabbelten aus ihren Sitzen und hasteten auf die rückwärtigen Ausgänge zu. Natalie blinzelte, um die Punkte, die vor ihren Augen schwammen, zu vertreiben. Nachdenklich schaute sie zu ihrem Grandad und überlegte, ob das alles zu seiner verrückten Präsentation gehörte. Doch seinem verwunderten Gesicht nach zu urteilen, scheinbar nicht.

»Wir sollten abhauen«, sagte Giles und packte sie am Arm.

Als Natalie ihn abschütteln wollte, bemerkte sie einige komische Gestalten und stockte. Gegen den Strom aus flüchtenden Menschen schoben sie sich durch die Gänge zwischen den Sitzreihen. Unter den hektischen Lichtblitzen sah es aus, als wären ihre Bewegungen einzelne aneinandergereihte Schnappschüsse. Wie in ruckender Zeitlupe liefen sie vorwärts. Es waren vier oder fünf, von denen jeder eine groteske weiße Maske mit Tierhörnern trug. Da begriff Natalie, dass sie sich unten im Park nicht getäuscht hatte. Die merkwürdige Vision in den Bäumen war real gewesen. Die Maskierten mussten ihr und ihrem Grandad gefolgt sein, und nun waren sie hier. Je näher der Vortrag gerückt war, desto stärker hatte das Gefühl an ihr genagt, dass etwas sie bedrohte. Was sich da in ihr angestaut hatte, schien plötzlich in ihr zu explodieren. Jeder Muskel war wie eingeschnürt, ihr schwirrte der Kopf, und ihre Kehle wurde eng, bis sie kaum noch atmen konnte. Es war, als wäre sie in einem zum Leben erwachten Albtraum gefangen. *Wer sind die?*, dachte sie. *Was haben sie vor?* Dann begriff sie.

Die Maskierten hielten geradewegs auf die Bühne zu. Auf ihren Großvater.

»Hier geht etwas ganz Seltsames vor!«, sagte sie. »Grandad ist in Gefahr.« Sie riss sich von Giles los und kämpfte sich durch die Menge in Richtung Bühne. Die Menschen stolperten regelrecht übereinander. Im Stroboskoplicht waren ihre Gesichter zuckende Schreckensgemälde. Immer wieder stieß Natalie gegen andere Körper oder wurde geschubst, sodass es fast unmöglich war, sich einen Weg zu bahnen. Als sie hinter sich blickte, sah sie, wie Romain Giles kurzerhand schulterte und davontrug.

Inzwischen hatten die Maskierten die Bühne erreicht und ihren Großvater eingekesselt. Einer von ihnen, ein Riese mit gebogenen Hörnern wie von einem Widder, wollte Natalies Grandad das Tablet aus den Händen reißen. Doch Avery Hardaker gelang es, sich von dem Angreifer loszumachen und das Gerät aufs Pult zu knallen. Metall, Glas und Computerteile flogen durch die Luft. Dann stampfte er noch einmal kräftig auf das Gehäuse, um auf Nummer sicher zu gehen. Einmal, zweimal – schon hatten die Gestalten ihn erneut umzingelt und zerrten ihn von dem Gerät weg. Hilflos sah Natalie zu, wie der muskulöse Hüne, dessen Maske zu einem grauenvollen Grinsen verzerrt war, ihrem Großvater etwas in die Taille stieß. Die Funken eines Stromstoßes entluden sich, dann brach Professor Hardaker schlaff zusammen.

»Nein!«, schrie sie, doch in all dem Chaos ging ihre Stimme einfach unter.

Plötzlich wurde sie von Thwaites zu Boden gerissen. »Bleib unten, Mädchen!«, brüllte er. Einen Moment lang konnte Natalie nichts außer Beinen sehen, die an ihr vorübereilten. Als sie sich endlich aufgerappelt hatte, war das Podium verlassen und ihr Herz von Furcht zerfressen.

Sie haben ihn mitgenommen!

Ihr Blick fiel auf eine einzelne Tür links von der Bühne, die weit offen stand. Die Maskierten mussten diesen Weg genommen haben. Obwohl Natalie scheußliche Angst hatte, zwang sie ihre Glieder aus der Starre und rannte auf den Durchgang zu. Thwaites rief ihr etwas nach, doch sie beachtete ihn nicht. Ihr Verstand brüllte sie an, dass sie nur ein einzelnes Mädchen war – gegen mindestens vier brutale Erwachsene! Doch etwas spornte sie dennoch zur Verfolgung an.

Sie dürfen meinem Grandpa nichts tun. Er ist alles, was ich habe.

Hinter der Tür lag eine Treppe. Natalie rannte die Stufen hoch und platzte neben der aufragenden Kuppel des Planetariums ins Freie. Zu sehen war weit und breit niemand, dafür hörte sie ganz in der Nähe Schritte. Sie zwang sich, sich zu konzentrieren, und stellte fest, dass sie von links kamen. Natalie rannte in die Richtung und erreichte eine Reihe Bäume.

Da waren sie, die Eindringlinge: Einer an der Spitze. Der Riese mit dem reglosen Körper ihres stöhnenden Großvaters über der Schulter in der Mitte. Zwei weitere Angreifer bildeten die Nachhut. Natalie holte ihr Telefon aus der Tasche und wählte noch während der Verfolgung den Notruf. »He! Stehen bleiben!« Es klingelte. Die Entführer bewegten sich in Formation auf die weiter unten verlaufende Straße zu, auf der ein schwarzer Van parkte.

»Mit wem darf ich Sie verbinden?«

Natalie sprach atemlos. »Ich brauche die Pol–«

Direkt vor ihr tauchte eine Maske auf. Eine Hand packte sie am Gelenk und riss ihr das Smartphone vom Mund.

»Hey!«, brüllte Natalie.

Die Maske ihres Angreifers war eine eingesunkene Grimasse, aus deren Schläfen die Hörner einer Ziege ragten. Die Gestalt verdrehte Natalies Arm weiter, bis Schmerz durch ihren Ellbogen und ihre Schulter schoss und sich tief in ihr Gehirn bohrte. Natalie ließ das Smartphone fallen. Sie konnte die Augen hinter der Maske sehen, stumpf wie die eines Tieres. »Na, Mädchen, tut's weh?«, wisperte eine tiefe Frauenstimme. »Chaos rückt an, und dagegen bist du machtlos.« Die Fremde machte eine schnelle Drehung, bei der ein rasierter Kopf voller ineinander verschlungener Symbole zum Vorschein kam. Wie eine Puppe wurde Natalie von den Füßen gehoben und mit brutaler Wucht durch die Luft geschleudert. Sie schlug hart auf der Wiese auf, sodass ihr der Atem aus den Lungen gepresst wurde. Natalie wollte aufstehen, war aber zu schwach. Völlig erschöpft konnte sie nur zusehen, wie sich die Schiebetüren des Vans öffneten und man ihren Großvater ins Innere packte.

»Grandad!«, rief sie.

Drei Angreifer sprangen mit ihm auf die Rückbank, während der vierte vorne mit der Frau einstieg.

Benebelt hob ihr Großvater den Kopf, und für den Bruchteil einer Sekunde begegnete sein Blick dem von Natalie.

»Die Wahrheit liegt in den Sternen!«, brüllte er. »Natalie! Hör zu! Die Wahrheit ist –«

Grollend erwachte der Motor des Vans zum Leben, während die Türen zuknallten. Reifen quietschten, dann raste der Wagen davon.

KAPITEL 3

GEMINI

Die Zwillinge.
Gib acht, wem du traust.

Hätten sie ihn töten wollen, hätten sie ihm einfach eine Kugel in den Kopf gejagt«, sagte Giles. »Hab ich recht, Romain?«

Der Bodyguard, der am Steuer saß, zuckte lediglich mit den Schultern.

Sie fuhren in Lionel Thwaites luxuriösem Bentley durch Südlondon. Trotz der weichen Ledersitze und der Walnussvertäfelungen hätte sich Natalie nicht unwohler fühlen können. Sie öffnete das Fenster und ließ die stickige Nachtluft hereinströmen. Sobald Natalie der Polizei alles berichtet hatte, woran sie sich erinnern konnte, waren sie vom Tatort aufgebrochen.

»Wir müssen zurück«, sagte sie. Sie traute den Polizisten nicht, die versucht hatten, ihr weiszumachen, die Entführer wären wahrscheinlich eine Amateurgruppe, die auf das Lösegeld scharf sei. »Ich kann der Polizei dabei helfen, nach Spuren zu suchen.«

»Die Polizei wird bessere Arbeit leisten, wenn wir ihnen nicht im Weg herumstehen«, entgegnete Thwaites vom Beifahrersitz aus. »Erst einmal müssen wir dich an einen sicheren Ort bringen.«

Natalie massierte sich das Handgelenk. Dort, wo die kräftigen Finger der Frau sie umklammert hatten, verfärbte sich die Haut bereits bläulich.

Was sind das bloß für Leute? Warum haben sie meinen Großvater mitgenommen?

Die Migräne war fort, dafür fühlte Natalie sich nun schwindelig und taub. Vielleicht lag es an dem Adrenalin, das sich aus ihrem Blut verflüchtigte. Sie hätte auf ihre Instinkte hören sollen. Alles hatte darauf hingedeutet, dass etwas Schlimmes passieren würde: die Nervosität ihres Großvaters, seine merkwürdige Verabschiedung, bevor er ins Planetarium gegangen war … *egal, was heute Abend passiert, ich will, dass du weißt … ich hab dich lieb.*

Hatte er geahnt, was geschehen würde? Natalie überlegte, ob ihr geringerer Sicherheitsstatus von Anfang an Teil seines Plans gewesen war. *Vielleicht wollte er nicht, dass mir etwas passiert …* Aber nein, er hatte sie bei seinem Vortrag dabeihaben wollen, zumindest bis der Angestellte der Royal Society ihr den Zutritt verweigert hatte.

»Weit kann er nicht sein«, meinte Giles, der neben ihr saß. »Diese Verrückten wollen bestimmt bloß Lösegeld.«

Er wollte sie sicher nur trösten, aber Natalie wünschte, er würde einfach die Klappe halten. Ihr Bauchgefühl sagte ihr, dass die Leute, die ihren Grandad mitgenommen hatten, keine gewöhnlichen Kidnapper waren. Die Tattoos, die Masken – das alles deutete auf etwas Rituelles hin. Auf etwas, das *böser* war, als Geld zu erpressen. Was hatte die Frau nur gemeint, als sie sagte, Chaos würde anrücken? Auf die grausige Zukunft, die ihr Großvater in seiner Rede erwähnt hatte und die dieses Orakulum angeblich aufhalten könnte, konnte sie ja wohl kaum angespielt haben. Alles ausgemachter Blödsinn … oder nicht?

Sie überquerten die Themse über die Westminster Bridge. Zwischen den Gehsteigen voller Fußgänger rollten gemächlich Busse und Taxis dahin. Ohne einen Gedanken daran zu verschwenden, was gerade im Greenwich Observatorium vorgefallen war, verlief das Leben in London im gewohnten Rhythmus. Vor den Parlamentsgebäuden, direkt unter dem glänzenden Ziffernblatt des Big Ben, hielt der Bentley an.

»Ich muss noch zu einer dringenden Besprechung«, erklärte Thwaites und schnallte sich ab. »Wenn ihr mich entschuldig–«

»Ernsthaft?«, entrüstete sich Natalie. »Mein Großvater ist gerade entführt worden!«

Thwaites warf ihr ein aufgesetztes Lächeln zu. »Mein Mädchen, du kannst mir glauben, ich wünschte, das Land würde sich selbst regieren, doch traurigerweise ist dem nicht so. Wir müssen die Polizei *ihre* Arbeit tun lassen, und ich muss *meine* erledigen. Bei uns zu Hause bist du mit Romain bestens aufgehoben. Ich bin mir sicher, dass wir morgen Neuigkeiten zu deinem Großvater haben werden. Versuch dich bis dahin ein wenig zu erholen. Eine gute Nacht allerseits.«

Er stieg aus der Limousine, schloss die Tür, und Romain fuhr weiter.

»Er trifft sich mit Ninia Kane«, murmelte Giles, als würde das alles erklären.

Unter anderen Umständen wäre Natalie beeindruckt gewesen. Ninia Kane war eine junge Silicon-Valley-Billionärin und gehörte zu den reichsten Menschen der Welt.

Giles' Zuhause in London – obwohl *Villa* sicherlich der

passendere Begriff wäre – lag in einer ruhigen Straße in Kensington. Romain steuerte eine gewundene Zufahrt hinab in eine unterirdische Garage, direkt unter dem Haus.

Nachdem sie geparkt hatten, betraten sie einen kleinen Aufzug, der sie ins Gebäude brachte. Die Türen des Fahrstuhls öffneten sich in einen zweigeschossigen Lichthof, der von einer beeindruckenden breiten Treppe beherrscht wurde. Die Wände waren weiß und schlicht, der Fußboden aus gebürstetem Beton. Dafür gab es im ganzen Raum Artefakte und Kunstwerke, gerahmt und aufgehängt, in Vitrinen aufgestellt oder auf Podesten ruhend. Natalie entdeckte etruskische Weinkelche, gewebte Wandteppiche amerikanischer Ureinwohner und Musikinstrumente aus Elfenbein. Den Aufzug selbst flankierten zwei Samurai-Rüstungen. Natalie erinnerte sich, dass ihr Großvater einmal erzählt hatte, Giles' Eltern hätten eine so eindrucksvolle Sammlung aufgebaut, dass sie selbst die von Thwaites in den Schatten stellte. Angeblich war diese Sammlung das Einzige, was die Mountfords Thwaites dauerhaft vermacht hatten. Vielleicht war das ihre Art, ihm dafür zu danken, dass er sich um Giles kümmerte. Normalerweise hätte Natalie jedes einzelne Stück hier faszinierend gefunden, doch im Moment hatte sie andere Sorgen. Sie wollte einfach nur ihren Großvater wiedersehen und wissen, dass es ihm gut ging.

»Magst du was essen?«, fragte Giles. »Wir haben einen eigenen Koch. Macht echt gute Burger.«

Natalie wusste nicht, wie er auch nur ans Essen denken konnte. Herumsitzen, Däumchen drehen und sich »sicher« fühlen kam nicht infrage, solange diese Ganoven ihren Großvater hatten. »Nein, danke«, sagte sie. »Ich will einfach nur allein sein.« Sie brauchte dringend etwas Privatsphäre zum Telefonieren.

Giles zeigte zur Treppe. »Von mir aus. Such dir eins der Gästezimmer im zweiten Stock aus«, sagte er. »Wenn du irgendwas brauchst, drück einfach auf den Rufknopf an der Anlage. Dann kommt ein Dienstmädchen.«

Natalie bedankte sich und eilte nach oben. Die Gemälde an den Wänden hier waren eine Mischung aus großen Meistern und moderneren, abstrakteren Stücken. Sie war ziemlich sicher, einen echten Matisse erkannt zu haben. Zwei Treppenabsätze höher fand sie ein Zimmer mit einem großen Himmelbett und schloss die Tür hinter sich. Sofort öffnete sie einen Video-Chat mit Belinda Estevez. Nachdem es gut zwanzig Sekunden geklingelt hatte, wollte sie schon auflegen, als die Verbindung plötzlich stand. Belindas leicht verschwommenes Gesicht erschien, im Hintergrund das Observatorium. Natalie sah Blaulicht über das Gesicht der älteren Frau huschen.

»Irgendwas Neues?«, fragte sie sofort.

Belinda wirkte todunglücklich. »Leider nicht, Natalie. Ich helfe der Polizei, so gut ich kann. Sie nehmen im Auditorium forensische Proben und überprüfen die Aufnahmen der Sicherheitskameras.«

»Kann ich mit den Beamten reden?«, bat Natalie. »Ich glaube, sie verstehen nicht, wie ernst die Lage ist. Die Entführer kamen mir gefährlich vor. Die Masken waren mehr als nur Show.«

»Du darfst dir keine Sorgen machen«, unterbrach Belinda sie. »Sie werden Avery schon finden.«

Natalie fiel auf, dass Belinda den Blick abwandte. *Sie lügt zwar nicht, aber wirklich überzeugt ist sie von ihren Worten selbst nicht.* Unwillkürlich schaute Natalie sich in dem reich geschmückten Gästezimmer um. An einer Wand hing der riesige Kopf eines Hirschs samt Geweih, der auf sie herunterstierte.

»Ich will nach Hause«, sagte sie. »Zurück nach Paris. Oder wenigstens in die Wohnung in London.«

Belinda schüttelte den Kopf. »Das ist zu gefährlich. Bei Lord Thwaites bist du am sichersten. Er hat eigenes Sicherheitspersonal.«

Natalie dachte an Romain. Sie konnte nicht behaupten, dass sie sich bei ihm und seinem leeren, starren Blick sicher fühlte. »Kann ich nicht vielleicht bei dir bleiben, im Hotel?«, bat sie.

Belindas Blick wurde sanfter. »Ich wünschte, das ginge. Aber ich fliege morgen wieder nach Mexiko, mein Schatz. Außerdem ist Lord Thwaites Averys vertrauenswürdigster ...« Sie unterbrach sich, sah zur Seite und nickte jemandem zu, den Natalie nicht sehen konnte. »Ich muss los«, sagte Belinda. »Aber hör zu: Du kannst mich jederzeit anrufen! Oder auch Johann Schar. Wir sind für dich da, Natalie. Und keine Bange: Wir geben erst auf, wenn wir Avery gesund und munter wiederhaben!«

Sie legte auf. Natalie lief zu dem massiven Bett und gab sich Mühe, den Hirsch zu ignorieren. Aus diesem Winkel wirkte er eher traurig als einschüchternd. Wie man ein so schönes Wesen töten konnte, war ihr unbegreiflich. Eine Nachricht auf ihrem Smartphone ließ sie wissen, dass man sie in eine neue Nachrichtengruppe mit Belinda Estevez und Johann Schar eingeladen hatte. Die erste Botschaft stammte von dem CERN-Wissenschaftler, der lediglich schrieb: *Durchhalten. Wir finden ihn.*

Natalies Blick fiel auf den Chat darunter, der sämtliche Nachrichten zwischen ihr und ihrem Großvater enthielt. Während sie durch den Verlauf scrollte, kamen ihr die Tränen. Avery Hardaker war anders als die meisten seiner Generation. Er hatte moderne Technologien von Anfang an gerne aufgegriffen. Er hatte über fünfhunderttausend Follower bei Twitter und einen Instagram-Account mit Fotos seiner verschiedenen Ausgrabungen. Und er nannte sich voller Stolz »Emoji-Meister«. Ihre letzte Nachricht hatte sie gestern gesendet, als sie sich die Zeit im Battersea Park vertrieben hatte, während er sich mit seiner Arbeit verschanzt hatte. *Keine Sorge – ist doch nur ein Vortrag. Was soll schon schiefgehen?*

Alles, wie sich herausgestellt hatte.

Hatte ihr Großvater das gemeint, als er das Publikum vor einer »grausigen Zukunft« warnte? Hatte er irgendwie geahnt, was im Planetarium geschehen würde? Aber dann wäre er sicher gar nicht erst hingegangen. Ihre Gedanken drehten sich im Kreis.

Das ergibt einfach alles keinen Sinn.

Die schwarzen Knopfaugen des Hirschs musterten sie. In dem majestätischen Blick lag eine Weisheit, ein Trotz – als hätte auch er gewusst, was passieren würde, sich seinem Schicksal aber voller Würde ergeben. Schlagartig fühlte Natalie sich wild entschlossen. Ihr war egal, was die Erwachsenen sagten. Sie würde nicht in diesem Haus herumhocken, solange ihr Großvater in Gefahr schwebte. Sie musste etwas *unternehmen*, und das bedeutete, sie musste hier raus. Nur mal angenommen, ihr Grandad hatte tatsächlich gewusst oder befürchtet, was ihm bevorstand … womöglich hatte er in ihrer Wohnung Hinweise hinterlassen.

Ich muss dahin.

Sie kämpfte sich hoch und ging in den Flur. Irgendwo im Haus hörte sie einen Fernseher. Ein Dienstmädchen, das weiter hinten im Gang einen Tisch polierte, sah auf und lächelte sie an. Natalie erwiderte das Lächeln, bevor sie zur Treppe hinablinste. Unten stand Romain mit verschränkten Armen Wache. Vermutlich würde er ihr im Leben nicht erlauben zu gehen, und sie wollte es nicht wirklich darauf ankommen lassen.

Stattdessen wartete sie, bis das Dienstmädchen außer Sicht verschwand, und schlüpfte dann ins nächste Gästezimmer. In diesem reichten die Sprossenfenster vom Boden bis zur Decke und öffneten sich auf einen kleinen Steinbalkon hinaus. Natalie spähte nach draußen: Der Garten lag gut zehn Meter unter ihr. So tief konnte sie sich niemals fallen lassen, ohne sich ein paar Knochen zu brechen. Doch als sie ratlos hin und her blickte, fiel ihr auf, dass sich der nächste Balkon beinahe auf gleicher Höhe mit den Ästen einer großen Eiche befand. Natalie war kein Freund von Höhen. Allerdings wirkte der Baum zumindest solide genug, um ihr Gewicht tragen zu können. An den Garten schloss sich ein kleiner rechteckiger und unbeleuchteter Park an.

Natalie betrat den Flur. Sobald sie sicher war, dass niemand sie beobachtete, schlich sie ins Nachbarzimmer. Hier hingen noch mehr Trophäen an den Wänden: ein Rhinozeros, ein grinsendes Flusspferd und ein riesiges Warzenschwein.

Natalie trat ans Fenster und auf den Balkon.

»Drückt mir die Daumen«, sagte sie zu den Köpfen, als sie auf die steinerne Brüstung stieg. Der naheste Ast war nur dreißig Zentimeter entfernt – weiter am Boden hätte sie einfach einen großen Schritt gemacht. Eine leichte Brise brachte die Blätter zum Rascheln.

»Was wird das?«, ertönte unter ihr eine Stimme.

Natalie erschrak und ruderte auf der Suche nach ihrem Gleichgewicht mit den Armen. Als sie nach unten schaute, entdeckte sie Giles, der auf einem Balkon im ersten Stock saß.

»Wonach sieht es denn aus?«, fuhr sie ihn an. »Ich gehe meinen Großvater suchen. Und du verpetzt mich besser nicht.«

Giles lächelte und hob beschwichtigend die Hände.

»Dein Geheimnis ist bei mir sicher. Aber hör mal, nimm lieber den Ast weiter links und greif dann nach dem darüber. Er ist zwar weiter weg, aber dafür kräftiger. Glaub mir, ich hab das schon etliche Male gemacht. Das kann nicht mal ein Mädchen versauen.«

Natalie konnte nicht sagen, ob er sich über sie lustig machte oder nicht. Allerdings sah der andere Ast wirklich ein gutes Stück dicker aus.

Sie holte tief Luft, beugte sich vor und griff nach dem höher gelegenen Ast. Vorsichtig zog sie den linken Fuß hinüber. Der Baum gab unter ihr ein wenig nach, und ihr wurde ganz flau im Magen. Lieber schnell weiter …

»Du schaffst das schon«, meinte Giles. »Ist nichts, wovor man Angst haben müsste.«

»Ich *habe* keine Angst«, knurrte Natalie durch zusammengebissene Zähne und zog den anderen Fuß nach. Unter ihr applaudierte Giles leise. Hätte sie sich nicht voll und ganz aufs Klettern konzentrieren müssen, hätte sie ihm einen vernichtenden Blick zugeworfen. Langsam arbeitete sie sich in Richtung Stamm vor und fühlte sich mit jedem Schritt sicherer. Schließlich ging sie in die Hocke und ließ sich einen knappen Meter auf einen tiefer gelegenen Ast hinab. Je näher der Boden kam, desto selbstbewusster wurde sie. Die letzten Meter ließ sie sich einfach ins weiche Gras fallen.

»Viel Glück, Natalie!«, rief Giles ihr von oben zu, und es klang sogar ehrlich.

Sie rannte zum Hintertor und verschwand im Park.

KAPITEL 4

TELESCOPIUM

Das Teleskop.
Neue Entdeckungen offenbaren sich.

In der Londoner U-Bahn war immer viel los. Selbst spätabends waren ganze Massen von Menschen unterwegs, wofür Natalie im Augenblick wirklich dankbar war. Obwohl sie einige Blicke auf sich zog – ein junges Mädchen, das um diese Zeit allein unterwegs war! –, fiel sie im Großen und Ganzen kaum auf.

An der Haltestelle Vauxhall stieg sie aus. Mit strammem Schritt ging sie fünf Minuten zu Fuß, bis sie das viktorianische Backsteinhaus erreichte, in dem Avery Hardaker eine Wohnung hatte. Wenn er und Natalie in London waren, lebten sie hier – so auch die vergangenen Wochen, in denen der Professor seinen Vortrag vorbereitet hatte. Ihr Refugium lag im Obergeschoss und hatte sogar ein zusätzliches Dachzimmer. Natalie öffnete die Haustür und ging die knarrende Treppe hoch.

Als sie im Flur hinter sich Schritte hörte, drehte sie sich panisch um. Am Fuß der Stufen stand eine maskierte Gestalt. Fast wäre Natalie vor Schreck gestolpert, doch dann verging die Erscheinung, und sie erkannte, dass es nur Mrs Patel war. Der alten Dame gehörte die Wohnung im Erdgeschoss.

»Natalie, geht es dir gut?«

»J-ja«, antwortete sie, noch immer verunsichert von der seltsamen Illusion. *Jetzt habe ich schon Halluzinationen. Ich gehöre echt ins Bett.*

Mrs Patel gehörte zu ihren absoluten Lieblingsmenschen weltweit. Schon oft hatte die freundliche alte Dame auf Natalie aufgepasst, wenn sie mit ihrem Großvater in der Stadt war. Doch Natalie hatte keine Ahnung, wie sie ihr auch nur ansatzweise erklären sollte, was geschehen war.

Mrs Patel sah sie besorgt an. »Du bist aber noch spät unterwegs. Ist alles in Ordnung?«

»Alles bestens, danke«, antwortete Natalie. Das war eine glatte Lüge, aber sie brachte es nicht über sich, die Lage zu erklären. Außerdem war jede Minute, die sie hier plauderte, wertvolle Zeit, in der sie nach Spuren suchen konnte.

Mrs Patel nickte. »Na, du weißt ja, wo du mich findest, wenn du was brauchst.«

Nachdem sie wieder in ihrer Wohnung verschwunden war, steckte Natalie den Schlüssel ins Schloss ihrer eigenen Tür. Sie betete, er wäre da. Sie würde aufsperren, reingehen, und er würde, wie so oft, am Küchentisch Tee aus einer Porzellantasse schlürfen und ein Kreuzworträtsel lösen.

Aber es sollte nicht sein. Die Wohnung empfing Natalie dunkel, leer und etwas stickig. Natalie schaltete das Licht ein. Nachdem sie ihre Enttäuschung hinuntergeschluckt hatte, holte sie sich aus dem Kühlschrank ein Glas Orangensaft. Auch ihr Hunger meldete sich schließlich, daher machte sie sich ein Sandwich. Den Teller in der einen und das Glas in der anderen Hand, lief sie die Wendeltreppe in den früheren Dachboden hinauf. Hier hatte ihr Großvater sich ein Arbeitszimmer eingerichtet. Wenn es überhaupt etwas zu finden gab, das erklären könnte, was in der Nacht vorgefallen war, dann hier. Irgendwelche

Hinweise darauf, in welchen Schwierigkeiten ihr Großvater stecken könnte, musste es doch geben.

Die Dachschrägen und die Wärme, die vom restlichen Haus aufstieg, machten den Raum unterm Dach zum gemütlichsten Teil der ganzen Wohnung. Die Forschungsarbeiten ihres Großvaters dagegen machten ihn zum unordentlichsten. Der Schreibtisch lag versteckt unter Bergen von Büchern, Papieren, Zeitschriften und mehreren Stiften. Auch ein langer arabischer Dolch mit juwelenbesetztem Griff lag darauf. Er sah gefährlich aus, doch Natalie wusste, dass er bloß als Brieföffner diente. Der Rand des großen Computerbildschirms war über und über mit Klebenotizen übersät. Noch mehr Haftzettel sprenkelten wie buntes Konfetti den Fuß. In den Regalen an der einen Wand drängten sich dicke Wälzer, sowohl uralte als auch aktuelle, und zwar in keiner erkennbaren Ordnung. Auf der anderen Seite des Zimmers, unter einem Oberlicht, befand sich Natalies ganzer Stolz: ihr Teleskop. Vor drei Jahren hatte sie es von ihrem Großvater geschenkt bekommen. Man konnte es manuell verwenden, wie jedes x-beliebige Fernrohr. Es hatte aber auch ein automatisches Programm, mit dem man einzelne Sterne und Systeme mithilfe von GPS-Technologie verfolgen konnte. Wohin in der Welt sie auch reisten, Natalie nahm es immer mit, obwohl man sagen musste, dass einige Ziele besser zum Sternegucken geeignet waren als andere. Am schlimmsten war Beijing gewesen, mit seiner dicken Haube aus beharrlichem Smog. Mit Abstand am besten hatte es Natalie in den Wüsten Namibias gefallen, wo die Sterne so fein und dicht wirkten wie verstreutes Mehl. London lag irgendwo dazwischen, fand sie. In außergewöhnlich klaren Nächten konnte Natalie trotz der Stadtbeleuchtung die meisten großen Konstellationen gut erkennen.

Natalie biss von ihrem Sandwich ab und ging zum Schreibtisch, um den Computer einzuschalten. Als er nach einem Passwort verlangte, bekam sie direkt schlechte Laune, weil sie so gar keine Ahnung hatte, welches es sein könnte. Sie versuchte es mit dem Offensichtlichen: »Matthew«, der Name ihres Vaters. Während sie die Buchstaben eintippte, wanderten Natalies Gedanken zu ihrem Dad. Er lebte Tausende von Kilometern entfernt auf der anderen Seite des Ozeans, in einer Nervenheilanstalt in Massachusetts. Lange hatte sie sich nicht mehr so verzweifelt gewünscht, er wäre gesund – seit sie ein Baby war, lebte er schon wegen einer Psychose in der psychiatrischen Klinik. Wo ihre Mutter sich aufhielt, wusste sie nicht einmal. Als Matthew erkrankt war, war sie fortgelaufen, weil sie es nicht ertragen konnte. Natalies Großvater war alles, was sie noch hatte. Seufzend versuchte sie es mit ihrem eigenen Namen, dann einfach mit »Passwort«. Doch keiner ihrer Versuche entsperrte das System. Ihr wurde klar, dass es die ganze Nacht dauern könnte. Was für Dateien auf dem Computer auch versteckt sein mochten, fürs Erste musste sie wohl auf sie verzichten.

Stattdessen widmete sich Natalie den Papieren auf dem Schreibtisch. In dem Chaos befanden sich Briefe von verschiedensten Universitäten und Observatorien, Berichte internationaler Kongresse, kopierte Seiten aus akademischen Journalen, Einladungen zu Vorträgen. Doch nichts, was auf geheime Forschungen oder irgendeine bevorstehende Gefahr hingedeutet hätte.

Natalie öffnete nacheinander jede einzelne der Schreibtischschubladen: Schreibgeräte, ein Notizblock, Akten, ein Briefbeschwerer in Form des Parthenons in Athen, Zeitungsartikel über Entdeckungen auf der ganzen Welt.

Die unterste Schublade war abgeschlossen.

»Komisch«, murmelte sie.

Ihr Großvater hatte eigentlich nie Geheimnisse. Das Passwort für seinen Computer hatte er vermutlich nur eingerichtet, weil das System ihn dazu aufgefordert hatte. Genau genommen war er überhaupt nicht der Typ für so was. Deshalb war er ja auch im Fernsehen so beliebt, weil er so aufgeschlossen und offen war. Er liebte es, jedem, der Interesse zeigte, von seiner Arbeit zu erzählen.

Nun, vielleicht stimmte das nicht ganz. Dieses sogenannte Orakulum hatte er vor diesem Abend noch nie erwähnt, obwohl er in seinem Vortrag behauptet hatte, schon seit Jahren danach zu forschen. Hatte er es nun wirklich gefunden? Eine Maschine, die die Zukunft voraussagen konnte? Er selbst schien daran zu glauben. Und vielleicht glaubten auch andere daran. Zumindest vermutete Natalie, dass die Maskierten es auf dieses Orakulum abgesehen hatten. Wenn sie es finden könnte, könnte sie dieses Ding vielleicht als Druckmittel einsetzen, um ihren Großvater zu befreien. Als Natalie an ihren Großvater dachte und daran, dass man ihn irgendwo festhielt, wurde ihr vor Entsetzen ganz kalt. Immerhin war er ein alter Mann, und seine maskierten Entführer hatten einen echt brutalen Eindruck gemacht. Doch Natalie schluckte ihre Sorgen hinunter. Sie musste sich jetzt konzentrieren. Wenn sie sich die Forschungsarbeiten ihres Großvaters näher ansah, würde sie bestimmt ein paar Antworten finden.

Natalie nahm den Brieföffner vom Schreibtisch und schob die Spitze in die Spalte über der abgesperrten Schublade.

»Tut mir leid, Grandad. Heute Nacht ist nicht der Moment für Geheimnisse.«

Die Zunge zwischen den Zähnen, stemmte sie den Dolch gegen das Holz, bis sie ein krachendes Splittern vernahm und die Schublade knackend aufsprang. Ganz hinten erspähte Natalie ein kleines, in Leder gebundenes Buch, nur wenig größer als ihre Hand. Sie holte es heraus. Der Einband war weich wie Fell und stellenweise verfärbt. Vorne auf dem Deckel prangten eine Krone und fünf bräunliche Kugeln. Irgendein Familienwappen, vermutete Natalie. Zwar hatte sie keine Ahnung, was es zu bedeuten hatte, doch ganz oben waren zwei Buchstaben, eingefasst von einer Art Wimpel: ein »C« und ein »M«.

»Caterina de Medici«, hauchte Natalie.

Zumindest was das angeht, hat er wohl die Wahrheit gesagt.

Sobald sie die erste Seite aufschlug, sah sie es. In verblichener Tinte standen dort zwei Zeilen in wunderschöner Kalligrafie:

A Professeur Avery Hardaker. Trouvez Elodie d'Anjou. Trouvez la machine prophétique. Arrêtez le chaos.

Natalie übersetzte: An Professor Avery Hardaker. Finden Sie Elodie d'Anjou. Finden Sie die Maschine der Prophezeiungen. Halten Sie das Chaos auf.

Sie dachte an die Worte der maskierten Frau: *Chaos rückt an*. Wenn es das war, was die Maskierten wollten – Chaos –, glaubten sie dann, dieses Gerät stünde ihnen im Weg?

Den zweiten Satz der Botschaft hatte ihr Großvater nicht erwähnt: »Finden Sie Elodie d'Anjou.« Natalie fragte sich, warum. Der Name Elodie d'Anjou kam ihr irgendwie bekannt vor, und nach einem Moment erinnerte sie sich auch, woher. Sie ließ das Tagebuch auf dem Schreibtisch und trat an den Bücherstapel im niedrigsten Regal. Ganz unten lag ein dünner Band, handgebunden, den sie nun herauszog. Kein Titel stand darauf (ihr Großvater und sie hatten es immer nur das *Sternenbuch* genannt). Auf jeder Seite des dicken Papiers war ein Sternbild aufgezeichnet, ergänzt mit dem Namen und einer kurzen Zeile zu seiner Mythologie.

ORION

Der Jäger. Der, der dich sucht, rückt näher.

PLEJADEN

Die Sieben Schwestern. Eine weite Reise ist erforderlich, ob mit dem Geist oder dem Körper.

Natalies Blick blieb an einem Eintrag in der Mitte hängen.

TAURUS

Der Stier der Macht, der in uralten Tagen die Frühjahrs-Tagundnachtgleiche kennzeichnete. Große Veränderungen stehen bevor.

Sie dachte an Aldebaran aus der Konstellation von Taurus, der am frühen Abend blutrot geglüht hatte. Große Veränderungen stehen bevor … Rückblickend kam es ihr wie eine Warnung vor. Kopfschüttelnd schlug Natalie das Buch zu. Alles nur dämliches Astrologiegeschwafel, doch aus irgendeinem Grund hatte dieses Buch Natalie trotzdem in den Bann gezogen, seit sie ein kleines Mädchen war. Sie kannte es in- und auswendig. Ihr Großvater hatte es auf einem Flohmarkt ergattert, sagte er. Weder ein Datum noch sonst etwas deuteten darauf hin, woher es stammte. Innen im Deckel stand lediglich ein Name: Elodie d'Anjou. Natalie musste an die letzten Worte ihres Großvaters denken: »Die Wahrheit liegt in den Sternen.« Konnte es in diesem alten *Sternenbuch* eine Spur geben?

Sie widmete sich wieder dem Tagebuch und schlug den ersten Eintrag auf. Natalie war keine Fachfrau für Grafologie – für die Wissenschaft der Handschriften –, doch für ihr ungeübtes Auge schienen Tinte und Stil sich von der Inschrift weiter vorne zu unterscheiden. Sie musste die Augen zusammenkneifen, um die Wörter entziffern zu können. Es war nicht nur auf Französisch, sondern auch auf eine Art geschrieben, die uralt sein musste. Sollte dieses Tagebuch ein Fake sein, hatte sich jemand gehörig Mühe damit gegeben. Trotzdem war Natalie noch nicht bereit, das alles hier für bare Münze zu nehmen. Moderne Fälscher waren teilweise unglaublich talentiert, und es gab eine Menge Auktionshäuser und angebliche Experten, die sich täuschen ließen. Behutsam blätterte sie weiter und überflog den Text. Den Daten nach zu urteilen, stammte das Buch von 1555. Bei diesem Gedanken wurden ihre Fingerspitzen eiskalt. *Wenn* es echt war, hielt sie gerade etwas in den Händen, das fünf Jahrhunderte alt war. Etwas, das früher einer der einflussreichsten Europäerinnen des Mittelalters gehört hatte. Vage erinnerte Natalie sich daran, was sie einmal im Geschichtsunterricht gelernt hatte: Caterina de Medici war in Florenz, also in Italien, geboren worden, hatte aber später einen französischen König geheiratet. Ihre Familie war unfassbar reich gewesen. Caterina hatte in Frankreich während der Religionskriege regiert, in denen Millionen Menschen umgekommen waren.

Als Natalie in dem Büchlein blätterte, blieb sie an dem Wort »Nostradamus« hängen. Und dort, einige Zeilen darunter: »une machine prophétique«. Natalie las langsam und übersetzte dabei im Kopf, so gut sie konnte.

Paris, 26. Oktober 1555

Der große Seher Michel de Nostradame trifft heute Abend aus Reims ein. Angeblich bringt er einen Gefährten aus dem Sand Ägyptens mit. Meine Berater halten Michel für einen Wahnsinnigen und seine Ideen für lächerlich. Doch wüssten sie, was er gefunden hat, würde ihnen ihr törichtes Lachen vergehen. Er nennt es seine ›Prophezeiungsmaschine‹, sein ›Orakulum‹.
Allein beim Gedanken daran zittert die Feder in meinen Fingern. Sollte sich als wahr erweisen, was der Seher behauptet, wird dieses Orakulum alles verändern: Frankreich, Gott – das Leben, wie wir es kennen.
Das Schicksal wäre zum Greifen nah.

Natalie hatte von Anfang an gewusst, dass ihr Großvater von dem überzeugt gewesen war, was er im Planetarium gesagt hatte. Jetzt mit eigenen Augen zu sehen, dass er tatsächlich Beweise hatte, war eine enorme Erleichterung, und sie freute sich. Das hier konnte doch gar keine Fälschung sein! Immerhin hatte er seinen akademischen Ruf, seine ganze Lebensgrundlage, mit seinem Vortrag in Greenwich aufs Spiel gesetzt. Und überhaupt: Selbst wenn Großvater einer Fälschung auf den Leim gegangen wäre – angeblich hatte er den Ursprung des Buchs von drei unabhängigen Wissenschaftlern überprüfen lassen. Und er wäre nur zu den Besten gegangen. Natalie versuchte, weitere Einträge zu entziffern, doch das Pochen in ihrem Kopf kehrte zurück, und sie legte das Tagebuch zur Seite. Später würde sie es in aller Ruhe übersetzen.

Plötzlich hörte sie, wie sich im Stockwerk unter ihr eine Tür schloss.

Beinahe hätte Natalie einen Herzinfarkt bekommen. Jemand war hier! Sie war sich sicher, dass sie die Wohnungstür geschlossen hatte – also war entweder jemand eingebrochen oder aber hatte selbst einen Schlüssel.

Wahrscheinlich nur Mrs Patel, sagte sie sich und war kurz davor, nach der alten Dame zu rufen. Doch dann überlegte sie es sich anders. Zwar hatte Mrs Patel einen Schlüssel, damit sie die Zimmerpflanzen gießen konnte, wenn Natalie und ihr Großvater fort waren. Andererseits hätte Mrs Patel bestimmt geklingelt oder sich irgendwie bemerkbar gemacht.

Ob es vielleicht Großvater ist?

Sie wartete und hoffte gegen alle Vernunft, dass er gleich ihren Namen rufen würde.

Stattdessen hörte sie die Dielen in der Küche knarren. Natalies Herz pochte wie wild, und ihre Beine verwandelten sich in Wackelpudding.

Bitte nicht die Maskierten!

Sie sah sich nach einem Versteck um und fand nur eine Möglichkeit. Sie knipste das Licht aus, steckte das Tagebuch ein, ging auf die Knie und krabbelte unter den Schreibtisch. Dann hatte sie einen Einfall. Sie huschte noch einmal hervor, schnappte sich den Brieföffner und ging wieder in Deckung. Zum Schluss zog sie noch den

Arbeitssessel vor sich. Ein direkter Blick unter den Tisch würde sie verraten, aber was blieb ihr anderes übrig? Auf der Wendeltreppe ertönten Schritte.

Natalie umklammerte den Dolchgriff. Könnte sie ihn einsetzen, wenn sie musste? Die Spitze war stumpf, aber die Schneide war immerhin ziemlich scharf. Ihr Großvater schliff sie regelmäßig nach, damit er schnell an seine Post kam.

Natalie gab sich Mühe, ihren Atem unter Kontrolle zu bringen, weil sie sich so laut wie ein Blasebalg vorkam. Die Schritte kamen ins Arbeitszimmer, und das Licht ging an. Fast hätte sie laut aufgeschrien, doch Natalie zwang sich dazu, die Nerven zu behalten. Gegen die Frau mit dem kahlen Kopf und den Tattoos hätte Natalie bei einem Kampf selbst mit dem Messer keine Chance. Zwei Schuhe kamen in Sicht. Es dauerte, bis Natalie begriff, dass sie ihr bekannt vorkamen. Dann blitzten zwischen den schicken braunen Lederschuhen und einer Tweedhose rosa Socken hervor.

Lionel Thwaites!

Natalie war kurz davor, aufzustehen und ihn zur Rede zu stellen, doch etwas hielt sie ab. Thwaites hatte doch behauptet, er müsse arbeiten. Er hatte sie angelogen. Warum? Sie konnte hören, wie er die Papiere auf dem Schreibtisch durchwühlte und leise vor sich hin murmelte: »Wo zum Teufel ist es, Avery?«

Sie beobachtete, wie er einen großen Seesack vor sich abstellte und mit Büchern und Dokumenten belud. Es klang, als würde er die Sachen haufenweise hineinstopfen, wahllos und hektisch. Er riss die Schubladen des Schreibtischs brutal auf und stopfte ihren Inhalt in den Sack. Schließlich nahm er ihn hoch und eilte Richtung Treppe davon. Natalie wartete, bis sie hörte, wie sich unten die Wohnungstür öffnete und schloss. Dann erst krabbelte sie aus ihrem Versteck. Der Schreibtisch war fast leer. Sie blieb noch eine weitere Minute auf dem Dachboden, bevor sie vorsichtig nach unten ging. Sollte sie die Polizei rufen? Thwaites führte eindeutig etwas im Schilde, nur war sie unsicher, wie sie das den Beamten begreiflich machen könnte. Ihr fiel ein, dass er als enger Freund der Familie schon immer einen Schlüssel gehabt hatte. Es wäre kein Problem für ihn, sich irgendeine Ausrede einfallen zu lassen, warum er in der Wohnung gewesen war. Und sollte er mit der Entführung ihres Grandads zu tun haben, könnte ein Vorwurf wirklich böse enden. Immerhin wohnte Natalie bei ihm.

Im Augenblick war Lord Lionel Thwaites wahrscheinlich ihre beste Chance, ihren Großvater wiederzufinden. Und so, wie die Dinge lagen, konnte sie ihn noch dazu bestens im Auge behalten. Vielleicht würde er Professor Hardakers Arbeit bei sich in Kensington verstecken. Sie musste erst einmal abwarten, die Lage peilen, Informationen sammeln. Ihr fiel ein, was ihr Großvater in solchen Situationen gerne sagte: *Überlege klar und vernünftig. Rechne dir das bestmögliche Ergebnis aus, bevor du deine Entscheidung triffst.*

KAPITEL 5

CORVUS

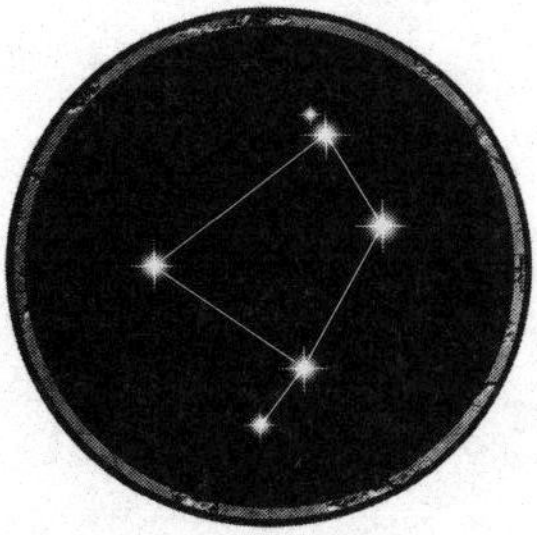

Der Rabe.
Eine Schlange nähert sich.

In den frühen Morgenstunden war sie wieder am Thwaites-Anwesen in Kensington. Auf der Fahrt hatte sie online versucht, so viel wie möglich über Elodie d'Anjou, die Frau aus dem Buch, herauszufinden. Natalie hatte die vage Hoffnung, auf diesem Weg etwas über die Entführung ihres Großvaters oder diejenigen zu erfahren, die dahintersteckten. Doch die Suche brachte rein gar nichts. Anjou war eine Provinz in Frankreich, die am Fluss Loire lag, aber das half ihr auch nicht weiter.

Als Natalie sich dem Kensingtoner Herrenhaus näherte, sah sie zwei Autos, die davor parkten: ein Streifenwagen und eine schwarze Limousine. Sie schlich um das Haus herum und überlegte, ob sie über den Baum wieder nach oben klettern konnte. Eine Hand hatte sie bereits auf den niedrigsten Ast gelegt, als aus der Finsternis eine Stimme drang.

»Wo warst du?«

Sie schrak zurück. Neben einer dunklen Hintertür stand Romain, der nun ins Mondlicht trat. Angenommen, Thwaites wusste etwas über die Entführung ihres Großvaters, steckte Romain dann mit ihm unter einer Decke? Wenn es stimmte, was Giles über seine Vergangenheit beim Sondereinsatzkommando erzählte, war es zumindest nicht unmöglich. Sie redete sich Mut zu.

»Das geht Sie gar nichts an«, sagte sie.

»Ich kann nicht für deine Sicherheit sorgen, wenn du dich wegschleichst«, erwiderte er.

»Ich brauche kein Kindermädchen«, entgegnete sie.

»Außerdem habe ich einfach ein bisschen Zeit für mich gebraucht.«

»Der Baum ist jedenfalls keine gute Idee«, sagte Romain und öffnete die Hintertür. »Komm bitte hier entlang. Die Polizei möchte im Salon noch einmal mit dir reden.«

Da ihr nicht viel anderes übrig blieb, folgte Natalie ihm. Er führte sie durch die Küche, eine Treppe hoch und zu einer breiten Flügeltür. Der Salon dahinter war gigantisch. Von der Decke hing ein funkelnder Kerzenleuchter. Es gab mehrere luxuriöse Sofas und Sessel und in einer Ecke sogar einen ausgestopften Eisbären. Er stand auf den Hinterbeinen, streckte die Pranken vor sich und ragte gut zweieinhalb Meter in die Höhe.

Auf einem der Sofas saß eine Frau mit gebräunter Haut und leuchtendem blonden Haar über den Schultern. Sie trug einen Hosenanzug mit einer ausgeschnittenen Seidenbluse darunter. Als Romain Natalie zu ihr brachte, stand sie auf.

»Du musst Professor Hardakers Enkelin sein«, sagte sie mit amerikanischem Akzent. Sie reichte Natalie eine Hand. »Ich bin Detective Meghan Moss, Interpol. Du bist gar nicht so leicht zu finden, was?«

Als Natalie ihr die Hand schüttelte, stellte sie überrascht fest, wie rau ihre Haut war. »Ich war nur ein bisschen spazieren«, sagte sie.

Interpol? Die sind doch für internationale Kriminalität zuständig.

»Ich dachte, die normale Polizei sucht nach meinem Großvater?«

»Tut sie auch«, sagte Moss. »Aber wir haben die Leitung über die Ermittlungen.«

In diesem Moment schlossen sich die Türen. Natalie bemerkte, dass Romain sich davor aufgebaut hatte, die Arme über der massigen Brust verschränkt.

»Muss er unbedingt hierbleiben?«, fragte Natalie.

Moss lächelte. »Ich fürchte, schon. Wir haben gerne einen Erwachsenen dabei, wenn wir jugendliche Zeugen befragen.«

Romains Miene verriet nichts über seine Meinung zum Thema.

»Ich habe den Beamten am Tatort schon alles erzählt«, sagte Natalie. »Haben Sie in den Überwachungsvideos das Nummernschild des Vans sehen können?«

»Daran arbeiten wir noch«, antwortete Moss. »Wir werden auch das Gebäude durchsuchen, in dem du und dein Großvater wohnen.«

Viel Glück, dachte Natalie. *Thwaites hat schon ganze Arbeit geleistet.* Sie dachte darüber nach, der Frau von Thwaites' spätabendlichem Besuch in der Wohnung zu erzählen, entschied sich aber dagegen. Dass Romain bei ihnen herumlungerte, machte sie nervös. Lieber würde sie einen Moment abpassen, in dem sie ungestört waren.

»Sag mal, Natalie«, fuhr Moss fort, »weißt du irgendetwas über dieses Tagebuch, von dem dein Großvater erzählt hat?«

Natalie schluckte und kämpfte gegen die Hitze an, die ihr in die Wangen steigen wollte. Das Tagebuch steckte in der Hintertasche ihrer Jeans.

»Nein«, antwortete sie.

»Ganz sicher?«, hakte Moss nach. Ihre Augen funkelten und blickten Natalie durchdringend an. »Er hat dir nie davon erzählt?«

»Für mich war das genauso eine Überraschung wie für das übrige Publikum«, sagte Natalie. »Und ehrlich gesagt ein bisschen peinlich.«

»Ach, warum das?«

»Ich habe meinen Großvater noch nie so erlebt«, antwortete sie ehrlich. »Er ist ein begeisterter Wissenschaftler, aber das gestern war alles nur ... na ja, abergläubischer Blödsinn.«

Moss nickte. »Hat dein Großvater irgendwo ein Schließfach? Vielleicht bei einer Bank oder einer privaten Sicherheitsfirma?«

Warum war sie so daran interessiert, ein Schließfach zu finden, wenn sie doch alles daransetzen sollte, Natalies Großvater aufzuspüren? »Entschuldigung, aber was spielt das denn für eine Rolle? Er wurde entführt. Eine Menge Leute haben das beobachtet. Haben Sie die schon alle befragt?«

»Erledigen wir noch«, sagte Moss.

»Ich finde, das sollten Sie gleich machen! Er ist irgendwo da draußen! Müssten Sie nicht nach ihm suchen?«

Moss stieß durch die Nase ein Seufzen aus. »Glaub mir,

Natalie, meine Kollegen tun ihr Bestes, um deinen Großvater aufzuspüren.«

»Warum fragen Sie dann nach Schließfächern und einem Tagebuch, von dem ich erst gestern Abend erfahren habe?«

Moss legte die Hände aneinander. »Ich will ehrlich mit dir sein, Natalie. Ich arbeite bei Interpol für die KRK-Einheit: Kunst- und Reliktekriminalität. Wir kümmern uns um Verbrechen, die mit dem Diebstahl, der Fälschung und dem illegalen Transport von Kunstgegenständen und historischen Artefakten zu tun haben. Wir vermuten schon lange, dass dein Großvater das Tagebuch von Caterina de Medici von einer Ausgrabungsstätte in Paris gestohlen hat. Sein Vortrag scheint diese Theorie zu bestätigen.«

Grandad – ein Dieb?

»Er ist Archäologe. Er findet andauernd irgendwelche Sachen.«

Moss runzelte die Stirn. »Funde müssen katalogisiert und den zuständigen Behörden gemeldet werden. In diesem Fall hat dein Großvater weder das eine noch das andere getan.«

Natalie dachte über die Inschrift in dem Buch nach; sie richtete sich ausdrücklich »an Professor Avery Hardaker«. Möglich, dass er deswegen keinem davon erzählt hatte.

»Vielleicht hat er es vergessen?«, schlug sie vor.

Moss blickte skeptisch drein. »Ich befürchte, dass er im Laufe seiner Karriere ähnliche Diebstähle begangen haben könnte.« Sie betrachtete Natalie forschend.

»Wenn du etwas weißt, es uns aber nicht sagst …«

»Ich verstehe das alles nicht«, gab Natalie zu. »Grandad ist ein guter Mensch. Ein Wissenschaftler, Historiker …«

»Das sagst du«, murmelte Moss. »Aber er wäre nicht der erste Akademiker, der etwas gestohlen und mit dem Verkauf seiner Funde ordentlich Gewinn gemacht hat.«

»Nein!«, rief Natalie. »Er würde nie –«

»Und die Gegenstände, von denen wir reden, sind in der Tat sehr wertvoll«, unterbrach Moss sie.

Natalie verstummte. Sie konnte nicht bestreiten, dass ihr Großvater das Tagebuch, von dem die Ermittlerin sprach, in seinem Besitz hatte. Aber war das dasselbe wie stehlen? *Wenn er es nicht katalogisiert hat, dann bestimmt aus gutem Grund. Und wieso ist das überhaupt wichtig? Er ist in Gefahr!*

»Was ist mit dieser Prophezeiungsmaschine?«, fragte Moss. »Hat er die früher schon erwähnt?«

»Bis gestern habe ich noch nie davon gehört«, antwortete Natalie. »Und wenn Sie mich fragen, klingt es absolut lächerlich.«

»Warum?«

»Im Ernst? Eine Maschine, die die Zukunft voraussagen kann? Das ist Fantasy und Science-Fiction. So was ist unmöglich.«

Moss musterte sie durchdringend.

Ich dachte immer, Kripobeamte hielten sich an Tatsachen. Die kann doch nicht wirklich glauben, dieses Ding wäre so eine Art magisches Orakel?

»Na gut«, sagte die Interpol-Agentin. Sie zog eine Karte aus ihrer Tasche. »Hier ist meine Nummer. Falls dir noch etwas einfällt, egal was, ruf mich an.« Natalie nahm sie nicht, also legte Moss sie auf das Sideboard aus Mahagoni. »Mach dir keine Sorgen. Wir finden ihn«, fügte sie hinzu.

Romain ließ die Ermittlerin hinaus, und Natalie hörte, wie er sie zur Haustür begleitete. Sie schnappte sich die Karte und lief zur Treppe. Zurück in dem protzigen Gästezimmer zog sie das Tagebuch aus der Tasche und schaute sich nach einem Versteck um. Eigentlich müsste man ein so altes und wertvolles Artefakt bei einer ganz bestimmten Temperatur und Luftfeuchtigkeit lagern. Aber das stand gerade nicht zur Debatte. Vorsichtig schob sie es unter die Matratze. Dann überlegte sie es sich anders. Sollte jemand danach suchen, würde er dort als Erstes nachsehen. Sie sah sich im Zimmer nach einem besseren Versteck um, und schließlich fiel ihr Blick auf den Hirsch. Nachdem sie einen Stuhl unter das Geweih gezogen hatte, stellte sie sich darauf, reckte den Arm und legte das Tagebuch auf den ausgestopften Kopf. Vom Teppich aus war das kleine Buch zwischen den gespitzten Ohren des Tiers und dem Geweih nicht mehr zu sehen.

Erschöpft legte Natalie sich aufs Bett. Vor lauter Sorge konnte sie kaum noch klar denken. Immer wieder stellte sie sich vor, wie ihr Großvater von diesen brutalen maskierten Schlägern gefangen gehalten wurde. Und als sie an Detective Moss und ihre Unfähigkeit dachte, das wahre Problem zu erkennen, wurde sie ungeheuer wütend.

Aber damit war keinem geholfen. Sie nahm ihr Smartphone heraus und stieß nach einiger Recherche auf einen Artikel über griechische Theatermasken, die große Ähnlichkeit mit denen der Entführer hatten. Sie fand heraus, dass die Bezeichnung für Maske »prosopon« war, was »Gesicht« bedeutete. Solche Masken wurden bei bestimmten Theaterstücken von Mitgliedern des Chores getragen. Vor fünf Jahren hatten Natalie und ihr Großvater im Norden Griechenlands gelebt. Ob es irgendeinen Zusammenhang gab? Vielleicht stammte die maskierte Gang von dort? Natalie erinnerte sich noch gut an diese Zeit. Sie war damals erst acht gewesen. Den Großteil des herrlichen Sommers hatte sie damit verbracht, mit der Wirtstochter Mariella auf dem Hof nahe der Grabungsstätte Feigen zu pflücken und zu spielen. Allerdings waren sie recht überstürzt abgereist. Das wusste sie noch genau, weil sie nicht einmal Zeit gehabt hatte, sich von Mariella zu verabschieden. Hatte ihr Großvater vor etwas Angst gehabt? Hatten die Maskierten es schon damals auf ihn abgesehen?

Natalie las noch etwas über das antike Drama, doch schon bald setzte in ihrem Kopf das verräterische Pochen ein. Ihr war klar, dass sie besser aufhörte, bevor eine ausgewachsene Migräne daraus wurde. Also holte sie sich ein Glas Wasser und notierte die letzten Kopfschmerzen in ihrem Migränetagebuch – darauf hätte ihr Großvater bestanden, wenn er bei ihr wäre.

Natalie ließ sich in ihre Kissen sinken und ging im

Geiste immer wieder die Ereignisse des Abends durch. Doch sosehr sie sich auch konzentrieren wollte, die Kopfschmerzen wurden immer schlimmer. Irgendwann blieb ihr nichts anderes mehr übrig, als das Licht auszuschalten und darauf zu warten, dass sie einschlief. Vorher war sie allerdings sicherheitshalber noch einmal aufgestanden und hatte die Tür abgesperrt – nur für den Fall, dass Thwaites beschloss, auch ihr Zimmer zu durchwühlen. Der schattige Hirschkopf starrte im morgendlichen Zwielicht auf sie herunter und zog ihren Blick an. Im Halbschlaf bildete sie sich ein, statt des Geweihs würde eine maskierte Gestalt mit Hörnern über ihr thronen.

KAPITEL 6

ANDROMEDA

Die angekettete Gefangene.
Ein Verhör nimmt seinen Lauf.

Der Tempel war von flackernden Fackeln erfüllt, die in Halterungen an den geriffelten Säulen der Hauptkammer angebracht waren. Der Marmorboden loderte im Licht orangefarbener Zungen. Unter den Säulen wartete eine Frau mit Tätowierungen auf dem kahlen Schädel. Sie trug eine knochenweiße Maske mit Ziegenhörnern auf dem Kopf. Bei ihr waren noch neunzehn andere. Wie sie trug auch die Frau eine lange Robe, die bis an ihre Füße reichte. Das Gewand wurde von einer Klammer gehalten und war mit Pelz und Tierhäuten geschmückt. Die tätowierte Frau verneigte sich tief vor dem Großen Mystai, der nun mit einer Stiermaske vor sie trat. Er warf Weihrauch auf den Altarstein am hinteren Ende. Der widerlich süße Geruch bahnte sich einen Weg durch den Tempel.

Der Mann mit den Stierhörnern wandte sich an die Frau. »Anath, bring mir den Gefangenen!«

Anath nickte. Sie verließ den Tempel durch die Vorhalle und fand die Wärter am Fuß der Stufen, wo sie den alten Mann festhielten. Sein Gesicht war ausgemergelt. Durch seine zerrissene, abgewetzte Kleidung hatte er mehr Ähnlichkeit mit einem Obdachlosen als mit einem angesehenen Akademiker.

»Komm mit!«, befahl sie.

Er reagierte nicht, also packte sie ihn am Arm und zerrte ihn die Treppe hinauf. Er stolperte mehrmals, als hätte er Mühe, sich auf den Beinen zu halten, aber sie hatte kein Mitleid. Mit jeder Sekunde schwand seine Chance, das Richtige zu tun. Das hatten sie ihm deutlich gezeigt.

Anath brachte den Professor vor den Anführer. Der Alte richtete sich ein wenig auf.

»Wer sind Sie?«, fragte er. »Was wollen Sie?«

»Auf beide Fragen gibt es nur eine Antwort«, entgegnete der Große Mystai. Er stieg von seinem erhöhten Altar, bis er direkt vor dem Professor stand. »Chaos.«

Der Gefangene verzog keine Miene und scheute auch nicht zurück. Er stand nun ganz gefasst da, scheinbar ohne jede Furcht, was Anath mehr als dumm erschien. Er musterte die Mitglieder des Kults, dann die Gravuren über den Säulen und schließlich den Anführer selbst. Er blickte direkt in die Augenhöhlen seiner Maske. »Na, so was! Ich hatte recht«, sagte er. »Es gibt Sie wirklich. Und letztlich sind Sie zu mir gekommen.«

»An dir sind wir nicht interessiert«, sagte der Große Mystai. »Nur am Orakulum!«

Hardaker runzelte die Stirn, und Anath war sicher, dass er sich ein Lächeln verkniff. »Das werden Sie nie finden.«

Der Anführer nickte Anath kaum merklich zu. Sie schöpfte Kraft aus dem Ritual, aus Blut und Knochen, durch die die Energie des Aithers geschleust wurde, trat zu Hardaker und versetzte ihm einen brutalen Schlag gegen die Leber. Der Alte fiel auf die Knie und stöhnte vor Schmerz. Als er die Augen aufschlug, stellte sie zufrieden fest, dass der Triumph aus seinem Blick verschwunden war.

»Wo ist das Orakulum?«, wollte der Große Mystai wissen.

Der Professor atmete durch die Zähne ein. »Selbst

wenn ich es Ihnen sagen könnte, würde es Ihnen nichts bringen.«

Anath wartete auf ein zweites Nicken. Sie hatte nichts dagegen, den alten Sturkopf den ganzen Tag lang zu quälen, wenn sie dadurch die Wahrheit aus ihm herausbekommen konnte. Doch ihr Anführer blieb reglos, während Hardaker sich langsam wieder aufrappelte. Dann drehte er sich um und ging zu dem Dreibein auf dem Altar. Er warf noch mehr Weihrauch darauf, und dichter Dampf wallte auf. Der Mystai atmete tief ein.

»Irgendwann wirst du reden«, hallte es hinter der Maske hervor. »Eine Ära des Chaos wird kommen, und nichts kann sie aufhalten.«

KAPITEL 7

COLUMBA

Die Taube.
Zeit, Frieden zu schließen.

Als Natalie aufwachte, stand jemand neben ihrem Bett. Ruckartig setzte sie sich auf und spähte in die Dunkelheit.

»Bitte entschuldigen Sie, Miss«, sagte eine Frauenstimme. »Ich wollte Sie nicht erschrecken. Ich bringe nur Ihr Frühstück.«

Als ihre Augen sich ans Dunkel gewöhnt hatten, erkannte Natalie, dass es ein Dienstmädchen mit einem Tablett in den Händen war, das sie nun auf die Kommode stellte. Natalie wollte schon losmurren, dass sie kein Frühstück bestellt hatte. Doch dann überlegte sie es sich anders. »Danke«, sagte sie.

»Möchten Sie, dass ich die Vorhänge aufziehe?«, fragte die junge Frau.

Natalie schüttelte den Kopf. *Das ist ja wie im Hotel!* »Äh … Nein, danke. Ich mache das selber.«

»Sehr wohl, Miss«, sagte das Dienstmädchen und ging.

Natalie schwang die Beine aus dem Bett und lief zum Fenster. Draußen war es hell, und sie bekam ein schlechtes Gewissen. Wie konnte sie nur schlafen, bei allem, was los war? Vielleicht hatte man Grandad schon gefunden. Sie warf einen prüfenden Blick auf ihr Smartphone, doch sie hatte weder neue Nachrichten noch verpasste Anrufe. Der Duft des Frühstücks stieg ihr in die Nase, und ihr Magen knurrte. Als sie die Servietten abnahm, die man über das Tablett gelegt hatte, fand sie ein silbernes Teeservice, frisches Obst, Joghurt, Rührei mit Bacon und Müsli. Ob Giles das jeden Tag serviert bekam?

Natalie schaltete den Fernseher ein, suchte die Nachrichten und fing ausgehungert an zu essen. Sie erwartete, jeden Moment das Gesicht ihres Großvaters auf dem Bildschirm zu sehen. Doch die Entführung wurde mit keinem Wort erwähnt, stattdessen brachten sie einen Bericht über eine »Technik der Zukunft«-Messe, der Ninia Kane einen Besuch abgestattet hatte. Wie war das möglich?

Eigentlich müsste Interpol die Entführung ihres Großvaters doch publik machen, um mehr Hinweise zu erhalten. Ganz offensichtlich waren sie nicht wirklich daran interessiert, ihn zu finden. Lionel Thwaites konnte sie genauso wenig trauen. Wer blieb da überhaupt noch übrig? Belinda Estevez, so viel stand fest. Und Johann Schar. Doch die hatten keine Verbindungen zur Polizei, und wüssten sie irgendetwas über das Tagebuch oder dieses Orakulum, hätten sie Natalie längst davon erzählt. Obendrein wollte Belinda zurück nach Mexiko. Und ohne Zweifel hatte auch Schar wichtige Arbeit in der Schweiz.

Ich bin ganz allein.

Wenigstens hatte sie einen Plan. Während sie sich in den Morgenstunden unruhig hin und her geworfen hatte, hatte er in ihrem Kopf Gestalt angenommen. Allerdings würde es nicht leicht werden.

Sobald sie angezogen war, stopfte Natalie das Tagebuch in ihren Rucksack. Sie hatte keine Ahnung, welches Zimmer in dem riesigen Haus Giles gehörte. Aber als sie den Flur entlangtappte, hörte sie irgendwo unter ihr seine Stimme.

»Nein, nein, nein, du *Idiot*! Links von *dir*! Hätte ich links von *mir* gemeint, hätte ich das gesagt!«

Sie fand eine Tür, auf der »Draußen bleiben!« stand, und klopfte. Keiner antwortete.

»Feind auf drei Uhr!«, brüllte Giles. »Gebt mir Deckung. Ich geh rein!«

Natalie öffnete die Tür einen Spaltbreit und spähte in den Raum hinein. An der Wand hing der größte Flachbildschirm, den sie je gesehen hatte. Davor hockte Giles und zockte mit Kopfhörern auf den Ohren irgendein Computerspiel – in einer futuristischen Stadt pustete er mit einer riesigen Kanone schleimige Aliens weg. Seine Finger drückten hektisch auf dem Controller herum, während der Bildschirm rot zu leuchten anfing.

»Ich bin getroffen! Shit, ich bin getroffen! Woher kommen die Schüsse denn?«

Ein roter Filter legte sich über das Bild, und eine Nachricht erschien: DU WURDEST VAPORISIERT!

Giles knallte den Controller auf den Boden. »Was war denn an *Gebt mir Deckung* so schwer zu verstehen, ihr Vollpfosten?!«

Wütend riss er sich die Kopfhörer herunter.

»Äh … guten Morgen?«, sagte Natalie. Giles wirbelte mit finsterem Blick herum. Sein Gesicht war verschwitzt. »Ich habe geklopft«, stellte sie klar.

»Wie lange stehst du da schon?«

»Ich durfte miterleben, wie du vaporisiert wurdest«, antwortete sie. »Sah übel aus.«

Giles Miene wurde sanfter, dann lächelte er. »Daran war mein bescheuertes Team schuld. Die könnten nicht mal einen Supermarkt einnehmen, bei einem Stützpunkt kann man sie komplett vergessen.«

Natalie lachte. Sie überlegte, ob Giles auch echte Freunde hatte oder ob er seine ganze Zeit online verbrachte.

»Gut geschlafen?«, fragte er und stand auf.

»Schlecht geträumt«, antwortete sie. »Aber das Frühstück war der Hammer. Normalerweise essen Grandad und ich nur Baguette und Marmelade.« Der Gedanke an ihre gemeinsame Morgenroutine versetzte ihr einen Stich. Sie hatten zwei Ausgaben der *Times* abonniert, damit sie das Kreuzworträtsel darin um die Wette ausfüllen konnten. Vier bis fünf Mal pro Woche gewann ihr Großvater.

Giles sah sie ernst an. »Dann gibt's wohl noch nichts Neues, was?«

»Nein.«

Natalie wünschte, sie hätte vorher geübt, was sie sagen würde. Schließlich wollte sie Thwaites Diebstahl vorwerfen und hatte keine Ahnung, wie Giles darauf reagieren würde. Doch ihr Instinkt sagte ihr, dass sein Verhältnis zu seinem Vormund nicht unbedingt das Beste war und dass Giles kein Problem damit hätte, ihn zu hintergehen.

Ihr Blick wanderte zum Bildschirm, auf dem das Computerspiel Giles fragte, ob er eine neue Mission starten wolle.

»Was hältst du von einer echten Mission?«, fragte sie. »Ein bisschen Spionage.«

Giles grinste. »Was schwebt dir denn so vor?«

»Hat Thwaites ein Arbeitszimmer?«

Er runzelte die Stirn. »Und ob. Aber wozu willst du in sein Büro einbrechen?«

Sie erklärte, wie Thwaites sich eingeschlichen und die Sachen ihres Großvaters mitgenommen hatte. »Vielleicht ist alles völlig harmlos«, ergänzte sie. »Aber selbst wenn, kommt es mir ziemlich hinterhältig vor. Wenn er irgendwas über diese Entführer weiß, macht er jedenfalls ein großes Geheimnis darum.«

Giles wirkte nachdenklich. »Ich hatte schon immer den Eindruck, dass er was verheimlicht. Ständig trifft er sich mit zwielichtigen Typen.«

»Aber du kennst sie nicht?«, fragte Natalie nach.

Giles schnaubte spöttisch. »Ich weiß, dass er für Ninia Kane den Gastgeber spielt, solange sie im Land ist, aber nur, weil in den Nachrichten ein Bericht darüber kam. Normalerweise merkt er nicht mal, dass ich da bin.«

Natalie nickte. Ganz unerwartet tat Giles ihr auf einmal leid. Vielleicht hatte er außer seinen Gamer-Kollegen wirklich niemanden. Was seine Einstellung zu Thwaites anging, hatte sie jedenfalls richtig geraten. Sanft sagte sie: »Ich habe meine Eltern auch verloren. Deshalb muss ich meinen Großvater unbedingt retten. Er ist alles, was ich habe.«

Giles presste die Lippen fest zusammen. Er wirkte betroffen. »Auf die Tour kommst du mir jetzt?« Er seufzte. »Was soll's. Lionel ist ein Ekel, und mir ist eh langweilig.«

Fast hätte Natalie ihn gedrückt. »Danke! Im Ernst, Giles. Also, wie kommen wir in sein Arbeitszimmer?«

»Da gilt Betreten strengstens verboten«, sagte Giles. »Lionel hat sogar ein Codeschloss an der Tür.«

»Oh.« Natalie war enttäuscht.

»Aber vielleicht kennt ja *zufällig* jemand die PIN«, sagte Giles verschwörerisch. »Ab und zu muss ich einbrechen und sicherstellen, dass er nichts von meinem Vermögen zur Seite schafft.«

»Er ist aber nicht gerade da drin, oder?«

»Genau genommen ist er heute Morgen abgereist.« Giles holte sein Smartphone aus der Tasche und zeigte ihr eine Nachricht. Da stand nur: *Bin einige Tage verreist.*

»Und Romain?«, fragte Natalie.

»Romain ist so loyal wie ein Wachhund«, antwortete Giles. »Und zwar mir gegenüber. Komm schon, gehen wir!«

Er führte Natalie die Treppe runter ins Erdgeschoss und durch einen Flur zu einer Holztür. In der Wand daneben war ein digitales Nummernschloss. Giles deckte es mit der Hand ab. »Nicht spicken!« Dann tippte er sechs Zahlen ein.

»Geburtstag?«, riet Natalie.

»Nein, der Tag, an dem er zum Lord geadelt wurde«, antwortete Giles. »Ganz schön traurig, wenn man darüber nachdenkt.«

Er öffnete die Tür zu einem ausladenden Raum, der mehr an eine Museumsgalerie erinnerte als an ein Büro.

Am hinteren Ende standen ein Schreibtisch und mehrere Podeste mit Artefakten darauf: ein Stier aus Terrakotta, eine riesige Urne und mehrere bemalte Vasen mit Szenen aus der Mythologie. An der rechten Wand waren verschiedene Steinfriese befestigt – die Sorte, die normalerweise die Sockel uralter Tempel schmückte. Auch Grabsteine gab es zu sehen, mit griechischen und römischen Inschriften darauf. In Schaukästen lagen Werkzeuge aus Bronze, aufwendiger Schmuck und Kampfgeräte. An der anderen Wand hingen Gemälde aus der Renaissance und dem Mittelalter: klassische Szenen von Göttern und Sterblichen auf Wiesen, vor Brunnen oder vor eingestürzten Säulen. Sollten das Originale sein – und Natalie war sich relativ sicher, dass sie genau das waren –, mussten sie Millionen wert sein.

»Die reinste Schatzkammer!«, sagte sie.

»Wahrscheinlich.« Giles klang wenig beeindruckt. »Schau dir das mal an!« Er zog einen Speer aus einer Halterung und wirbelte ihn mit einer Hand herum. »Hat mir Romain beigebracht.«

Natalie verdrehte die Augen.

Links und rechts vom Schreibtisch waren versiegelte Vitrinen voller alter Bücher und zerbrechlich wirkender Schriftrollen. An den Glaskästen war ein Luftentfeuchter angebracht, damit das alte Papier nicht zerfiel. Am liebsten würde Natalie Caterinas Tagebuch auch so aufbewahren. Doch in ihrem Zimmer eine klotzige, brummende Maschine aufzubauen, wäre ein wenig zu auffällig.

Der Schreibtisch selbst war leer, abgesehen von einer Lampe, einer Schreibunterlage und einer Planetenmaschine – einem Modell des Sonnensystems aus Holz und Metall. Die deutsche Plakette darauf behauptete, dass es von 1740 stammte. Doch Natalie verschwendete keine weitere Zeit mit Staunen, sondern riss schnell sämtliche Schubladen auf. Sie hielt Ausschau nach allem, was so aussah, als könnte es zu den gestohlenen Papieren ihres Grandads gehören. Leider gab es in den Schubladen nichts außer einigen Schreibgeräten, einem Ordner und einer Packung Karamellbonbons.

»Kein Glück?«, fragte Giles. Er stach mit dem Speer wild um sich.

Natalie schüttelte den Kopf und knurrte leise vor sich hin. Thwaites musste die Forschungsdokumente anderswo hingebracht haben.

Ihr Blick fiel auf einen Wandteppich in strahlenden Farben, der hinter dem Schreibtisch hing. Darauf war eine verhüllte Frau mit einem goldenen Apfel in der Hand zu sehen. Völlig aufgelöst flatterten Cherubim um sie herum.

»Soll das Eva im Garten Eden sein?«, fragte Giles und stellte den Speer ab.

»Fast«, sagte Natalie. »Es ist Eris, die Göttin der Zwietracht. Eine der interessantesten Figuren der griechischen Mythologie. Sie war die Tochter der Nacht, und der Apfel ist ein Symbol für das Chaos.« Noch während Natalie die Worte aussprach, schien es um sie herum kälter zu werden. »Chaos«, wiederholte sie.

»Was ist los?«

»Da war diese Frau. Eine der Maskierten. Sie meinte, dass Chaos anrückt.«

»Schon klar«, sagte Giles. »Und … was soll das heißen? Glaubst du, der alte Lionel gehört zu den Freaks mit den Masken?«

»Weiß nicht«, sagte Natalie. »Sicher ist, dass er eine Menge griechisches Zeug sammelt. Könnte aber auch Zufall sein.«

»Und was soll der Apfel?« Giles musterte den Teppich.

»Eris war wütend, weil man sie nicht auf eine Hochzeit eingeladen hatte, also hat sie den Apfel unter die Gäste geworfen. Darauf stand: *Für die Schönste.* Götter und Göttinnen stehen auf Wettbewerbe. Jedenfalls wollten gleich drei Göttinnen den Apfel für sich: Hera, Athene und Aphrodite. Am Ende wurde beschlossen, dass ein Sterblicher, Paris von Troja, entscheiden sollte, wer die Schönste ist. Aber Aphrodite hat betrogen. Sie hat Paris bestochen und ihm Helena angeboten, die wunderschöne Ehefrau eines griechischen Königs namens Menelaus. Aphrodite bekam also den Apfel. Paris bekam Helena. Und die Griechen führten zehn Jahre lang Krieg mit den Trojanern, um sie zurückzukriegen.«

»Klingt irgendwie ziemlich bescheuert«, meinte Giles. »Ein ganzer Krieg nur wegen einem Apfel?«

Als Natalie den Wandbehang betrachtete, schien der Apfel regelrecht zu glühen, fast als würde er sie rufen. Wieder dachte sie an die Worte der tätowierten Entführerin, an das angeblich anrückende Chaos. Unter ihrer Schläfe zuckte es schmerzhaft.

»Eris wusste, wie sie bekam, was sie wollte«, sagte sie.

Und vielleicht zeigt sie auch mir, was ich haben will.

Natalie trat näher an den Teppich, nahm so behutsam wie möglich eine der Ecken zwischen die Finger und hob ihn leicht an. In der Wand dahinter war eine kleine Tür.

»Woa!«, stieß Giles aus. »Die sehe ich zum ersten Mal. Was glaubst du –?«

Natalie war bereits hinter dem Teppich und zog an dem Knauf der kleinen Tür. Aus leeren Augenhöhlen starrten ihr drei Gesichter entgegen. Senkrecht übereinander hingen drei griechische Theatermasken, die unterschiedliche Gefühlsausdrücke zeigten. Natalies Herz klopfte laut.

»Wow, Lionel!«, keuchte Giles. »Was *treibst* du? Und was machen wir jetzt?«

Natalie dachte eine Weile nach. Zur Polizei konnten sie nicht. Es gab nicht genug Beweise, um einen so einflussreichen Mann verhaften zu können. Am Ende würde man ihn nicht einmal verhören. Dafür wüsste Thwaites, dass Natalie ihm auf die Schliche gekommen war. Auf einmal hatte Natalie eine Idee. »Wenn wir Grandads Arbeitsschritte nachverfolgen, finden wir bestimmt heraus, wer es auf ihn abgesehen haben könnte. Und was das alles mit diesem Orakulum zu tun hat. Ich glaube nämlich, die Maskierten suchen danach. Wenn wir die Maschine finden und ihnen geben, lassen sie Grandad vielleicht frei.«

Giles schwieg. Natalie fragte sich, ob er das Gleiche

dachte: Wenn die Maskierten das Orakulum wollten und Professor Hardaker wusste, wo es war … Was würden sie tun, um es aus ihm herauszubekommen? Wie viel Zeit blieb ihnen noch, um ihn zu retten? Natalie schob den Gedanken so gut es ging beiseite. *Konzentriere dich auf die Fakten!* Genau das würde ihr Großvater jetzt sagen.

Ihre Miene wurde düster. »Aber das bedeutet, wir müssen nach Griechenland. Großvater hat dort auf einer Ausgrabung gearbeitet. Ich glaube, es könnte eine Verbindung zu diesen Masken geben. Außerdem sind wir damals so schnell abgereist, als hätte er Angst, verfolgt zu werden. Vielleicht hat er da ja das Orakulum gefunden? Wir könnten dort zumindest Hinweise finden. Nur leider habe ich keinen Schimmer, wie wir dorthin kommen sollen.«

Als Natalie sich zu Giles drehte, grinste er so selbstgefällig, wie sie es noch nicht gesehen hatte.

»Was?«, fragte sie. »Hast du irgendwo einen Privatjet, von dem du mir nichts verraten hast?«

Giles' Grinsen wurde noch breiter.

Natalie klappte der Mund auf. »Oh mein Gott, du hast *tatsächlich* einen eigenen Jet?!«

»Oh ja«, bestätigte Giles. »Meine Eltern waren geschäftlich in der ganzen Welt unterwegs. Sie haben ein Flugzeug *und* einen Helikopter.«

»Und können wir das Flugzeug benutzen, ohne … du weißt schon … Thwaites vorher zu fragen?«

»Ich brauche seine Erlaubnis für gar nichts«, entgegnete Giles trotzig. »Lass mich kurz mit Romain sprechen.«

Er ließ Natalie im Büro zurück. Wahrscheinlich machte Giles das alles nur, um Thwaites eins auszuwischen. Trotzdem könnte sie die Suche nach ihrem Großvater ohne ihn vergessen. Außerdem fühlte sie sich ein bisschen weniger allein als noch nach dem Aufwachen. Noch einmal betrachtete sie den merkwürdigen Wandteppich. Die Gesichter der Cherubim waren vor Schmerz verzerrt, als wüssten sie, welche Qualen der Apfel bringen würde. Das Bild kam ihr vor wie eine Warnung.

Wenig später kam Giles zurück. »Alles geritzt«, sagte er grinsend. »Romain hat einen Kumpel, der Pilot ist. Allerdings müssen wir uns bei einem Zielflughafen anmelden.«

»Kavala«, entschied Natalie, als ihr der Flughafen einfiel, der der Grabungsstätte am nächsten lag. Beinahe konnte sie die Süße der Feigen auf der Zunge schmecken. Vielleicht wäre auch Mariella, die Tochter des Wirts, noch immer dort. »Ich kann gar nicht glauben, dass wir echt dahin fliegen.«

»Ich weiß!«, sagte Giles. »Das ist wie in der Show deines Grandads – *Geheimnisse der Archäologie*!«

»Ich dachte, die tust du dir nicht an?«, zog Natalie ihn auf.

Giles wurde knallrot. »Ja, na ja ... nur, wenn sonst nichts Gutes läuft. Los, wir wollen den Flug nicht verpassen.«

Natalie folgte ihm aus dem Zimmer und fühlte sich entschlossener denn je.

Durchhalten, Grandad! Ich bin auf dem Weg.

KAPITEL 8

LYRA

*Die Leier des Orpheus.
Ihre Musik verzauberte selbst
den Tod.*

Romain fuhr sie schweigend durch die Stadt. Dafür fiel Natalie immer wieder sein bohrender Blick im Rückspiegel auf. Konnten sie ihm wirklich trauen? Auch wenn Giles der Erbe des Familienvermögens war, zahlte doch Thwaites Romains Gehalt – zumindest derzeit.

Nach vierzig Minuten hielten sie auf einem kleinen Flugplatz am Rand von London. Aus einem Hangartor lugte ein schicker Jet hervor, der gerade betankt wurde. Romain parkte direkt vor der Treppe. Natalie war ans Fliegen gewöhnt. Mit ihrem Großvater war sie bereits in allen möglichen Größen und Arten von Luftgefährten gereist, von transatlantischen Jumbos bis hin zu Wasserflugzeugen in Fidschi. Aber heute bestieg sie das erste Mal einen Privatflieger. In dem Jet gab es mehrere bequeme Ledersessel, eine Bar und einen Schreibtisch. Aus dem Cockpit trat ein Mann. Er hatte eine Glatze, eine tiefe Narbe auf einer Wange und trug eine schwarze Militäruniform.

»Anschnallen«, sagte er, bevor er wieder verschwand.

»Ist das der Pilot?«, flüsterte Natalie.

»Und wahrscheinlich gleichzeitig auch der Steward«, sagte Giles. »Irgendwie habe ich keine Lust, ihn nach was zu trinken und zu knabbern zu fragen, du?«

Sie suchten sich Plätze und machten es sich gemütlich. Dann kam Romain die Stufen hoch, schloss die Kabinentür und klopfte dreimal mit der Faust gegen die Tür zum Cockpit. Anschließend nahm er ihnen gegenüber Platz. Sofort erwachten die Triebwerke dröhnend zum Leben, und sie rollten rückwärts aus dem Hangar.

Nachdem sie abgehoben hatten, stiegen sie rasant in die Höhe, bevor sie über London eine 180-Grad-Wende vollführten. Dabei erhaschte Natalie einen Blick auf die wohlbekannten Sehenswürdigkeiten der Stadt: die vier hohen Schlote des alten Kohlekraftwerks von Battersea, die Parlamentsgebäude und das London Eye, die Kuppel der Kathedrale von St. Paul's und den hoch aufragenden Wolkenkratzer The Shard. Kaum waren die hohen Gebäude des Canary-Wharf-Viertels vor ihnen aufgetaucht, wurden Natalies Augen auch schon wie magisch vom Museum in Greenwich angezogen. Erst gestern hatte sie zugesehen, wie ihr Großvater dort in einen Transporter gezerrt worden war. Schnell wandte sie sich ab. Dabei pochte ihr Kopf vor Schmerz. Sie schnitt eine gequälte Grimasse. Vielleicht lag es an der ganzen Aufregung. Normalerweise dauerten ihre Kopfschmerzen nicht so lange an – andererseits war an den letzten vierundzwanzig Stunden nichts normal gewesen. Pflichtbewusst fischte sie ihr Migränetagebuch aus ihrer Umhängetasche, wo sie es neben dem Buch von Caterina de Medici aufbewahrte.

»Liebes Tagebuch …«, sagte Giles grinsend, als Natalie die Einzelheiten zu ihrem letzten Anfall eintrug.

»Sehr witzig. Ich habe immer mal wieder diese unerklärlichen Kopfschmerzen. Der Arzt meint, ich soll darüber Buch führen.«

»Schöner Mist«, sagte Giles. Er drückte auf einen Knopf neben seinem Sitz, und von oben fuhr ein Bildschirm herunter. Dann setzte er Kopfhörer auf.

Natalie überflog ihre letzten Einträge. Die Kopfschmerzen traten für gewöhnlich in bestimmten Zyklen auf: Einige Tage war es schlimm, dann wurde es wieder besser, manchmal hatte sie wochenlang keine Beschwerden.

Als sie den Kanal überquerten, fiel Natalie ein, dass sie niemandem gesagt hatte, wo sie hinging. Was, wenn ihr Großvater plötzlich auftauchte? Sie nahm ihr Smartphone aus der Tasche und schrieb eine Nachricht an Belinda Estevez und Johann Schar. Praktisch, dass man in Privatjets scheinbar immer Netz hatte.

Ich glaube, ich habe eine Spur wegen Grandad. Bin unterwegs nach Griechenland! Sagt ihr mir Bescheid, falls ihr irgendetwas Neues hört? X

Es dauerte nicht lange, da antwortete Schar mit einem überraschten Emoji und den Worten: *Melde dich mal!*

Belinda schrieb: *Warum Griechenland? Ich ruf dich heute Abend an!*

Natalie wollte gerade antworten, als ihr das Telefon aus der Hand gerissen wurde. Als sie den Kopf hob, schaltete Giles es bereits aus.

»He, was soll das?«, beschwerte sie sich. »Gib es wieder her!«

»Und was sollte *das*?«, entgegnete Giles. »Die verfolgen vielleicht das Signal zurück.«

»Wer? Interpol? Ich glaube kaum, dass die sich für mich interessieren.«

»Und was ist mit den Masken-Freaks?«, gab Giles zu bedenken.

»Du hast wohl zu viele Bond-Filme gesehen«, entgegnete Natalie. »Kann ich jetzt bitte mein Handy zurückhaben?«

»Nur wenn du versprichst, dass du es nicht benutzt.«

Sie blickten sich finster an. Romain beendete die Stille. »Giles hat recht. Wir wissen nicht, über welche Ressourcen unser Feind verfügt.«

Natalie sah ihn überrascht an. Sie war noch immer nicht überzeugt, trotzdem versprach sie es. Giles ließ das Smartphone wieder in ihre Hand gleiten.

Kavala war ein kleiner Flughafen im Nordosten von Griechenland. Früher einmal war hier das griechische Königreich Thrakien gewesen – berühmt für seine barbarischen Reiter. Schroff erhob sich im Süden die zerklüftete Insel Samothraki aus dem kristallklaren Wasser der Ägäis. Natalie und ihr Großvater waren einmal mit der Fähre dorthin übergesetzt, um einige uralte Ruinen hoch oben in den Bergen zu besuchen. Es hatte dort Adler und Bergziegen gegeben, aber das war auch alles gewesen.

Nachdem sie gelandet waren, verschwand Romain für einige Minuten und kehrte anschließend in einem staubbedeckten braunen Mercedes zurück. *Bestimmt kein Mietwagen*, dachte Natalie. Romain kam ihr wie der Typ Mensch vor, der so ziemlich überall ein Auto auftreiben konnte.

Sobald sie im Wagen saßen, erklärte Natalie ihnen den Weg vom Flughafen in Richtung Nestos-Klamm, wo die Ausgrabung stattgefunden hatte. Es war eine öde, bergige Gegend, durchsetzt von einigen sturen Olivenbäumen.

Der Fluss, der durch eine Schlucht voller Felsbrocken floss, war um diese Jahreszeit ausgetrocknet. Der einzige Mensch, an dem sie auf der einsamen Straße vorbeikamen, war ein alter Bauer. Runzlig wie eine getrocknete Pflaume, hockte er am Straßenrand und schmauchte eine Pfeife.

Nach einer Stunde näherten sie sich der Schlucht, und Natalie suchte entlang der Straße nach Hinweisen auf das Gasthaus, in dem sie und ihr Großvater damals untergebracht gewesen waren.

Giles blickte in die verlassene, sonnenverbrannte Landschaft, während ihr Auto auf dem Kiesweg Staub aufwirbelte. »Wir sind hier mitten im Nirgendwo.«

»Vor zweieinhalbtausend Jahren war das hier eine wichtige Stätte«, erklärte Natalie. »Ein religiöses Heiligtum, das – hey, stopp!«

Am Horizont war das Gasthaus aufgetaucht. Natalie wies Romain an, auf die Schotterstraße zu fahren, die an dem Gebäude vorbei zur Ausgrabungsstätte führte. Das Haus machte einen wesentlich heruntergekommeneren Eindruck, als Natalie in Erinnerung hatte. Auch Autos standen keine davor. Es ließ sich schwer sagen, ob überhaupt noch jemand darin wohnte. Wahrscheinlich waren Mariella und ihre Familie schon lange weggezogen.

Allmählich ging die Sonne hinter dem westlichen Rand der Schlucht unter. Doch als sie parkten und ausstiegen, war die Luft noch immer warm.

»Was genau willst du hier eigentlich finden?«, fragte Giles.

Antworten, dachte Natalie.

Sobald sie die Ruinen sah, begriff sie allerdings, dass es beim Wunschdenken bleiben würde. Obwohl einiges mit verwitterten Brettern verkleidet war, war das meiste inzwischen völlig verfallen. Hier hatte seit vielen Jahren niemand mehr gearbeitet, vermutlich nicht mehr seit ihrem Großvater. In Natalies Magen machte sich bittere Enttäuschung breit. Was für Hinweise könnten hier noch zu finden sein?

Plötzlich ließen Schritte sie alle herumfahren, und Romain griff unter seine Jacke. Doch es war nur ein großes, schlaksiges Mädchen, das den Pfad entlangjoggte.

»*Kalispera?*«, rief sie. Natalie erkannte die Stimme sofort. Doch konnte das Mädchen, das auf sie zukam, wirklich Mariella sein? Sie war fast dreißig Zentimeter gewachsen und trug die Haare viel kürzer.

»*Kalispera-sas!*«, antwortete Natalie. »Mariella? Ich bin's, Natalie!«

Das griechische Mädchen staunte nicht schlecht. »Natalie Hardaker?« Sie rannte los und nahm Natalie in die Arme. Dann plapperte sie auf Griechisch drauflos, konnte kaum fassen, wie lange es her war, und löcherte Natalie mit Fragen. Die gab ihr Bestes, zu antworten. Zu ihrer eigenen Überraschung funktionierte ihr eingerostetes Griechisch rasch wieder ganz gut. Giles wirkte absolut perplex.

»Das ist Giles«, stellte Natalie ihn vor. »Giles – Mariella.«

Sie schüttelten sich die Hand, und Mariella meinte: »*Yassou*, Giles.«

»Das heißt Hallo«, erklärte Natalie.

»Ach so, alles klar – hi!«, antwortete Giles.

»Ich kann auch Englisch sprechen, wenn dir das lieber ist«, bot Mariella an.

»Danke«, sagte Giles.

»Und wer ist der da?« Mariella nickte zu Romain, der noch immer am Auto stand. »Dein … Vater?«

»Mehr so was wie ein Onkel«, antwortete Giles.

Mariella grinste schief. »So was wie ein Onkel, was?«

»Hör mal, Mariella«, sagte Natalie. »Meinem Grandad ist etwas zugestoßen. Er … wurde entführt.«

Aus Mariellas Gesicht wich jede Farbe. »Das ist ja furchtbar!«, rief sie. »Wer macht denn so was?!«

»Ich weiß es nicht, aber ich glaube, es hat irgendwie mit seiner Arbeit hier zu tun.« Natalie zeigte auf die traurigen Ruinen. »Was ist damit eigentlich passiert?«

»Sie haben die Arbeiten vor Jahren eingestellt«, erzählte ihre Freundin. »Sämtliche Funde wurden ins Museum nach Drama gebracht.«

»Ist das weit von hier?«, wollte Natalie wissen.

»Nein. Nicht, wenn man ein Auto hat«, antwortete Mariella. »Kommt mit ins Haus. Meine Mama würde sich wahnsinnig freuen, dich wiederzusehen. Sie hat gerade *kleftiko* gemacht!«

Zu gerne hätte Natalie Mama Tessious gegrilltes Lamm probiert, aber sie konnten sich keine Pause leisten.

»Vielleicht, nachdem wir im Museum waren«, sagte sie.

»Das hat heute bestimmt schon zu«, wand Mariella ein.

»Macht nichts, wir kommen trotzdem rein«, meinte Giles. »Mein, äh, Onkel kann sehr überzeugend sein.«

Mariella zuckte mit den Schultern. »Na gut. Dann komme ich mit!«

Natalie überlegte, ob sie es ihr ausreden sollte, aber ein extra Paar Augen könnte praktisch sein. Außerdem: Egal, wie gut Natalies Griechisch auch sein mochte, ohne Mariella könnte ihr etwas entgehen.

»Na, dann los«, sagte sie.

Giles setzte sich auf den Beifahrersitz, während Romain den Motor anließ.

»Dein Freund ist echt süß«, meinte Mariella auf Griechisch und schnallte sich an.

»Findest du?«, entgegnete Natalie.

»Jetzt sag nicht, das ist dir noch nicht aufgefallen!« Mariella kicherte.

»Was sagt sie denn?«, wollte Giles wissen und drehte sich auf seinem Sitz um.

»Sie meint, ihr gefällt das Auto«, antwortete Natalie und unterdrückte ein Lachen.

Romain starrte im Rückspiegel stur geradeaus. Und trotzdem: War da etwa ein kleines Lächeln auf seinen Lippen? Vielleicht sprach auch er Griechisch.

»Ja, kann ich verstehen – zumindest für so ein altes Modell ist es ganz okay«, meinte Giles. »Fahren wir, Romain.«

Gerade als Natalie Mariella in alles eingeweiht hatte, kamen sie in der Stadt an. Natalie hatte geflüstert. Falls Romain tatsächlich Griechisch sprach, hatte er dank des laut dahinbrausenden Autos sicher nichts verstehen können. Drama war eine Kleinstadt, in der es hauptsächlich moderne Gebäude gab. Als sie ankamen, war die Sonne bereits untergegangen. Das Museum war ein breites, zweistöckiges Haus, das hinter einer Kirche nur wenige Straßen von einem großen Platz entfernt lag. Zwar waren hier noch ein paar Leute unterwegs, allerdings achtete keiner auf sie, als sie sich dem Gebäude näherten. Wie Mariella vermutet hatte, war der Haupteingang geschlossen und verriegelt. Im Innern war alles dunkel. Sie liefen um das Museum herum zu einem Hintereingang, der ebenfalls abgesperrt war.

»Das Gebäude ist mit großer Wahrscheinlichkeit nicht alarmgesichert«, informierte Romain sie. »Soll ich das Schloss knacken?«

»Der Nachtwächter könnte drin sein«, sagte Mariella.

»Um ihn kann ich mich kümmern«, sagte Romain und ließ die Knöchel knacken. Mariella wirkte schockiert.

»Nicht nötig«, sagte Natalie schnell.

Romain zuckte mit den Schultern, möglicherweise etwas enttäuscht.

»Da drüben!«, sagte Giles. Er leuchtete mit einer Taschenlampe an der Seite des Museums auf ein Fenster, das ein Stück weit offen stand.

Romain half ihnen mit einer Räuberleiter nach oben. Giles bestand darauf, vorauszugehen – »um zu prüfen, ob die Luft rein ist«.

Mariella drehte sich zu Natalie und sagte: »Tapfer ist er auch noch!« Giles schaute sie verwirrt an. Kichernd folgte Natalie ihm. Sie schob sich über den Sims und fand sich in einem kleinen Büro wieder. Zuletzt gesellte sich Mariella zu ihnen und hopste vorsichtig neben Natalie auf den Boden. Giles trug Romain auf, draußen Wache zu halten.

Dann verließen sie das Büro. Im Museum war es viel kühler als im Freien, und durch die Dunkelheit kamen sie sich fast wie in einer Grabkammer vor. Sie sahen Schaukästen voller Tonscherben und Fragmente von Statuen. An den Wänden hingen Bildschirme, die vermutlich zu interaktiven Displays gehörten. Eine abzweigende Galerie zeigte Artefakte wie Mosaike und Goldschnitte aus der frühen orthodoxen Kirche – ganz aus Rot und Gold und wirklich schön.

»Zu den Funden aus der Nestos-Klamm geht's hier entlang«, flüsterte Mariella und führte sie an der Infotheke im Eingangsbereich vorbei.

Plötzlich blieb sie wie angewurzelt stehen und schob die anderen hinter den Tresen. Neben dem Haupteingang saß ein Mann auf einem Stuhl. Auf seinem mächtigen Bauch lag eine aufgeschlagene Zeitschrift, die sich gleichmäßig hob und senkte. Sein Kopf ruhte auf seiner Brust.

Auf Zehenspitzen schlichen sie an ihm vorbei. Bei jedem Schritt rechnete Natalie damit, dass er aufwachen würde. Doch abgesehen von einem grunzenden Schnarchlaut regte er sich nicht. Sie stiegen eine Treppe hoch. Oben angekommen, wurde Natalies Blick sofort von den Worten über der Tür angezogen. *Nestos: Ruhestätte des Orphischen Mysteriums?*

Der Raum dahinter wurde von schwacher Sicherheitsbeleuchtung erhellt, deren unheimliches Blau von einem metallenen Mülleimer reflektiert wurde.

»Wir könnten auf der richtigen Spur sein«, wisperte Natalie.

»Und das bedeutet?«, fragte Giles.

»Geheime religiöse Kulte nannte man in der griechischen Antike *Mysterien*. Ich weiß noch, wie mein Großvater mir davon erzählt hat, als wir hier waren. Über die Mysterien weiß man nicht viel, weil nur diejenigen, die in einen Kult aufgenommen wurden, seine Riten und Rituale kannten.«

»Soll das heißen, du glaubst, dass es diesen Kult vielleicht noch immer gibt und *er* deinen Grandad verschleppt hat, weil es den Mitgliedern nicht gepasst hat, dass er seine Nase in ihre Angelegenheiten gesteckt hat?«

»Ist vielleicht weniger unwahrscheinlich, als es sich anhört«, meinte Mariella. »Schaut mal!«

Natalie blickte zu der Stelle, auf die Mariella zeigte. Dort befand sich ein Paar Tierhörner. Sie waren vergoldet und hatten vermutlich einmal einem Stier gehört. »Die sind denen der Entführer aber sehr ähnlich!«, sagte Natalie.

Der Beschriftung nach wurden diese Hörner bei Ritualen an der Kultstätte getragen, vermutlich vom Anführer des Mysteriums. Man führte Tier-, manchmal sogar Menschenopfer durch, in der Hoffnung, die Zukunft würde sich offenbaren. Das Mysterium hatte große Macht, und seine Mitglieder hatten wichtige Positionen im ganzen griechischen Reich inne. Sie wollten das Schicksal kennen, um es verändern zu können.

Natalie lief ein kalter Schauer über den Rücken, als sie den letzten Satz noch einmal las. *Sie wollten das Schicksal kennen, um es verändern zu können.*

Natalie überlegte. Es klang einfach zu abgefahren, dass ein antiker Kult nach Tausenden von Jahren insgeheim noch existierte. Andererseits ... wer sonst sollte ihren Großvater kidnappen, um dieses Orakulum zu finden? Ihr Großvater sagte immer, dass zur Archäologie eine gute Portion Intuition und »Nous« gehörte – ein komisches Wort, das so etwas wie »gesunder Menschenverstand« bedeutete. *Die Geheimnisse der Vergangenheit umgeben uns überall, man muss nur die Augen offen halten, um sie zu sehen. Vertraue deinem Instinkt. Nutze deinen Nous.* Tja, Natalies Nous sagte ihr, dass die Maskierten echt waren.

»Orphisch«, überlegte sie. »Orphisch wie von Orpheus?«

Mariella nickte.

»Wer war dieser Orpheus denn noch mal?«, wollte Giles wissen.

»Eine bekannte Figur aus der griechischen Mythologie«, erklärte Natalie. »Er war ein berühmter Sänger und Lyraspieler – das ist eine Art Miniharfe.«

»Also war er so was wie ein antiker griechischer Popstar«, sagte Giles.

Mariella kicherte. »Nicht wirklich, nein. Seine Frau Eurydike wurde von einer Schlange gebissen und starb. Er wollte sie zurückholen, indem er Hades, dem Gott der Unterwelt, etwas vorsang. Sein Plan ging sogar auf, nur eine Bedingung wurde ihm gestellt: Solange Eurydike ihm nach oben ins Land der Lebenden folgte, dürfte er sich nicht umdrehen. Aber er konnte nicht widerstehen, daher blieb Eurydike für immer in der Unterwelt gefangen.«

»Dann war er nicht besonders clever«, meinte Giles.

Natalie ignorierte ihn. Vom Orphischen Mysterium hatte sie bisher noch nie gehört. Eine Tafel an der Wand verriet ihr, dass der geheime Kult im sechsten Jahrhundert vor Christus in diesem Teil Griechenlands gegründet wurde.

Im nächsten Schaukasten lag eine kleine Tafel aus Knochen. In antiken griechischen Zeichen stand darauf etwas eingraviert, doch um es verstehen zu können, musste Natalie die Übersetzung darunter lesen.

Leben. Tod. Wahrheit. Orpheus.

Das letzte Wort war durchgestrichen, und darüber hatte man das griechische Epsilon geschrieben – eine Art gezacktes *E*. Auch dazu gab es eine Erklärung: *Die Entstellung des religiösen Artefakts deutet darauf hin, dass ein neuer Kult die Stätte übernommen und die Anhänger von Orpheus ersetzt hat. Während einer brutalen Auseinandersetzung wurden viele wie Tiere abgeschlachtet.* Doch wer oder was war *E*?

Während Natalie die merkwürdigen Bilder neben dem Schild betrachtete, wurde ihr mit einem Mal schwindelig.

Die Figuren schienen vor ihren Augen zu verschwimmen. Der Geruch von Weihrauch stieg ihr in die Nase, und in ihren Ohren dröhnte das Prasseln von Flammen. Sie blinzelte und geriet ins Taumeln.

»Geht's dir gut?«, fragte Mariella und stützte ihre Freundin.

»Nur müde«, sagte Natalie.

»Setz dich doch kurz«, meinte Mariella.

Giles holte einen Stuhl vom Eingang, und Natalie ließ sich daraufsinken. »Schon wieder Kopfweh?«, erkundigte er sich.

Natalie nickte. »Aber es geht.«

Die letzte Schautafel im Raum war überschrieben mit: *Das Ende des Orphischen Mysteriums?* Darauf wurde erklärt, wie sich die Überzeugungen des Kults nach der Zerstörung der Kultstätte von Nestos weiterverbreitet hatten. Allerdings war alles sehr vage. In den folgenden Jahrhunderten war das Mysterium wohl hier und da erwähnt worden, doch immer nur bruchstückhaft. Eine Zwischenüberschrift mit dem Titel *Orphiker in Ägypten* erweckte Natalies Aufmerksamkeit.

Mit heftiger Wucht meldete sich ihre Erinnerung, und Natalie hatte das Gefühl, keine Luft mehr zu bekommen. »Wir sind nach Ägypten geflogen«, murmelte sie.

»Wie bitte?«, sagte Giles.

»Als Grandad die Ausgrabung bei Nestos verlassen hat«, erklärte Natalie. »Wir haben ein Flugzeug direkt nach Alexandria genommen.« Sie sah ihre beiden Begleiter an, doch keiner schien ihre Aufregung zu teilen. »Versteht ihr nicht? Er ist der Spur des Kults gefolgt. Dem Orphischen Mysterium. Ich glaube, sie waren es, die Grandad verschleppt haben. Sie trugen Masken, genau wie die hier, und sie haben ihn entführt, kurz bevor er erzählen konnte, was er über dieses Orakulum herausgefunden hatte. Ein Orakel prophezeit die Zukunft – was diesem Kult wichtiger war als alles andere. Das Orphische Mysterium hat meinen Grandad entführt, weil sie diese Prophezeiungsmaschine von Nostradamus von ihm wollen. Ich bin mir ganz sicher.«

Doch Giles wirkte nicht überzeugt. »Na, wenn du das sagst.«

Das Quietschen eines Absatzes ließ sie alle herumfahren. Sie sahen zur Tür, und Giles schaltete die Taschenlampe aus.

»Der Nachtwächter!«, zischte Mariella.

»Wer ist da oben?«, rief ein Mann auf Griechisch.

Da es nur einen Weg aus dem Raum gab, schaute Natalie sich nach einem Versteck um. Ihr Blick fiel auf eine Steintruhe. Gemeinsam gingen sie dahinter in Deckung, während sich die Schritte näherten.

Plötzlich ging das Licht an. Natalie hielt den Atem an. Sobald der Wärter einen Schritt in die falsche Richtung machte, würde er sie entdecken. Dann wäre ihr nächster Stopp die Polizeiwache vor Ort. Neben ihr kauerte Giles mit weit aufgerissenen Augen.

Doch dann ging das Licht wieder aus, und die Schritte

des Wächters entfernten sich. Eine Weile blieben sie noch in ihrem Versteck, dann erst stieß Natalie die Luft aus und stand auf.

»Zeit, zu verschwinden«, entschied sie.

Auch die anderen beiden richteten sich auf. Sie schlichen zum Durchgang und spähten in den Flur. Nun brannte in der Galerie nebenan Licht. *Er geht die Räume durch.*

Sie machte einen Schritt aus dem Raum – und trat gegen etwas, das laut schepperte. Sie verzog das Gesicht und erinnerte sich an den Mülleimer, der neben der Tür gestanden hatte. Schnelle Schritte wurden laut, und plötzlich ging das Licht wieder an, sodass sie den Nachtwächter sehen konnten, der auf sie zustürmte.

»Stehen bleiben!«, rief der Mann auf Griechisch.

»Lauft!«, brüllte Giles. Er griff nach dem Mülleimer und kippte ihn inmitten des Gangs aus, sodass der Boden voller Abfall war. Sie sprinteten in die Gegenrichtung, die Treppe hinunter und durch die Empfangshalle – verfolgt von den Schreien des Wärters. Natalie war froh, dass Mariella den Weg kannte. Schon waren sie wieder in dem kleinen Büro. Sie hörte die schweren Schritte des Nachtwächters hinter ihnen und schmiss panisch die Tür zu.

»Wir müssen sie blockieren!«, rief sie und schnappte sich eine Seite des Schreibtischs. Giles griff nach der anderen, und gemeinsam schoben sie ihn vor die Tür – gerade noch rechtzeitig. Der Türknauf wurde herumgerissen. Der Tisch wackelte und rutschte ein Stück in den Raum, doch Natalie schob ihn zurück und stemmte sich dagegen.

Mariella kletterte bereits aufs Fensterbrett.

Der Nachtwächter tobte. Er brüllte, sie sollten sich stellen, und warf sich mit voller Wucht gegen die Tür, sodass Natalie fast umgeworfen wurde.

»Lauf!«, zischte sie Giles zu.

Nickend kletterte er zum Fenster hoch und schlüpfte nach draußen. Hinter der Tür redete der Mann nun sehr schnell. Wahrscheinlich telefonierte er, jedenfalls verlangte er nach *»astynomia«*, der Polizei. Natalie hievte sich schnell zum Fensterbrett hoch. Als sie sprang, riss ihre Strickjacke ein, aber wenigstens war sie in Sicherheit. Mariella und Giles fingen sie auf.

»Wo ist Romain?«, fragte sie.

In diesem Moment knallte die Hintertür des Museums auf, und der Wärter platzte heraus. Auf dem Balkon eines gegenüberliegenden Hauses schaute eine Familie, die gerade zu Abend aß, neugierig zu. Natalie und ihre Freunde rannten die Straße hinunter. Watschelnd eilte der Mann ihnen nach und schrie immer wieder »Diebe!«. Plötzlich tauchte direkt vor ihnen Romain auf. Mit dröhnendem Motor und quietschenden Bremsen wendete er den Mercedes. Sie rissen die Türen auf und sprangen hinein.

Noch bevor sie die Türen wieder geschlossen hatten, gab Romain Gas. Natalie schaute durch die Heckscheibe zu dem Nachtwächter. Die Hände auf die Knie gestützt, stand er da und schnaufte, völlig außer Puste.

Natalie linste auf ihre zerrissene Jacke, dann zu Mariella. Ihre rötlichen Haare standen nach allen Seiten ab, und eine Locke klebte nass an ihrer Stirn. Alte Männer, die in Cafés Kaffee tranken, blickten überrascht auf, als der Mercedes durch die engen Straßen preschte.

So viel zum Thema verschlafenes Städtchen, dachte Natalie.

»Das nenne ich eine gelungene Flucht!«, meinte Giles mit leuchtenden Augen.

Zuerst zögerlich, mehr vor Erleichterung als vor Freude, fingen die drei an zu lachen.

»Wohin jetzt?«, fragte Romain vom Fahrersitz. Sie hörten eine Polizeisirene, doch sie schien weit entfernt.

Natalie ließ sich in den Sitz sinken und schnallte sich an.

»Wir fliegen nach Ägypten!«, beschloss sie.

KAPITEL 9

ORION

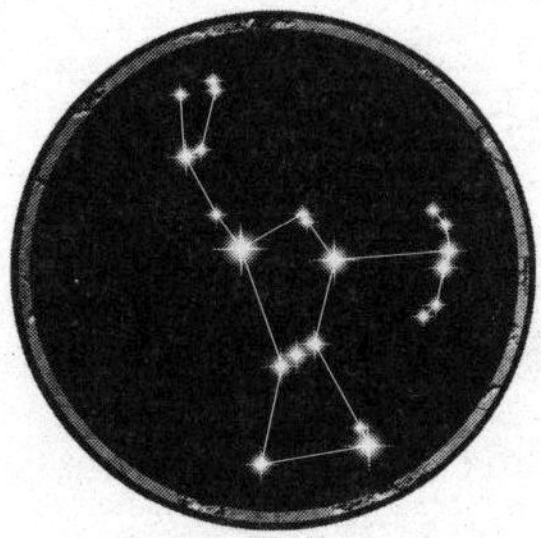

Der Jäger.
Der, der dich sucht, kommt näher.

In der Kammer im hinteren Teil des Tempels fand Anath den Großen Mystai über den Altarstein gebeugt. Blut rann in dicken Strömen aus den Rinnen, die für genau diesen Zweck in den Stein gemeißelt waren. Auf dem Altar lag eine tote Ziege. Der Mann fuhr mit den Fingern durch die feuchten Eingeweide.

»Könnt Ihr etwas sehen, Meister?«, fragte Anath.

Der Anführer seufzte unter seinem gehörnten Helm. »Die Zeichen sind besorgniserregend. Etwas bedroht uns.« Als er sich ihr zuwandte, erkannte sie den düsteren Ausdruck in seinen schwarzen Augen. »Hast du den Professor zum Reden gebracht?«

Anath zitterte, zwang sich aber zur Ruhe. »Er erweist sich als ... widerstandsfähiger als erwartet«, antwortete sie. Sie hatte jede Methode angewandt, die sie kannte, um aus ihm herauszupressen, wo das Orakulum verborgen war – doch ohne Erfolg. Entweder war er der zähste Mensch, den sie je getroffen hatte, oder er wusste wirklich nichts.

»Ihr habt seine Unterkunft durchsucht?«

Anath machte ein entschuldigendes Gesicht. »Unsere Diener sagen, dass sie bereits durchkämmt und geplündert war. Jemand ist uns zuvorgekommen.«

»Das Mädchen?«

»Gut möglich«, sagte Anath. »Wir haben ihr Funksignal verfolgt, bis es über dem Ärmelkanal abbrach. Ein Privatjet, der auf Lord Thwaites gemeldet ist, hat Landeerlaubnis in Griechenland erbeten. Offenbar ist sie auf dem Weg dorthin. Nach Kavala.«

Die Hörner des Stiers hoben sich ruckartig. »Sie ist uns auf der Spur?«

Anath wünschte, sie könnte sicher sein. »Es hat ganz den Anschein, Meister. Als ich sie berührte, habe ich etwas im Aither gespürt. Eine gefährliche Zukunft. Das Zeichen von Taurus, dem Stier, schwebt über ihr.«

Der Anführer blickte erneut auf die ausgeweidete Ziege. »Du hast die Gabe des Nous. Wir müssen davon ausgehen, dass es wahr ist, was du gesehen hast. Seit Anbeginn der Zeit war der Stier weltweit ein Omen für Macht und Veränderung. Meine Maske ist sein Symbol. Dieses Mädchen könnte wichtig sein.«

»Soll ich mich um sie kümmern?«, fragte Anath. »Sie ist nur ein Mädchen.«

Der Gedanke daran, ein Kind zu töten, war nicht gerade verlockend. Doch im Großen betrachtet, war es unbedeutend.

Hinter der Stiermaske schien der Anführer zu überlegen. Schließlich antwortete er ihr. »Noch nicht. Sie könnte wichtige Informationen für uns haben. Finde sie, Anath. Bring sie mir lebend.«

Anath verneigte sich. »Sehr wohl, Meister.«

Als sie sich zwischen den Säulen zum Gehen wandte, fühlte sie sich optimistischer als zuvor. Es würde nicht schwer sein, das Mädchen zu finden. Und auch wenn Anath nicht einsah, welche Informationen ein gewöhnliches Kind dem Großen Mystai voraushaben sollte, könnten sie sie zumindest als Druckmittel einsetzen, um den störrischen Professor zum Reden zu bringen. Sein eigenes Leben mochte ihm egal sein. Aber ganz bestimmt würde sein Widerstand brechen, wenn seine Enkelin ins Spiel kam.

Anath verständigte ihre vertrauenswürdigsten Diener und befahl ihnen, sich bereitzuhalten. Doch zuerst musste sie das Mädchen aufspüren.

KAPITEL 10

THUBAN

Der Nordstern aus uralter Zeit.
Du näherst dich deinem Ziel.

Sich nach so kurzer Zeit schon wieder von Mariella zu verabschieden, war hart. Ihre Freundin hatte sie begleiten wollen, aber Natalie war dagegen. Giles hatte immerhin Romain, der auf ihn aufpasste und sie wollte Mariella nicht unnötig in Gefahr bringen.

»Mach's gut, Natalie«, sagte Mariella und drückte sie fest. »Schreib mir, wie es in Ägypten weitergeht. Und wenn du deinen Grandad findest – ich weiß, du schaffst das. Und wenn das alles erst vorbei ist, komme ich euch besuchen. Oder ihr kommt wieder zu uns.«

Natalie standen die Tränen in den Augen. »Das hoffe ich«, sagte sie. »Danke für deine Hilfe. Richte deinen Eltern liebe Grüße aus. Es tut mir leid, dass es diesmal nicht mit einem Besuch geklappt hat. Nächstes Mal!«

»Ja, nächstes Mal.«

Natalie sah zu, wie ihre Freundin sich umdrehte und zurück zum Gasthaus lief, bevor sie wieder in den staubigen Mercedes stieg. Giles seufzte hörbar. »Können wir jetzt bitte wieder Englisch reden?«

»Tut mir leid«, sagte Natalie und wischte sich die Augen. »Ich wollte nicht, dass du dich ausgeschlossen fühlst.«

»Habe ich nicht«, sagte Giles. Doch sein Tonfall sprach eine andere Sprache. Er schien irgendwie traurig zu sein.

»Du musst an deiner Schule eine Menge Freunde aus anderen Ländern haben«, sagte Natalie.

»Eigentlich nicht«, antwortete Giles. »Na ja, ein paar kenne ich schon. Nur sind die irgendwie alle gleich: reich.«

Natalie lachte. »*Du* bist doch auch reich!«

»Ich hab nicht drum gebeten. Reich zu sein, macht die Leute komisch. Im Ernst, einige der Kids an meiner Schule reden und ziehen sich an, als wären sie fünfzig. Sie haben Aktien und jede Menge eigene Häuser, von denen sie ein *Portfolio* haben. Die labern über nichts anderes, als noch reicher zu werden, als sie eh schon sind! Ich will lieber … Spaß haben.«

Die restliche Fahrt zum Flughafen schwieg er. Allmählich verstand Natalie, wie Giles' Leben wirklich aussah. Abgesehen von Romain hatte er wahrscheinlich gar keine richtigen Freunde. Sie war nicht mal sicher, ob er *sie* mochte. Auf einmal war sie ihm ungeheuer dankbar und sah ihn mit neuen Augen. Ohne seinen Privatjet säße sie in London fest und müsste darauf warten, dass Interpol irgendwelche Hinweise ausgrub. Natalie glaubte, auf der richtigen Fährte zu sein – dass es richtig war, die Forschungsarbeit ihres Großvaters nachzuverfolgen. Sollte es ihnen gelingen, mehr über das Orphische Mysterium herauszufinden, das ihn verschleppt hatte, könnten sie ihn vielleicht finden. Unerwartet begriff Natalie jedoch, dass sie eigentlich auf weit mehr hoffte.

Sie wollte das Orakulum finden.

Natürlich war es unmöglich. Trotzdem wollte Natalie ein Zitat nicht aus dem Kopf gehen, das ihr Grandad sie hatte auswendig lernen lassen, als sie ihm zum ersten Mal erzählt hatte, dass auch sie später einmal Wissenschaftlerin werden wollte. Es stammte von René Descartes, einem französischen Philosophen: *Wer wirklich nach der Wahr-*

heit sucht, muss, soweit als möglich, wenigstens ein Mal im Leben alle Dinge anzweifeln.

»Vergiss das nicht, Natalie«, hatte ihr Grandad ihr eingeschärft. »Ohne Zweifel kann es keine Wahrheit geben. Das ist das Erste, was ein Wissenschaftler lernen muss.«

»Giles«, sagte Natalie langsam. Gestern noch hätte sie nicht im Traum daran gedacht, Giles gegenüber die Gedanken auszusprechen, die durch ihren Kopf wirbelten. Aber hatte er sich ihr Vertrauen inzwischen nicht verdient? *Sie* war mit ihm befreundet. Und Freunde erzählten sich gegenseitig, was sie beschäftigte. »Glaubst du … also, dieses Orakulum …?«

»Könnte es wirklich existieren?«, beendete Giles ihre Frage.

»Ist wahrscheinlich bescheuert«, sagte Natalie schnell. »Es ist nur so, dass mein Großvater daran zu glauben scheint. Und jetzt sieht es so aus, als gäbe es einen ganzen Kult, der schon Tausende von Jahren alt ist und auch daran glaubt.«

»Und davon so überzeugt ist, dass die Typen sogar deinen Grandad kidnappen, um an das Ding ranzukommen.«

»Ganz genau.«

Giles dachte nach. »Es ist nicht bescheuert. Dein Großvater ist ein kluger Kopf. Irgendetwas muss er gefunden haben. Was echt Wertvolles.«

Selbst wenn – Natalie würde es sofort hergeben, wenn sie dadurch ihren Großvater zurückbekäme.

Hoffentlich ist es noch nicht zu spät …

Wie ein Stück Blei legte sich dieser Gedanke auf Natalies Herz. Ein plötzliches Pochen in ihrem Kopf löste ein Bild von Hörnern und einer glänzenden Maske in ihr aus.

Chaos rückt an.

Ein eiskalter Schauer lief Natalie über den Rücken. Sie schloss für den Rest der Fahrt die Augen und versuchte, den Kopfschmerzen und den tanzenden Bildern hinter ihren Augenlidern zu entkommen. Der Stress setzte ihr zu. Sie durfte nicht zulassen, dass sie einknickte.

Während der Jet auf dem Rollfeld von Kavala wartete, schaltete Natalie ihr Handy ganz kurz an, nur so lange, dass sie ihre Nachrichten abrufen konnte. Mit zitternden Händen wartete sie darauf, dass das Gerät Netz fand. Von Belinda und Johann gab es nichts Neues, dafür hatte sie drei Sprachnachrichten von Interpol und zwei von Thwaites. Alle verlangten, dass Natalie sofort nach London zurückkam, wo man sie beschützen und weiter befragen wollte. Mit anderen Worten: Alles beim Alten. Als das Flugzeug in den sternenklaren Nachthimmel abhob, schaltete sie das Smartphone wieder aus. Vermutlich war es das Beste, sich eine Portion Schlaf zu gönnen, solange sie Gelegenheit dazu hatte.

Natalie wachte auf, als der Pilot ankündigte, dass sie gleich in Borg El Arab landen würden, dem Flughafen westlich von Alexandria. Sie kreisten über der Wüste Nordafrikas, und der Sand lag wie Wogen aus Gold unter ihnen.

»Morgen, Dornröschen!«, meinte Giles grinsend, während er ihr einen Schokoriegel und eine Packung Chips reichte.

Mit mürrischer Miene wischte Natalie sich einen Speichelfaden vom Mund und nahm ihm das Essen aus der Hand.

Am Flughafen stiegen sie in ein Taxi, das sie über die Küstenstraße durch eine öde Landschaft in die Außenbezirke von Alexandria brachte. Wohnsilos ragten längs der Straße in die Höhe. Nur hin und wieder tauchte eine eingezäunte Hotelanlage auf. Dafür düsten ständig Autos und Motorräder mit gruseliger Geschwindigkeit an ihnen vorbei. Wenig später bog der Taxifahrer in enge Straßen voller Basarstände ab. Von Tüchern bis zu Obst, von Werkzeugen bis zu exotischen Haustieren wurde hier alles verkauft. Durch das offene Fenster des Wagens wehten Geräusche und Gerüche herein, die Natalie in vollen Zügen in sich aufsaugte. Den Trubel einer lebendigen Großstadt hatte sie schon immer genossen.

Auf der Fahrt erzählte sie Giles, was sie über Alexandria wusste. Früher, vor Tausenden von Jahren, war es einmal die Hauptstadt des griechischen Reichs gewesen, ein Zentrum für Kultur und Lehre, ein Schmelztiegel verschiedenster Völker. Gleichzeitig war die Stadt schon immer schwierig zu verteidigen gewesen, weil sie direkt am Wasser lag. Daher hatte Alexandria unter vielen Angriffen und Invasionen aus den Mittelmeerländern gelitten. Viele der antiken Tempel und Bauwerke waren beschädigt und zerstört worden. Berühmt war die Stadt vor allem für ihre alte Bibliothek. Ungefähr dreihundert Jahre lang, bevor die Römer unter Julius Caesar eingefallen waren, hatten die Bibliothekare dort Schriften aus der ganzen bekannten Welt gesammelt und Gelehrte von nah und fern angezogen. Diese Bibliothek war schließlich niedergebrannt, und zahllose Schriften waren dabei verloren gegangen. In den folgenden Jahrhunderten hatte Alexandria immer mehr an Bedeutung verloren, und Kairo war zur offiziellen Hauptstadt Ägyptens geworden.

Die neue Bibliothek, die Bibliotheca Alexandrina, war erst um die Jahrtausendwende herum gebaut worden – als Versuch, zumindest einen Teil der Pracht der antiken Bibliothek wiederherzustellen. Sie beherbergte Bücher auf Englisch, Arabisch und Französisch sowie zahllose unbezahlbare Manuskripte und Fragmente in den Archiven. Damit zog sie Forscher und Akademiker von überallher an.

»Hier hat Grandad fast seine ganze Zeit verbracht, als wir hier wohnten«, sagte Natalie. »Wenn es in dieser Stadt einen Hinweis gibt, dann in der Bibliothek.«

»Ich hasse Bibliotheken. Die sind superlangweilig«, murrte Giles. Er wirkte verschwitzt und genervt. Der dunkle Pony klebte ihm an der Stirn. »Es sei denn, die hier hat eine Klimaanlage. Dann hasse ich sie vielleicht nicht ganz so sehr.«

Doch als sie vor dem Bibliotheksgebäude anhielten, neben dem die Bucht Alexandrias glitzerte, starrte Giles mit offenem Mund aus dem Fenster. Die neue Bibliothek ähnelte einer gigantischen Frisbeescheibe, die inmitten ihres eigenen Wassergrabens schräg aus der Erde ragte. Das Dach war voller Fenster, die das Sonnenlicht einfingen. Es sah aus, als wäre eine fliegende Untertasse abgestürzt.

»Findest du immer noch, dass Bibliotheken langweilig sind?«, stichelte Natalie.

»*Das* ist eine Bibliothek?«, hauchte Giles.

»Ziemlich cool, was?« Natalie war ständig in der Bibliothek gewesen – damals, als ihr Großvater und sie hier gelebt hatten. Sie erinnerte sich noch gut daran, dass der riesige Komplex bei ihrem ersten Besuch auch ihr die Sprache verschlagen hatte: die Leseräume und Ausstellungen, das Museum und die Archive, das Labyrinth aus Treppen und Regalen, die Hightech-Ausstattung. Doch egal, wie oft Natalie dort umhergestreift war, sie hatte jedes Mal das Gefühl gehabt, noch längst nicht alles gesehen zu haben, was das Gebäude zu bieten hatte. Daher hoffte sie heute, dass es irgendwo in seinen Tiefen eine Spur zum Orphischen Mysterium oder sogar zum Orakulum selbst gab. Die Luft war heiß und feucht. Vom Meer blies eine leichte Brise. Sie steuerten den Haupteingang an, wo die automatischen Glastüren ihnen den Weg ins Foyer freigaben. Die Klimaanlage trocknete augenblicklich den Schweiß auf Natalies Haut, sodass sie fröstelte. Die Bibliothek stand der Öffentlichkeit offen, weshalb die Sicherheitsleute ihr und Giles kaum Beachtung schenkten. Natalie fiel auf, wie Romain den Raum scannte. Plötzlich erstarrte er. Als Natalie seinem Blick durch die Menschenmenge folgte, verstand sie auch, warum.

An einem der Informationsschalter stand die Beamtin Meghan Moss.

Schnell zerrte Natalie Giles mit sich hinter eine große eingetopfte Palme. Romain machte auf dem Absatz kehrt und kam zu ihnen.

»Was macht *die* denn hier?«, zischte Natalie.

Romain schüttelte den Kopf, genauso überrascht wie sie.

»Wer?«, fragte Giles.

»Meghan Moss«, antwortete Natalie. »Die Interpol-Beamtin, die mich befragt hat. Diejenige, die lieber beweisen will, dass mein Grandad ein Dieb ist, anstatt ihn zu finden.«

»Ich hab dir doch gesagt, dass du dein Smartphone nicht benutzen sollst!«, wisperte Giles. »Sie muss das Signal verfolgt haben.«

»Aber wir sind doch gerade erst gelandet!«, widersprach Natalie. »Außerdem habe ich es seit Griechenland nicht mehr benutzt.« *Vielleicht suchen sie gar nicht nach mir,* dachte Natalie. *Vielleicht folgen sie selbst Grandads Forschung …*

Sicher wussten sie, dass er nach seinem Aufenthalt in Griechenland hier gewesen war. Es war nicht ausgeschlossen, dass sie denselben Spuren nachgingen wie Natalie. Bei Moss war ein Mann, der so breit gebaut war, dass er kaum in seinen dunklen Anzug passte. Sie redeten mit einem Angestellten der Bibliothek. Als Moss sich in ihre Richtung drehte, zog Natalie schnell den Kopf ein. Durch die Blätter der Palme beobachtete sie, wie Moss sich mit ihrem Kollegen unterhielt. Sie wirkte enttäuscht. Dann liefen beide zum Haupteingang.

»Sieht ganz so aus, als hätten sie nicht gefunden, wonach sie suchen«, meinte Giles.

»Stimmt. Aber das heißt nicht, dass sie nicht wiederkommen«, sagte Natalie. »Wir müssen uns beeilen.«

»Romain, du behältst den Eingang im Auge«, sagte Giles. »Sobald einer der Beamten auftaucht, holst du uns!«

Romain nickte und nahm seine typische Pose ein – mit verschränkten Armen spähte er zu der automatischen Tür.

Natalie führte Giles zum großen Lesesaal. Der Raum war so riesig wie ein Fußballfeld, perfekt bis ins Detail geplant. Es gab gigantische Regale sowie akkurat angeordnete Arbeitstische. Auf vielen standen Computer. Die Architektur des Gebäudes war wirklich unfassbar: Die Säulen, die das ausladende, sonnenbeschienene Dach stützten, hatten eine gewisse Ähnlichkeit mit denen eines antiken Tempels. Nur dass sie am oberen Ende, wo sie auf die Glasscheiben der Decke trafen, aus Stahl waren.

Sobald Natalie einen freien Computer gefunden hatte, tippte sie »Orphisches Mysterium« in die Suchmaschine der Bibliothek ein. Gerade wollte sie auf »Suchen« klicken, als ein Mann sagte: »Natalie?«

Sie erstarrte. War das der Interpol-Beamte, der Meghan Moss begleitet hatte?

»Natalie, du *bist* es!«, sagte die Stimme.

Sie kam ihr vage bekannt vor. Natalie drehte sich um, sodass sie mit dem Oberkörper den Suchbildschirm verdeckte. Doch als sie das Gesicht des Mannes sah, verpuffte ihre Sorge. Es war Mr Hussein! Vor vier Jahren hatte er in der Bibliothek gearbeitet und ihrem Großvater bei dessen Nachforschungen geholfen, während Professor Hardaker ihn im Gegenzug bei seiner Doktorarbeit unterstützte. Der schmale junge Mann trug eine beige Hose, Turnschuhe und ein weißes Hemd. Sein volles tiefschwarzes Haar wirkte, als wäre es zu schwer für seinen Kopf.

»Hi!«, grüßte Natalie ihn. »Giles, das ist Mr Hussein, ein alter Freund meines Großvaters.«

»Dr. Hussein inzwischen«, sagte er grinsend, »aber nennt mich ruhig Amir.« Er schaute sich um. »Wo ist denn Avery?«

Natalie holte tief Luft. »Dr. … ich meine, Amir … es ist eine lange Geschichte, aber er wird vermisst.«

Dr. Hussein öffnete entsetzt den Mund. »Ist die Polizei schon verständigt?«

Natalie nickte. »Sie wissen Bescheid, nur … sie halten ihn für einen Verbrecher.«

»Professor Hardaker?« Dr. Hussein wirkte verwirrt.

»Sie behaupten, dass er antike Artefakte gestohlen hat«, sagte Natalie, »aber … ich weiß auch nicht … Er hat tatsächlich …« Ihr fehlten die Worte. Es gab einfach zu vieles, was sie selbst nicht verstand.

»Natalie, du musst mir nichts erklären«, sagte Dr. Hussein. »Wichtig ist nur eins: Wie kann ich helfen?«

Die unerwartete Freundlichkeit traf Natalie wie ein Schlag. Plötzlich fühlte sie sich in dem riesigen Innern des Museums mit den Milliarden beschriebenen Seiten aus Tausenden von Jahren winzig klein. An einem Ort wie diesem Antworten zu finden, war nahezu unmöglich. Sie wussten ja nicht einmal, wonach sie suchten!

Giles übernahm und erklärte, was sie in Griechenland erfahren hatten. Zu Natalies Überraschung hatte er bisher tatsächlich alles genau mitverfolgt und brachte es gut auf den Punkt.

»Also, im Wesentlichen müssen wir wissen, was der Professor hier wollte: warum er wie ein geölter Blitz aus Griechenland verschwunden und nach Ägypten gekommen ist. Wo das Hauptquartier dieses Freak-Kults sein könnte. Und ob es tatsächlich irgendein magisches Gerät gibt, das die Zukunft vorhersagen kann. Alles klar so weit?«

Dr. Hussein blinzelte mehrmals. »Nun ja, ich weiß nicht, ob ich euch das beantworten kann. Aber ich kann euch zeigen, woran er gearbeitet hat. Ich war zwar mit meinen eigenen Nachforschungen beschäftigt, aber zumindest hat mich seine Arbeit interessiert, und ich habe mir einige Notizen gemacht. Kommt bitte mit.«

Sie folgten Dr. Hussein, verließen die Computerhalle und liefen eine Treppe hinauf zu einer Tür, auf der *Privat* stand.

»Seit ich meine Promotion abgeschlossen habe, arbeite ich hier als Assistenzbibliothekar«, erzählte Dr. Hussein, während er die Tür mit einer Schlüsselkarte öffnete.

»Ohne deinen Großvater und seine großzügige Unterstützung wäre das nicht möglich gewesen.«

Sie betraten ein kleines Büro mit Blick auf den Hafen. Amir bot ihnen Tee an, während er mehrere Notizbücher aus einer Schublade zog. Sie nahmen seine Einladung gerne an, und er goss ihnen aus einer kleinen Kanne eine süße, dunkle Flüssigkeit ein. Der süßliche Geschmack weckte in Natalie eine ganze Flut von Erinnerungen: wie sie mit ihrem Großvater auf dem Balkon ihrer Wohnung saß, Zeitung las und dem hupenden Verkehr auf der Straße unter ihnen zusah. Hin und wieder beugte ihr Großvater sich zu ihr, um ihr etwas Interessantes mitzuteilen. Eines Morgens hatte er ihr beispielsweise erzählt, dass Luxembourg an einem Plan arbeitete, auf Asteroiden nach Bodenschätzen zu schürfen. Natalie war während ihrer Zeit in Alexandria so oft allein gewesen, dass sie die gemeinsamen Morgen so richtig genossen hatte.

»Ah ja, da haben wir's«, sagte Amir und schaute von einem seiner Bücher auf. Er wirbelte zu seinem Computermonitor herum und klickte sich durch einige Ordner. »Professor Hardaker war damals viel in den Archiven. Leider wird man euch dort unten nicht zulassen – einige der Papiere dürfen nur von Spezialisten angefasst werden. Aber …« Er machte einige weitere Klicks. »Es sollte Scans von dem Papyrus geben, den er scheinbar ganz besonders interessant fand. Zumindest hat er sich tagelang damit beschäftigt.«

Auf dem Bildschirm erschien das Foto eines rekonstruierten Stücks Papyrus. Natalie wusste, dass viele der alten Schriftrollen, die unter der Erde in eingestürzten Bauwerken die Zeit überdauert hatten, einfach zu Staub zerfielen, wenn Archäologen sie an die Oberfläche holten. Man musste sie ganz behutsam unter Laborbedingungen wiederherstellen. Manchmal musste man sie sogar in einem speziellen Licht baden, um die verblichene Schrift überhaupt lesbar zu machen. Das Stück auf Dr. Husseins Bildschirm war allem Anschein nach zu mehreren Teilen zerfasert gewesen. Abschnittsweise waren die Zeilen darauf unkenntlich. Es waren dicht geschriebene antike Schriftzeichen.

»Kannst du das lesen?«, fragte Giles.

Natalie beherrschte tatsächlich etwas Altgriechisch, doch das hier überstieg ihre Fähigkeiten. Sie schüttelte den Kopf.

»Ein bisschen kann ich entziffern«, sagte Dr. Hussein. »Wollen wir mal sehen … Es ist Teil einer Art Bestandsbuch. Am Anfang ist die Rede davon, dass Geheimhaltung wichtig ist. Ein heiliger Eid soll geleistet werden … Der Abschnitt danach ist undeutlich … Dann etwas über einen regelmäßigen Treffpunkt … Hier scheint es um irgendeine Gruppe zu gehen.«

»Oder einen Kult«, sagte Giles mit leuchtenden Augen. »Was hat das Hufeisen da zu bedeuten?«

Er legte den Finger auf eine verblasste Kritzelei am Rand.

»Das ist eine Lyra«, sagte Natalie. »Eine Leier, das Instrument von Orpheus! Hier geht es um das Orphische Mysterium, ganz sicher!«

Amir legte den Kopf schief. »Möglich.«

Natalie deutete auf eine Spalte am unteren Ende, in der Wörter in verschiedenen Schriften und Piktogrammen zu sehen waren. Zwei davon, griechische, erkannte Natalie sofort: Κλαύδιος Πτολεμαῖος.

»Claudius Ptolemäus«, sagte sie laut. »Er war ein griechischer Astronom der Antike, der in Alexandria lebte. Er hat, na, so ziemlich *alle* Sternbilder benannt!«

»Streber«, murmelte Giles. »Irgendeine Ahnung, was in dem Rest steht?«

»Das sind verschiedene Sprachen«, sagte Natalie. Sie war relativ sicher, Arabisch, Hebräisch und Latein zu erspähen. Andere wirkten orientalisch, und es waren sogar einige Hieroglyphen dabei.

»Es sind Namen«, erklärte Dr. Hussein. »Ich glaube, das hier ist eine Mitgliederliste. Wie bizarr. Die Unterschriften stammen aus der ganzen damals bekannten Welt.«

Natalie stieß ein Seufzen aus. Es hatte ganz den Anschein, als wäre das Orphische Mysterium eine recht große Sache. Vielleicht hatte es sich sogar in all die Länder ausgebreitet, aus denen seine Mitglieder stammten. Aber bedeutete das auch, dass es bis in die Gegenwart überdauert haben konnte? Ptolemäus, einer der großartigsten Gelehrten aller Zeiten, konnte doch unmöglich zu einer so brutalen Gemeinschaft gehört haben. Andererseits hatte sich das Orphische Mysterium vielleicht verändert.

Verzweifelt wünschte sich Natalie, sie wüsste, was im Kopf ihres Großvaters vor sich gegangen war, als er diesen Papyrus untersucht hatte – wohin der Pfad ihn geführt hatte. Seiner Überzeugung nach stand das Mysterium des Orpheus ja irgendwie mit dem Tagebuch von Caterina de Medici in Verbindung.

Und mit dem geheimnisvollen Orakulum.

Plötzlich fiel ihr noch etwas über Ptolemäus ein. Obwohl viele seiner Theorien später überholt oder verbessert worden waren, hatte er gegen Ende des Mittelalters – in der Zeit, die als Periode der Aufklärung bekannt wurde – einen berühmten Fan gehabt: einen gewissen Apotheker und Seher aus Frankreich. Michel de Nostradame.

»Amir, können wir nach dem Orphischen Mysterium in Verbindung mit Nostradamus suchen?«

Dr. Hussein runzelte die Stirn. »Zwischen beiden liegen fast zweitausend Jahre«, wandte er ein.

Vielleicht auch nicht. Nicht, wenn das Orphische Mysterium heute noch immer aktiv ist.

»Versuch es bitte trotzdem.«

»Von mir aus.« Amir tippte die Wörter in die Suchmaske der Bibliothek. »Das ist ja interessant!«, sagte er. »Sehr interessant ...«

Ein einziges Ergebnis war erschienen, noch nicht einmal ein direkter Treffer. Natalie überflog den Eintrag im Katalog. Er stammte aus dem Renaissance-Archiv und lautete: »RA / Nos / Ep42: Brief an Michele de Nostradame, Absender unbekannt, c 1552 (?)«

»Kannst du es öffnen?«, bat Natalie.

Amir klickte auf den Link, und der Brief erschien auf dem Bildschirm. Er war nicht lang, rund ein Dutzend Zeilen auf Latein, die in wunderschöner geschwungener Kursivschrift verfasst waren. Natalie begann, für Giles zu übersetzen.

Hochverehrter Herr, wir, die Anhänger des thrakischen Poeten, laden Euch hiermit ein, uns am heiligen Zirkel von Nubien beizuwohnen. Lasst Euch von der Aussicht auf eine solch weite Reise nicht abschrecken, denn der Lohn wird Eure gewagtesten Träume übertreffen. Kommt zu uns, und Ihr werdet einer Welt der Wunder gewahr werden. Wir werden Euch zeigen, dass die Zukunft so deutlich wie die Sterne am Firmament aufgezeichnet werden kann. In Eure Hände wollen wir die Macht solcher Vorsehung legen. Kommt vor dem Ende des Sommers zum Hafen von Alexandria und fragt dort nach Idris Khalil. Er wird Euer Führer sein. Wir stehen Euch zu Diensten.

Der Brief trug keine Unterschrift, dafür prangte unter dem Text das Bild einer Lyra.

»Der thrakische Poet ist Orpheus«, erklärte Amir.

»Weißt du, was das heißt?« Natalies Haut kribbelte.

»Dass die Leute in der guten alten Zeit echt komische Briefe geschrieben haben?«, meinte Giles.

»Im sechzehnten Jahrhundert hat das Orphische Mysterium noch existiert!«, sagte Natalie. »Fast zweitausend

Jahre nach dem Massaker bei Nestos hat es sie noch gegeben! Und wenn sie zweitausend Jahre überdauern konnten, was sind dann weitere fünfhundert?«

»Klingt logisch«, meinte Giles. »Und was soll dieser heilige Zirkel von Nubien sein?«

»Meine Vermutung wäre«, sagte Amir, »dass es eine Anspielung auf den Kalenderkreis von Nabta Playa ist.«

»Und das wäre ...?«, hakte Giles nach. »Es sitzen ja leider nicht nur Geschichts-Freaks in diesem Büro.«

»Das ist ein sehr, sehr alter Steinkreis«, erläuterte Amir. »Man schätzt ihn auf ungefähr fünftausend Jahre. Angeblich ist er gleichzeitig ein Kalender und eine Karte des Nachthimmels. Früher kamen die Menschen von weit her, um zu besonderen Anlässen den Himmel zu beobachten. Zum Beispiel zur Sommersonnenwende oder wenn die Sterne Positionen einnahmen, die das Überfluten des Nils kennzeichneten. Viele Gelehrte halten es sogar für möglich, dass es dort einen prähistorischen Kult gegeben hat. Es gab eine Zeit, da haben die Menschen, die dort lebten, geopfertes Vieh in unterirdischen Kammern begraben.«

»Wir müssen da hin. Jetzt gleich!«

»Liegt das in der Nähe?«, wollte Giles wissen.

»Etwa tausend Kilometer von hier«, antwortete Amir. »Tief in der Nubischen Wüste in der Sahara.«

»Ich hab leider keine Sonnencreme mitgebracht«, sagte Giles.

»Wir besorgen dir einen Hut«, meinte Natalie.

»Das meinst du nicht wirklich ernst, oder?«, fragte Giles.

»Wir fahren nicht in die Wüste, nur weil irgend so ein Typ vor fünfhundert Jahren zu einer Party eingeladen wurde, oder? Wir wissen doch nicht mal, ob Nostradamus die Einladung angenommen hat.« Er runzelte die Stirn. »Also, mich hätten keine zehn Pferde in die Wüste gekriegt.«

»Ich glaube, wir wissen längst, wie er sich entschieden hat«, erwiderte Natalie, deren Herz mit jeder Sekunde schneller klopfte.

»Schau mal: Sie reden hier vom Orakulum – *In Eure Hände wollen wir die Macht solcher Vorsehung legen.*« Sie ließ ihre Tasche von der Schulter gleiten und nahm das Tagebuch von Caterina de Medici heraus. Nachdem sie die Seite über »la machine prophétique« geöffnet hatte, fuhr sie mit dem Finger über die Zeilen. »Hier steht: *Der große Seher Michel de Nostradame trifft heute Abend aus Reims ein. Angeblich bringt er einen Gefährten aus dem Sand Ägyptens mit. Meine Berater halten Michel für einen Wahnsinnigen und seine Ideen für lächerlich. Doch wüssten sie, was er gefunden hat, würde ihnen ihr törichtes Lachen vergehen. Er nennt es seine ›Prophezeiungsmaschine‹, sein ›Orakulum‹.*«

»Natalie, was ist das für ein Buch?«, fragte Amir mit großen Augen.

»Ist das dieses Tagebuch?«, wollte auch Giles wissen. »Von dieser Caterina? Du hast mir nie gesagt, dass du es hast.«

»Caterina de Medici?«, hakte Amir nach. »Soll das etwa heißen, dieses Buch gehörte einmal …?«

»Deutlicher geht es gar nicht mehr«, überlegte Natalie leise. Sie war so mit ihren eigenen Gedanken beschäftigt, dass sie die Fragen gar nicht hörte. »Das hier wurde zwei Jahre nach der Einladung an Nostradamus nach Nabta Playa geschrieben. Er *hat* das Orakulum gefunden. Und benutzt. Er hat damit Prophezeiungen gemacht, und ich glaube, Grandad hat es aufgespürt! Er hat nicht gelogen und ist auch nicht verrückt geworden.«

Giles kratzte sich am Kinn. »Ja, aber in die Zukunft kann man damit nicht wirklich schauen, oder?«

Natalie spürte ein Kribbeln im Nacken. *Was, wenn doch? Was, wenn Grandad recht hatte?*

Die grausige Zukunft, die uns bevorsteht …

Chaos rückt an …

Die Worte schwebten durch ihren Kopf. Sollte dieses Orakulum tatsächlich die Zukunft vorhersagen können, dann könnte es ihnen nicht nur dabei helfen, Natalies Grandad zu retten. Es könnte die Lösung sein, dieses drohende Chaos aufzuhalten.

»Wie auch immer«, meinte Giles. »Leuchtet irgendwie ein, dass dein Großvater zu diesem Steinkreis aufgebrochen ist, nachdem er die Schriftrolle gelesen hatte. Schätze, wir kommen nicht drum rum.«

Er schaute Amir an. »Kann man da hinfliegen?«

»Das glaube ich nicht«, antwortete Amir. »Es gibt dort nur leere Wüste. Das Beste wäre wohl ein Kamel.«

»Das soll wohl ein Witz sein?« Giles schaute ihn entsetzt an.

»War es.« Amir verzog keine Miene. »Die meisten Leute besuchen die Ruinen im Jeep.«

»Kann Romain einen auftreiben?«, fragte Natalie.

»Romain kann *alles* auftreiben«, sagte Giles selbstgefällig.

Natalie drehte sich zu Amir. »Vielen Dank, Amir. Du warst echt eine super Hilfe!«

Er hob abwehrend die Hände. »Für dich und deinen Großvater würde ich alles machen.«

»Da gäbe es tatsächlich noch etwas«, sagte Natalie. »Falls, äh, Interpol antanzt und Fragen stellt ... Wir waren nie hier.«

Amirs Blick ruhte noch einen Augenblick auf dem Tagebuch. Dann tippte er sich seitlich an die Nase und schaute über sie hinweg ins Leere. »Ich habe nichts gesehen.«

Anschließend brachte er sie in den Lesesaal zurück und verabschiedete sich. Im Foyer der Bibliothek wartete Romain wie zur Salzsäule erstarrt. Natalie eilte zu ihm. Endlich fühlte es sich an, als kämen sie der Wahrheit näher. *Nabta Playa.* Der Name steckte voller Geheimnisse. Wenn der Brief echt war, hatte das Orphische Mysterium dort einmal ein Hauptquartier gehabt, mitten in der unfruchtbarsten Wüste der Welt. Was mochte Nostradamus dort gefunden haben? Was erwartete sie heute dort?

Sie gingen ins Freie. Sobald Giles den nächsten Schritt ihrer Reise erklärt hatte, hängte Romain sich ans Handy und suchte jemanden, der Jeeps vermietete.

Natalie blickte in den kristallklaren blauen Wassergraben, der die Bibliothek umgab. Eigentlich, fand sie, sah sie gar nicht wie ein Raumschiff aus – mehr wie die Linse eines Teleskops, das auf die entfernten Sterne gerichtet war.

Eine leichte Brise kam auf und zauberte kleine Wellen aufs Wasser, sodass Natalies Sicht verschwamm. Sie schaute weg. Doch auch der Himmel war plötzlich komisch verschwommen, ganz verschmiert, sodass ihr übel wurde. Sie wankte. Wie aus dem Nichts meldete sich der Schmerz in ihren Schläfen zurück. Alles um sie herum wurde dunkler. Schatten umringten sie. Die Schatten von Menschen mit Tierhörnern und Masken, die sich abgehackt bewegten wie bei einem merkwürdigen Tanz.

Aus weiter Ferne hörte sie Giles' Stimme. »Geht's dir gut?«

Doch Natalie fand keine Worte, konnte nicht antworten. In ihr klang ein ganz anderer Laut – im Takt mit dem quälenden Pulsieren in ihrem Kopf. Tiefer und voller. Sie begriff, dass es ein einzelnes Wort war, das sich immerzu wiederholte, wie heranschwappende Wellen, die in ihr Bewusstsein klatschten.

Ai-ther! Ai-ther! Ai-ther!

Sie schloss die Augen, presste sie fest zu, doch dadurch wurde es nur noch schlimmer. Sie fiel auf die Knie, merkte es jedoch kaum, als sie auf den Boden aufkam. Stechender Schmerz zuckte durch ihren Kopf. Und auch ihr Handgelenk pochte schmerzhaft.

»Natalie?« Giles' Stimme schien sich immer weiter zu entfernen. »Romain, hilf mir!«

Ai-ther! Ai-ther!

Natalie machte sich so klein wie möglich, zu Tode verängstigt. Die Schatten drängten näher, nahmen ihr die Luft zum Atmen. Sie fühlte, wie sie nach ihr griffen, wie klauenartige Finger über ihre Haut kratzten. Wer waren diese Leute? Was wollten sie?

Atmen, Natalie. Verschließe deinen Geist. Denk an gar nichts.

Es war die Stimme ihres Großvaters, ruhig und tröstend. Er war immer für sie da, wenn sie ihre Migräneanfälle bekam. Seine sanften Worte fanden stets einen Weg zu ihr.

Sie atmete aus, lange und kontrolliert. Dann holte sie durch die Nase tief Luft. Natalie versuchte, sich von ihrem panischen Hirn zu lösen, und langsam verstummte der Singsang. Der Schmerz ebbte ab.

Als sie die Augen öffnete und in den hellen Mittelmeertag blinzelte, stellte sie fest, dass sie gar nicht auf der Erde kniete. Sie stand aufrecht, links und rechts gehalten von Romain und Giles. Der Junge wirkte ängstlich, der Mann nur neugierig.

»Was war los?«, wollte Giles wissen. »Warum hast du das gesagt?«

»Was gesagt?« Natalies Mund war trocken. Sie brauchte etwas zu trinken.

Giles musterte sie und runzelte die Stirn. »Du hast gesagt: *Sie kommen. Sie sind hier.* Wen meinst du?«

Natalie schüttelte den Kopf. »Keine Ahnung.«

Sie wusste nicht, wer die Schattenmenschen waren oder

was sie von ihr wollten. Doch während ihr Herzschlag sich beruhigte, wurde ihr klar, dass es nichts Gutes zu bedeuten hatte.

KAPITEL II

AQUILA

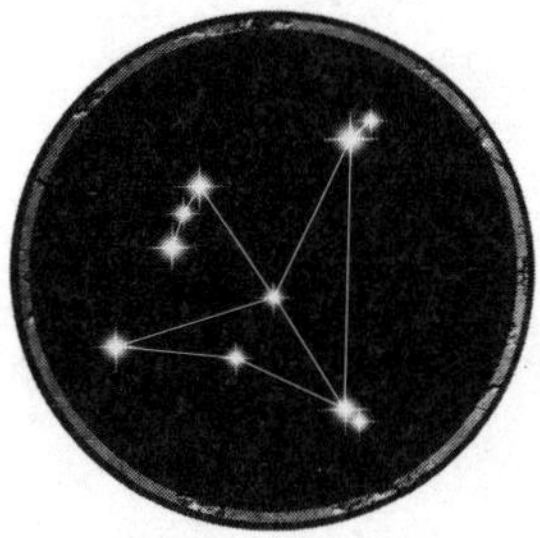

Der Adler.
Scharfe Augen sehen gut.

Der Aither soll mich mit sich reißen. Soll mich mit seiner Macht umschließen. Meinen Blick lenken.

Anath stand in der Penthouse-Suite des Pharao's Palace, eines Fünfsternehotels in der Innenstadt. Die golddurchwirkten Vorhänge waren zugezogen, das massive Bett mit der Satinbettwäsche beiseitegeschoben. Dort, wo die anderen Altardiener mit dem Blut der Ziege die heiligen Symbole aufgemalt hatten, trieften die Wände. Am nächsten Morgen würden die Zimmermädchen eine böse Überraschung erleben. Doch bis dahin wären die Gäste längst abgereist.

Anath setzte eine Augenbinde auf, was jedoch nicht bedeutete, dass sie nun blind war.

Ich weiß, du bist da, Kind. Im Aither. Ich werde dich finden.

Einer der anderen schlug leise eine Trommel. Der Rhythmus des Instruments half Anath, ihre umherschweifenden Gedanken zu konzentrieren. Ihr Geist reiste auf dem Strom des Aithers, im großen Netzwerk, das Raum und Zeit umspannte, alle Atome miteinander verband, jeden Geist der Vergangenheit und der Zukunft. Die Schicksalslinien. Sie war auf der Suche …

Jemand, der in dieser Kunst nicht so geübt war wie sie, wäre überwältigt. Sein Geist würde sich von der Realität lösen, zu nichts anderem mehr taugen als einem Dahinsiechen im Irrenhaus. Doch Anath hatte jahrelang trainiert. Und sie hatte den Nous.

Eine instinktive Begabung, ihren Körper für den Aither

zu öffnen, sich damit auszutauschen, ohne dabei den Verstand zu verlieren, wie es anderen Kassandren ergangen war. Sie konnte im Aither so sicher reisen wie ein Reiter der Skythen auf einem wilden Hengst. Sie kannte seine Gefahren und Tücken. Sie kannte seine schreckliche Macht.

Anath hob das rote Stück Stoff an die Nase, das aus der Jacke des Mädchens stammte, und atmete tief ein. Vor ihrem inneren Auge erschien im Aither ein Pfad, klar und deutlich. Sie verdrängte das endlose Netz an den Rand ihres Bewusstseins, bis am Sternenhimmel vor ihr nur noch ein einziges Zeichen leuchtete: Taurus. Das Symbol von Macht und Veränderung, das über dem Mädchen schwebte. Das auch über Anath schwebte, über allen mit herausragender Kraft und außergewöhnlichem Einfluss, zu allen Zeiten. Anath folgte ihm. Sie fühlte sich mit dem Mädchen enger verbunden, als sie es für möglich gehalten hätte: Das Schicksal hatte sie miteinander verknüpft, auf eine Weise, die sie nicht begriff. Doch in diesem Augenblick war Anath nicht Taurus. Sie nutzte die Kraft eines anderen Zeichens. Sie war Orion. Der Jäger. Ihr Körper reiste weiter, bis sie über einer Wüste schwebte und auf einen Ring umgestürzter Steine blickte. Über ihr leuchteten die Sterne, so hell wie nirgends sonst. Orions Bogen zielte nach unten.

Da steckst du also, Kind. Jetzt sehe ich dich …

Sie nahm die Binde ab, und das Trommeln verstummte. Im Raum stank es nach Blut und Schweiß. Die vergoldete

Uhr zeigte drei Uhr morgens an. Seit sie in den Aither eingetaucht war, waren vier Stunden vergangen. Für sie selbst hatte es sich nach wenigen Sekunden angefühlt. Der Kreis ihrer Gefährten, die müde und verschwitzt waren, starrte sie aus den Masken erwartungsvoll an.

»Und?«, fragte einer.

Anath lächelte. »Ich habe sie gefunden. Ich weiß, wohin wir müssen.«

KAPITEL 12

CIRCINUS

Der Kompass.
Eine weite Reise wird großen Lohn erbringen.

Der Jeep raste durch die Wüste, und Natalie legte den Kopf in den Nacken. Das einzige Licht kam von den Scheinwerfern des Wagens. Dadurch wirkte der Nachthimmel unfassbar hell, die Sterne wie kleine Nadelstiche in einem schwarzen Tuch, hinter dem sich eine Welt aus reinem Licht verbarg. Um sie herum, jenseits des Kegels, den die Schweinwerfer ausleuchteten, lag undurchdringliche Finsternis. Es war gruselig, als würden sie geradewegs ins Nichts schießen. Hin und wieder überquerten sie ein Stück Asphalt oder kamen an einigen Häuserruinen vorbei. Romain erklärte, dass die meisten Bauten und Straßen so weit draußen in der Wüste oft monatelang unter Sand vergraben waren.

Aus der Großstadt herauszukommen, hatte ewig gedauert. Doch je weiter sie landeinwärts gefahren waren, desto spärlicher war der Verkehr geworden. Angehalten hatten sie nur zum Tanken und um in einer Kleinstadt die öffentlichen Toiletten zu benutzen und sich etwas zu essen zu organisieren. Und nun, nach zwölf Stunden Fahrt, hatten sie die Koordinaten von Nabta Playa beinahe erreicht.

»Alles okay mit dir?«, fragte Giles, der neben ihr saß. Er nickte in Richtung aufgeschlagenes Migränetagebuch auf ihrem Schoß. »Schon wieder Kopfweh?«

Natalie schüttelte den Kopf. Sie hatte den letzten Anfall notieren wollen, doch es fiel ihr schwer, die richtigen Worte zu finden.

»Vielleicht sollten wir zu einem Arzt?«, meinte Giles.

Seine Stimme klang anders als sonst. Freundlicher. »Ich … mach mir Sorgen um dich.«

Natalie wandte verlegen den Blick ab. In Wahrheit machte sie sich selbst Sorgen. Diese Vision, die Stimmen – das war viel krasser als alles, was sie vorher erlebt hatte. Sie versuchte, sich einzureden, dass daran nur die Ereignisse der letzten Tage schuld waren. Sie hatte einen Schock erlitten. Und seitdem machte sie sich ständig Sorgen um ihren Großvater. Unter all dem Stress gaukelte ihr Hirn ihr Bilder von maskierten Menschen vor. Doch sosehr sie sich bemühte, sie glaubte sich selbst nicht recht. Ihre Visionen hatten etwas *Unnatürliches* an sich gehabt. Sie hielt ihr Handgelenk hoch und besah sich die Stelle, die vorhin vor Schmerz so gepocht hatte. Es war dieselbe Stelle, an der die tätowierte Frau sie am Planetarium gepackt hatte. Die Quetschung wurde allmählich hässlich gelb. Was, wenn die Berührung sie irgendwie … verflucht hatte?

Nein, das war lächerlich. Flüche waren nicht echt. Sie waren reiner Aberglaube, aus einer Zeit vor der Wissenschaft. Ihr Großvater lachte über solche Dinge immer.

Ohne es zu wollen, sprach Natalie ihre Zweifel laut aus. »Was, wenn ich verrückt werde?« In ihren Gedanken ergänzte sie: *Wie Dad. Was, wenn ich den Bezug zur Realität verliere? Was, wenn ich es von ihm geerbt habe?*

»Quatsch«, sagte Giles. »Du bist der normalste Mensch, den ich kenne. Na ja, zumindest bist du total vernünftig. Fast zu sehr. Du bist gut darin, du weißt schon, … mit den Dingen klarzukommen. Dein Superhirn zu benutzen.«

Natalie hob eine Augenbraue.

»Ich meinte nur … du bist irgendwie … keine Ahnung … Du weißt, wer du bist und woran du glaubst. Du versuchst nicht, jemand anders zu sein.«

»Das klingt ja fast wie ein Kompliment.«

Giles lächelte. »Jetzt übertreib's mal nicht!«

Romain räusperte sich. »Wir sind gleich da.«

»Ich kapier das nicht«, sagte Giles. »Wenn dieser Ort so was Besonderes ist, warum hat man ihn dann mitten ins Nirgendwo gebaut?«

»Als man ihn erbaut hat, war das anders«, erklärte Natalie. »Vor Tausenden von Jahren war die Gegend hier voller Wasser. Selbst wenn es von der Oberfläche verschwand, gab es große Wasservorräte tief unter der Erde. Das Land war fruchtbar. Den Menschen ging es gut.«

»Und sie haben diesen Kalenderkreis gebaut?«

»Wer genau ihn gebaut hat, weiß keiner so recht.«

»Vielleicht waren es Aliens!«, rief Giles aufgeregt. »Wie bei Stonehenge und den Pyramiden!«

Natalie schmunzelte. »Du spielst zu viele Videospiele.«

»Sagst *du*.«

»Würde jeder Archäologe sagen«, meinte Natalie. »Aber mit einem hast du recht: Wissenschaftler gehen davon aus, dass der Kalenderkreis von Nabta Playa einen ähnlichen Zweck hatte wie Stonehenge. Die Kreise wurden so angeordnet, dass sie zu bestimmten Zeiten im Jahr mit der Sonne oder den Sternen auf einer Höhe waren. Zum Beispiel zur Sommersonnenwende.«

»Dann war das Ding so was wie die Kalendererinnerung auf meinem Smartphone?«, fasste Giles zusammen.

»In etwa. Nur ein bisschen geheimnisvoller. Die Leute haben Rituale durchgeführt und Opfer gebracht, um den Sternen zu danken. Sie haben natürliche Phänomene nicht verstanden und glaubten, sie könnten sie beeinflussen.«

»Hat sich deshalb das Orphische Mysterium hier getroffen?«

»Vielleicht«, sagte Natalie. »Wenn ich mich nicht täusche, kam Nostradamus hierher, um das Orakulum zu bekommen und es in Aktion zu sehen. Es könnte noch immer da sein.«

»Vielleicht sind die *Steine* die Maschine«, überlegte Giles.

Auf diesen Gedanken war Natalie noch nicht gekommen. Aber sie hatte ihre Zweifel, dass der Kreis die Zukunft vorhersagen könnte.

Romain wurde langsamer. Im Licht des Jeeps meinte Natalie, im Wüstensand vor ihnen Tiere kauern zu sehen. Doch als sie näher kamen, stellte sich heraus, dass es Steine waren, die grob zu einem Kreis angeordnet waren. Die meisten waren nicht höher als dreißig bis sechzig Zentimeter. Einige waren umgestürzt. Romain stellte den Motor ab. Während der Wagen klickend und knarrend abkühlte, wurde Natalie sich der tiefen Stille ringsum bewusst. Schwer wog der unendliche Sternenhimmel auf ihr. Die Redewendung »mitten im Nirgendwo« bekam eine völlig neue Bedeutung. Wahrscheinlich gab es außer ihnen in einem Umkreis von über hundert Kilometern keine Menschenseele.

»Sag jetzt nicht, das ist es«, murmelte Giles enttäuscht, während er ausstieg.

Natalie sprang in den Sand und schlang die Arme um sich. Die Wüstenluft war kälter als erwartet. Im Osten war knapp über dem Horizont Orion sichtbar, leicht zur Seite gekippt. Natalie erinnerte sich, dass sie einmal gelesen hatte, die Steine hier würden den großen Bogenschützen repräsentieren. Und tatsächlich gab es drei kurze, dicke Steine, die genauso aufgereiht waren wie der Gürtel des Orion über ihnen am Himmel.

Aber *waren* sie hier wirklich richtig? War das der berühmte Kalenderkreis von Nabta Playa? Auf den Fotos hatte alles so beeindruckend ausgesehen, aber das hier war mehr wie ein Mini-Stonehenge.

Romain wirkte ebenso unbeeindruckt wie Giles. »Wir befinden uns an den korrekten Koordinaten«, sagte er nur.

Natalie trat einige Schritte näher. Eine Windböe brachte den Sand in Bewegung, und sie zitterte. Na schön, dann war es eben kein supertolles Schauspiel. Trotzdem hatte dieser Ort eindeutig etwas an sich.

»Man hat diese Steine vor über fünftausend Jahren hier aufgestellt«, sagte sie.

»Sieht aus wie in 'ner Viertelstunde zusammengeschustert«, meckerte Giles.

Natalie musste zugeben, dass er recht hatte. Sie trat hinter den Jeep, zog die Plane beiseite und holte drei Schaufeln von der Ladefläche. Praktischerweise hatten sie mit zur Ausstattung des Jeeps gehört, und nach gut dreißig Kilometern war Natalie auch klar geworden, warum. Sie hatten sie schon zweimal gebraucht, um die Räder auszugraben, als der Jeep im Sand stecken geblieben war.

Giles sah sie an, als hätte sie nicht mehr alle Tassen im Schrank. »Äh ... wir graben? Hast du davon noch immer nicht genug?«

Natalie warf ihm und Romain je eine Schaufel zu. Der Bodyguard fing seine und wirbelte sie wie eine Waffe herum.

»Weißt du noch, was Amir über das geopferte Vieh erzählt hat? Wenn hier etwas versteckt ist, dann bestimmt in einer dieser unterirdischen Kammern.«, sagte sie.

»Dann müssen wir ja nur die komplette Wüste umgraben«, motzte Giles.

»Hör mal, ich weiß, es ist ein bisschen weit hergeholt.« Natalie fühlte, wie Tränen der Enttäuschung in ihre Augen traten. »Meinst du, ich finde es cool, eine Kultstätte, die für die Archäologie so enorm wichtig ist, mitten in der Nacht umzugraben? Nein. Aber es ist die einzige Spur, die wir haben. Hilfst du mir jetzt, oder stehst du einfach nur blöd rum und machst dich über mich lustig?«

Giles schien überrascht über ihren Ausbruch. »Tut mir leid«, sagte er. Und sie hörte ihm an, dass es ehrlich gemeint war.

Natalie holte tief Luft. »Mir tut's auch leid. Lass uns einfach graben, okay?«

»Okay«, sagte Giles. »Packen wir's an.«

Romain nickte nur und lief den Kreis auf der Suche nach Grabungsspuren ab.

Sie hätten ja nicht mitkommen müssen, dachte Natalie trotzig. *Sie hätten mir nicht helfen müssen.*

Doch ohne sie wäre sie nicht annähernd so weit gekommen.

»Danke«, sagte sie, bevor sie ebenfalls den Sand abschritt und nach Hinweisen suchte. »Euch beiden.«

Romain nickte ihr schweigend zu. Giles zuckte mit den Schultern. »Kein Ding.«

Die nächste halbe Stunde lang schwiegen sie. Die einzigen Laute kamen von ihren Schuhen und den Schaufeln, die über Sand und Felsen schrammten. Unzählige Male machte einer von ihnen eine Pause, um sich zu strecken oder einen vielversprechenden Felsbrocken aufzuheben, nur um ihn gleich wieder wegzuwerfen. Während sie suchten, wanderten langsam die Sterne über den Himmel.

Kurz vor sechs Uhr morgens ging die Sonne über dem weit entfernten flachen Horizont auf und tauchte ihre gebeugten Körper in blendend helles Licht. Wie auf ein Stichwort hielten sie inne und blinzelten über die prächtige Landschaft: blanker Sand, der in Wellen eine unbegreiflich weite Fläche bedeckte. Dann machten sie sich stumm daran, den Boden weiter zu durchkämmen.

Die Luft heizte sich schnell auf, sodass Natalie schon bald heftig ins Schwitzen geriet. Auf der Innenseite ihres

Daumens bildeten sich Blasen, weil der Griff der Schaufel scheuerte. Mit dem Schmerz wuchs auch ihre Verzweiflung. Es war aussichtslos.

»Ich brauche was zu trinken«, sagte Giles, ließ seine Schaufel in den Sand fallen und ging mit schweren Schritten zum Jeep. Romain grub weiter. Er hatte sein Hemd ausgezogen, sodass man nun das Tattoo eines Adlers auf seinem Rücken und mehrere gerötete Narben auf seinem Oberkörper sehen konnte.

Die Sonnenstrahlen fielen auf die Steine, die lange Schatten in Richtung Westen warfen. Natalie versuchte, sich vorzustellen, wie es hier vor fünf Jahrtausenden gewesen sein musste – mit Getreidefeldern ringsum und dem Gewirr von Stimmen. Aber es gelang ihr nicht. Giles trank hastig aus einer Feldflasche. Vor Schweiß klebten ihm die Klamotten am Leib. »Hör mal, wir wollen ja helfen«, keuchte er. »Aber wir buddeln jetzt schon die halbe Nacht und sind nicht auf das Geringste gestoßen. Du weißt nicht, wie diese Prophezeiungsmaschine aussieht. Du weißt ja nicht mal, ob sie überhaupt hier ist. Wir könnten hier ein ganzes Jahr lang im Sand buddeln, ohne irgendwas zu finden.«

Natalie nickte schwach. Er hatte ja recht, und trotzdem … Sie konnte es nicht erklären, aber irgendwie *wusste* sie, dass sie dicht dran waren. Dieser Ort war etwas Besonderes. Eine direkte Verbindung zur Vergangenheit. Natalies Körper schien von der Kraft der Stätte zu pulsieren. *Als ob etwas nach mir ruft.*

Ihr Blick glitt erneut über die Steine. Der größte warf einen beinahe dreißig Zentimeter breiten Schatten auf den Jeep und den Sand dahinter. Ein merkwürdiges Gefühl kroch über ihre Haut. Ihr war gleichzeitig kalt und heiß.

»Welchen Tag haben wir heute?«, fragte sie.

»Den einundzwanzigsten Juni«, antwortete Romain.

Ein Lächeln breitete sich auf ihren Lippen aus. »Sommersonnenwende«, sagte sie.

»Stimmt. Das weiß sogar ich«, meinte Giles. »Na und?«

»Sternguckern ist dieser Tag heilig. Und es ist der Tag, an dem die antiken Völker sich hier versammelten, wie Amir erzählt hat. Nur zu genau diesem Zeitpunkt deuten die Schatten der Steine bei Sonnenuntergang in genau diese Richtung.«

Während die anderen ihr stumm zusahen, trat Natalie ins Zentrum des Kreises. Den Blick nach Westen gerichtet, lief sie zwischen den Steinen des Oriongürtels entlang und hoffte auf eine Spur. Wie sie Giles vorhin selbst erzählt hatte, hatte sich hier im Laufe der Jahrtausende alles verändert.

Fast alles …

Der Sand hatte sich verschoben, das Getreide war verdorrt, die Gebäude waren eingestürzt, die Menschen fortgezogen. Das eine jedoch, was gleich geblieben war, waren die Sonne und die Sterne über ihnen. Welche bessere Möglichkeit gäbe es für eine Karte, die alle Zeit überdauern sollte?

Die Wahrheit liegt in den Sternen.

Sie ging ein paar Schritte zu einer weiteren Reihe Steine. In ihrem Magen brodelte es vor Aufregung. Wenn hier der Gürtel lag … dann musste das hier der Arm des Bogenschützen sein. Dies der Bogen selbst … Natalie fiel auf, dass Orions Arm in eine ähnliche Richtung zeigte wie der Schattenstrich, den der Stein im Zentrum des Kreises warf. »Leite mich, Orion …«, murmelte sie.

»Hast du einen Sonnenstich?«, fragte Giles.

Natalies Füße trugen sie entlang des gedachten Pfeils des Schützen. Das eigentliche Sternbild am Himmel hatte keinen Pfeil, aber vor ihrem inneren Auge konnte Natalie ihn deutlich sehen.

»Findest du das nicht komisch?«, meinte Natalie, als sie die imaginäre Flugbahn des Pfeils abschritt. »Dass wir ausgerechnet zur Sommersonnenwende hier landen. An einem so besonderen Tag. Fühlt sich fast wie Schicksal an, oder?« Natalie war atemlos. Vor einigen Tagen hätte sie sich selbst für verrückt erklärt, aber das war jetzt Vergangenheit.

»Oder wie Zufall«, erwiderte Giles.

Sie folgte dem Weg des Pfeils aus dem Kreis heraus, bis zu dem Punkt, an dem sein Flug auf das Band aus Schatten traf, das von dem Felsen in der Mitte ausging. Sie kreuzten sich. »X markiert das Ziel«, murmelte sie und lächelte. Sobald sie stehen blieb, bewegte sich der Sand unter ihren Schuhen ein wenig. Hier war sie richtig. Der Boden unter ihren Sohlen schien zu beben und zu vibrieren.

Beinahe konnte Natalie die Stimmen der Menschen hören, die vor so langer Zeit hierhergepilgert waren. Konnte ihre Gesichter sehen – und dann … ihren Grandad. Sie stellte sich vor, wie er hier gegraben hatte. Er musste das Rätsel ebenfalls gelöst haben.

»Hier«, sagte Natalie entschlossen. »Hier müssen wir graben.«

»Aaaalles klar …«, sagte Giles.

»Ich meine es ernst«, beharrte Natalie. »Wenn du nicht helfen willst, gib mir wenigstens eine Schaufel.«

Grummelnd griff Giles sich ihren Spaten und kam zu ihr. Sie begann zu buddeln, und nach einer Weile machte Giles mit. »Natalie, wenn wir hier nichts finden …!«

»Dann gehen wir zurück«, sagte Natalie. »Aber ich gehe jede Wette ein, dass wir hier richtigliegen.«

Natalie konzentrierte sich auf ihre Arbeit. Im Sand deutete nichts darauf hin, dass sich darunter noch etwas anderes befand. Trotzdem waren alle Zweifel verflogen. Die Blasen waren ihr egal, genau wie ihre schmerzenden Muskeln. Sie fühlte, wie der ruhige Geist ihres Grandads über ihr wachte.

Romain kam ihnen zu Hilfe. Abwechselnd rammten sie ihre Schaufeln in den Boden und warfen Sand beiseite, bis sie ein Loch von etwa einem Meter Durchmesser ausgehoben hatten. Die Minuten vergingen, und die Sonne stieg höher, bis der Schatten sich zurückzog. Sechzig Zentimeter tief war ihr Loch. Dann einen Meter zwanzig. Irgendwann mussten sie es breiter machen, damit die

Ränder nicht wieder nach innen rutschten. Schließlich mussten sie hineinklettern, um weitergraben zu können. Schweiß tropfte Natalie in die Augen, während sie Spaten voller Sand über den Rand der Grube schleuderte. Leider warf sie ihn nicht weit genug, sodass die Körner auf Giles' Kopf landeten. Hustend und spuckend wischte er sich die Augen sauber und donnerte wütend den Spaten auf den Boden.

»Okay! Es *reicht*! Ich hab keinen Bock mehr! Das ist reine Zeitverschwendung.«

»Das war ein Versehen«, sagte Natalie. »Es tut mir leid.«

»Darum geht's doch gar nicht. Wir müssen hier weg, bevor einer von uns umkippt.«

Romain blickte zu ihnen, grub aber weiter.

»Dann warte doch einfach im Jeep!«, fuhr Natalie ihn an.

»Nein.« Giles spuckte noch mehr Sand aus. »Wir fahren.«

»Ich nicht«, sagte Natalie.

»Und ob«, entgegnete Giles. »Weil nämlich *ich* für den Jeep gezahlt habe und wir dich nicht mitten in der Wüste zurücklassen.«

»Ach, dann drohst du mir jetzt?« Fest umklammerte sie den Griff ihrer Schaufel.

Giles riss die Augen auf. »Willst du mir etwa eins überziehen?«

»Glaub mir, ich bin kurz davor«, brüllte Natalie zurück. »Versuch's doch!«

»Fall tot um!«, keifte Natalie.

»Werden wir *alle*, wenn wir hier bl–«

Romains Schaufel schlug scheppernd auf etwas Hartes, und Giles verstummte. Alle schauten nach unten.

»Was war das?«, fragte Natalie.

Romain kratzte mit dem Spaten über den Boden und schabte eine Sandschicht beiseite. Darunter kam flacher Stein zum Vorschein. Natalies Herz begann zu pochen. *Bloß nicht zu früh freuen …*

Sie ging in die Hocke und wischte noch mehr Sand weg. Schließlich berührten ihre Finger kühles Metall. Es war ein Eisenring, der in eine steinerne Platte eingelassen war. Als sie weitersuchte, stieß sie auf eine Ecke. »Ich glaube, das ist so eine Art Klappe!«

Giles hockte sich neben sie, der Streit war vergessen. Mit vereinten Kräften gelang es ihnen, die Ränder der viereckigen Falltür freizulegen. Sie war etwa einen Meter breit. Natalie packte den Metallring mit beiden Händen und zog, doch der Stein rührte sich nicht.

»Lasst mich mal«, sagte Romain. Natalie und Giles kletterten aus der Grube, während Romain sich über die Platte beugte und die Füße links und rechts davon in den Boden stemmte.

»Warte!«, rief Giles. »Vielleicht sollten wir lieber vorsichtig sein. Gibt es an solchen Orten nicht oft giftige Gase? Oder … ihr wisst schon … Flüche? Ich habe mal gelesen, dass jeder, der in Tutenchamuns Grab eingedrungen ist, an der Pest gestorben ist. Oder so ähnlich.«

Natalie meinte, auf Romains Lippen den Anflug eines Lächelns zu sehen. Er zog kräftig. Doch das Ergebnis blieb dasselbe.

»Im Jeep liegen Abschleppseile«, sagte er.

Giles und Natalie warteten am Rand des Lochs, während der Bodyguard zurück zum Wagen lief, um ein Seil zu holen. Natalie spürte eine Mischung aus Erleichterung und Sorge. Sie konnte es noch nicht recht fassen, dass sie tatsächlich etwas gefunden hatten – an genau der Stelle, wo sie es vermutet hatte. Es machte sie aber gleichzeitig nervös, weil sie es sich einfach nicht erklären konnte. Das Gefühl, das sie beim Graben gehabt hatte, die feste Überzeugung, war nun verschwunden. Ihr war klar, dass nicht nur Logik sie an diesen Punkt geführt hatte. Es war ... etwas anderes gewesen, eine Kraft, die sie nicht einmal ansatzweise verstehen konnte.

Vertraue auf deinen Instinkt. Nutze deinen Nous.

Aither, Aither

Ungebeten tauchten die Worte in Natalies Kopf auf, wie Botschaften ihres Gedächtnisses. Die erste stammte von ihrem Großvater, die zweite war der seltsame Singsang, der bei dem Migräneanfall in Alexandria in ihrem Kopf aufgetaucht war und sie seitdem verfolgte. Doch in ihrem Geist fügten sie sich zu einem Ganzen.

Giles musste ihre konzentrierte Miene falsch verstanden haben und dachte wohl, sie sei sauer auf ihn. Jedenfalls räusperte er sich und meinte: »Hey, es tut mir leid. Ich hätte nicht so an dir zweifeln sollen.«

»Ach, schon vergessen«, antwortete sie. »Ist mir ja selbst klar, dass ihr mich irgendwie für verrückt halten musstet.«

»Woher hast du es gewusst?«, fragte Giles. »Woher hast du gewusst, dass es hier ist?«

Natalie konnte nur den Kopf schütteln. »Keine Ahnung, Giles.«

In diesem Moment kam der Leibwächter zurück und befestigte das Ende des Seils am Eisenring der Steinplatte.

»Geht zurück«, sagte er, bevor er auf den Fahrersitz kletterte und den Motor anschmiss. Natalie und Giles stellten sich links und rechts von der Grube auf. Erst schleuderten die Räder des Jeeps in weitem Bogen Sand durch die Luft, doch dann fanden sie Halt. Romain schaute durchs offene Fenster nach hinten, während der Wagen vorwärtsrollte und das Seil sich spannte. In der Grube ertönte ein leises Knacken. Dann hob sich die Klappe aus Fels aus der Erde und wurde von dem Jeep durch den Sand geschleift. Natalie und Giles rannten los.

Am Boden der Grube klaffte ein schwarzes Loch. Natalie konnte drei oder vier Stufen ausmachen, die in die Düsternis darunter führten. Etwas an diesem Durchgang ins Nichts ließ Giles' Kommentar über Flüche auf einmal wesentlich realistischer erscheinen. Romain, der den Jeep verlassen hatte, trat zu ihnen, drei Taschenlampen in der Hand.

»Ich gehe zuerst«, sagte er.

Doch Natalie nahm eine der Lampen und kletterte voraus. Am Boden der Grube knipste sie das Licht an und leuchtete in die Tiefe. Soweit sie sehen konnte, gab es rund ein Dutzend Stufen, bevor der Weg gerade wurde. »Folgt mir«, sagte sie.

Sie holte tief Luft und stieg hinab.

KAPITEL 13

CRATER

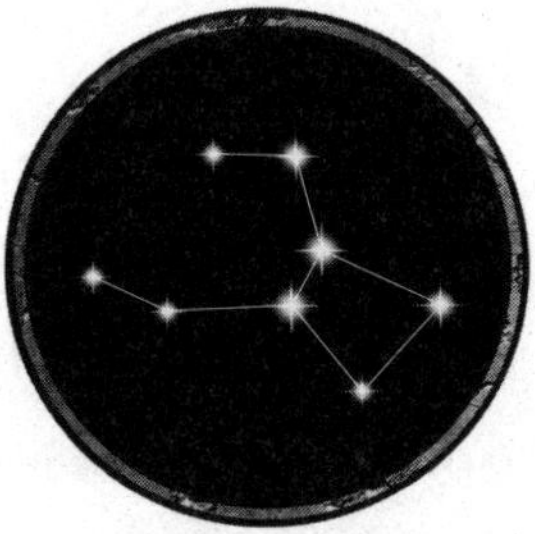

Der Becher.
Apollo konnte die Zukunft am
Boden seines Bechers lesen.

Die Luft hier unten war kühler, als sie erwartet hatte. Im Lichtstrahl der Taschenlampe tanzten Staubflocken. Als Natalie das Ende der Treppe erreichte, fand sie sich in einem niedrigen Gang wieder, der sie an einen alten Minenschacht erinnerte. Auf dem Boden lag eine feine Sandschicht, in der sich hier und da Fußabdrücke abzeichneten. Wie lange war es her, dass jemand hier gewesen war? Ob es die Spuren ihres Großvaters sein konnten? Seit sie ihn in Greenwich verloren hatte, hatte Natalie seine Gegenwart nicht mehr so deutlich gespürt wie hier.

Die anderen folgten dicht hinter ihr. Romain musste den Kopf einziehen, und selbst Natalies Kopf berührte beinahe die Decke. Nach einer Weile endete der Gang in einer größeren Kammer. Im Lampenschein leuchteten auf den hellen Wänden Bilder auf. Als Natalie begriff, was sie vor sich hatte, öffneten sich unwillkürlich ihre Lippen. Zu dritt betraten sie das Gewölbe. Ihre Taschenlampen hüpften über eine geweißte Decke, die von schwarzen Punkten übersät war.

»Das sind Sternbilder!«, sagte sie. »Sternenkarten!«

Viele erkannte sie sofort: Ursa Major, Kassiopeia, Io, Cygnus, Bootes …

»Was meinst du, wie alt die sind?«, fragte Giles und lief ehrfürchtig an ihr vorbei.

Natalie schüttelte ungläubig den Kopf. »Ein paar Jahrtausende, schätze ich.« Fast sah sie die Künstler, die sie gezeichnet haben mussten: wie sie barfuß und gewickelt in

Leinentücher mit größter Sorgfalt ihr Abbild vom Nachthimmel malten.

Romain war am Eingang geblieben. In seinem Gesicht spiegelten sich Wachsamkeit und Argwohn.

»Äh … Nat«, rief Giles. »Ich glaube, du solltest hier rüberkommen.«

Er stand weiter hinten in der Kammer, vor einer der Nischen, die in die Wand eingelassen waren. Natalie trat zu ihm. Sobald sie sah, worauf er da starrte, hätte sie beinahe ihre Taschenlampe fallen lassen. Auf gewisse Weise sah es aus wie eine prähistorische Höhlenmalerei. Die Farbtöne waren alle ganz natürlich: Ocker, Karminrot, Salbeigrün, Kurkumagelb – doch die Abbildung selbst war es nicht. Das da sollte eindeutig ein Flugzeug sein, noch dazu kein x-beliebiges. Es war ein ganzer Schwarm, der über eine Stadt mit hohen Gebäuden flog und Bomben abwarf. Auf dem Heck der Flieger prangte ein Symbol, das jedes Schulkind kannte: das Hakenkreuz des Dritten Reichs.

»Das … ist unmöglich«, murmelte sie.

»Ich glaube, das soll die Bombardierung von London sein«, sagte Giles. Er zeigte auf eine Kirchenkuppel. »Das da ist die St.-Paul's-Kathedrale!«

Natalie schaute in die nächste Nische und entdeckte ein anderes Bild, das genauso unfassbar war. Ein großer Kreuzer krachte in etwas, das wie ein Fels aussah. Darunter war dasselbe Schiff noch einmal gezeigt: Zerbrochen in zwei Teile versank es, und ringsherum in der Luft sah man lauter Strichmännchen.

Das ist kein Fels, das ist ein Eisberg.

»Die *Titanic*!«, keuchte sie.

Als sie tiefer in die Kammer vordrangen, entdeckten sie weitere Abbildungen von Ereignissen aus der ganzen Welt: Kriege, Naturkatastrophen, Herrscher vor versammelten Menschenmassen, Rebellionen und Waffenstillstände, Momente von ungeheurer Bedeutung. Natalie sah etwas, das wohl der Siegeszug von Napoleon sein sollte. Und daneben den Untergang des Osmanischen Reichs in Istanbul. Die Zerstörung von Palmyra und das zerbrochene Tor der Sidi-Yahia-Moschee, von der es hieß, dass sie erst am Jüngsten Tag geöffnet werden würde, wie Natalie wusste.

»Du weißt, was das ist, oder?«, fragte sie Giles und leuchtete mit der Taschenlampe in seine Richtung. Geblendet hielt er sich die Hand vor die Augen. »Tut mir leid!«

»Irgendein morbider Comic?«

»Das sind Prophezeiungen«, flüsterte Natalie. »Vorhersagen, die vor Hunderten von Jahren aufgezeichnet wurden. Mithilfe des Orakulums, von dem mein Grandad erzählt hat.«

Giles leuchtete mit seiner Lampe über die Bilder. »Woher willst du das wissen? Das könnte auch gestern jemand gemacht haben.«

»Um es dann so tief unter der Wüste zu vergraben? Wozu sollte das jemand machen?«

Giles zuckte mit den Schultern. »Um uns einen Streich zu spielen?«

Natalie grinste. »Das glaubst du doch selbst nicht! Schau dir die Farben an.« Sie berührte das Bild eines Astronauten, der eine Flagge in die Oberfläche eines Planeten rammte. An manchen Stellen blätterte die Farbe bereits ab. »Die sind *alt*.«

Sie sah ihm an, wie verwirrt er war.

»Und was soll das da sein?«, fragte Giles. Natalie folgte dem Schein seiner Lampe zum nächsten Bild in der Reihe. Es war gruselig. Eine einzige Figur stand im Mittelpunkt, ragte riesig auf, fast einen halben Meter hoch. Sie trug schlichte dunkle Kleidung, ähnlich einer Robe oder einem Anzug, und ihr Gesicht verschwand hinter einer Art gleißend hellem Licht. Die Gestalt stand auf einem Podium, die Hände erhoben, und aus ihren Fingern schossen Blitze aus Feuer. Zu ihren Füßen lagen die Trümmer von Wolkenkratzern, umgeworfene Autos und Schutt. Winzige Gestalten waren aufeinandergetürmt, und obwohl man keine Gesichter sah, war der Eindruck des Ganzen voller Schmerz und Schrecken. Natalie war den Tränen nahe. Es erinnerte sie an die Gemetzel-Reliefs aus dem Museum in Griechenland. Nur war die Größenordnung hier viel gewaltiger – es war die Darstellung völliger Zerstörung.

»Das ist Armageddon«, sagte sie schaudernd. »Das Ende der Welt.«

»Ohne Witz«, hauchte Giles. »Und wer ist der Typ mit der Robe?«

»Da bin ich genauso schlau wie du.« Natalie leuchtete

auf die nächste Nische, die allerdings leer war. Als würde die Geschichte nach diesem Bild des Grauens aufhören. Auch die Kammer selbst ging nicht weiter. Weder gab es Anzeichen auf eine weitere Tür noch irgendetwas, das aussah wie die berüchtigte Prophezeiungsmaschine. Außer nackten Wänden aus Tonerde konnte Natalie nichts sehen.

Schwer legte sich die Enttäuschung auf sie. Worauf sie gestoßen waren, war unglaublich – nur brachte sie das ihrem Großvater auch nicht näher.

»Wir sollten gehen«, sagte sie.

Romain nickte ihnen vom Durchgang aus zu und lief den Gang dann zurück nach oben. Natalie wollte ihm folgen, als Giles nach Luft schnappte. »Warte mal! Schau dir das an. Ich glaub's nicht …«

Er kauerte am Boden vor dem letzten Wandgemälde. Natalie stellte sich neben ihn und folgte seinem Blick. Augenblicklich bereute sie es. Auf der Mauer waren Hunderte von winzigen Totenköpfen abgebildet – ein Skelettschädel neben dem anderen, der sie aus leeren Augenhöhlen anglotzte. »Gruselig«, sagte sie.

»Nicht so gruselig wie das hier.« Giles leuchtete mit der Taschenlampe auf eine Gestalt, die zwischen den Reihen von Toten lief. Es war ein alter Mann in einem Tweedjackett mit wirren grauen Haaren. In der Hand trug er etwas, das nach einem Gehstock aussah.

»Grandad«, flüsterte Natalie. »Aber das kann doch nicht sein.«

Giles keuchte. »Es wird noch besser.« Er lenkte den

Lichtkegel auf eine andere Stelle. Dort waren zwei Figuren aufgemalt. Eine trug eine rote Strickjacke und eine Brille, die zweite war größer, ging mit leicht eingezogenen Schultern und hatte einen langen schwarzen Pony. Natalie schluckte schwer und leuchtete Giles an. Der Schein seiner Lampe fiel gleichzeitig auf das Rot ihrer eingerissenen Strickjacke, die sie sich um die Taille gebunden hatte.

»Das sind wir«, wisperte Natalie.

Giles' Selbstsicherheit war wie weggefegt. Stirnrunzelnd sah er sie an. »Du hast gesagt, das alles hier sind Prophezeiungen, richtig? Warum sitzen wir da unter der Erde fest, mit jeder Menge abgetrennter Köpfe?«

»Keine Ahnung.« Natalie streckte die Finger zitternd nach dem Bild aus. Sobald sie die Wand berührte, fuhr ein stechender Schmerz durch ihren Kopf. Stöhnend wandte sie sich ab. Ihre Sicht verschwamm. An der Decke der Kammer schienen sich die Sterne in Bewegung zu setzen und zum Leben zu erwachen.

»Natalie?«, rief Giles.

»Es passiert schon wieder!«, sagte sie noch, als sie auch schon zu schwanken begann. Die Sternbilder über ihr begannen zu kippen und zu wogen. Eines bewegte sich lebendiger als alle anderen, mit großer Entschlossenheit: Orion. Er wirkte fast dreidimensional, eine Gestalt aus fliegenden Punkten. Er spannte seinen Bogen und zielte auf das Symbol des Taurus. Dann änderte der Pfeil die Richtung und zeigte auf Natalie. Abwehrend hob sie die Hände und wartete darauf, dass der Pfeil sie jeden Moment durchbohren würde. Sie hörte sich selbst schreien und kippte nach hinten. Feste Arme fingen sie auf.

Plötzlich war der Schmerz verschwunden. Natalie stellte fest, dass Giles sie stützte. Er wirkte besorgt.

»Was ist los?«, fragte er. »Du machst mir Angst.«

Natalie blinzelte in die Kammer, die wieder genau wie vorher war. Die Vision war zu Ende. Die Sternbilder rührten sich nicht. Der Schütze war fort. Doch die Angst war geblieben und wühlte in ihrem Magen. Ein uralter Instinkt sagte ihr, dass sie weglaufen mussten. Sofort!

»Jemand jagt uns«, sagte sie. »Jemand hat es auf uns abgesehen!«

»Was willst du damit …?«, begann Giles. »Warte, hörst du das auch?«

Tat sie. Ein Geräusch von oben – ein rhythmisches Donnern, als hätte die Wüste auf einmal einen Herzschlag.

»Romain?«, rief Giles.

Er erhielt keine Antwort. Dafür hörte der Lärm mit einem Mal auf, nur um von Rufen abgelöst zu werden, die in den Gang hinabhallten. Natalie hörte ein komisches, ratterndes *Pop-pop-pop*.

Schüsse?

»Da oben ist jemand!«, sagte Natalie. Sie stolperte zum Ausgang.

»Warte!« Giles wollte sie aufhalten. »Vielleicht sollten wir lieber …«

Doch sie rannte bereits zur Treppe. Während sie die Stufen nach oben eilte, schienen ihre Beine ihre Kraft wiederzufinden, auch wenn noch immer Furcht durch ihre Adern schoss. Zuerst sah sie den Hubschrauber. Damit ergab zumindest der Lärm Sinn. Mitten in der Wüste, mit noch immer langsam drehenden Rotoren, wirkte er völlig fehl am Platz. Romain kniete mit einem Bein auf dem Boden, umzingelt von fünf Gestalten in blassen Kampfanzügen. Sie trugen nicht nur Panzerung, sondern auch Tiermasken. Und ihre Hände waren irgendwie seltsam … Sie steckten in Handschuhen mit Metallnägeln an den Kuppen! Einer machte einen Satz nach vorn und holte mit dem Arm aus. Romain packte ihn am Handgelenk und rammte ihm einen Elektroschocker in die Achselhöhle. Knisternder blauer Strom ließ den Angreifer erst zappeln, dann zusammenbrechen. Schon warf sich der zweite Maskierte von hinten auf Giles' Leibwächter. Er zerfetzte ihm den Rücken. Romain brüllte vor Schmerz. Dann nahm er sich den Fremden vor, packte ihn und hob ihn in die Luft. Mit einem tiefen Ächzen schleuderte er den Mann in den Sand. Sein Blick traf den von Natalie.

»Zum Wagen!«, brüllte Romain.

Die übrigen drei Angreifer stürzten sich auf ihn. Ließen die Krallen durch die Luft sausen und stachen zu.

Giles reckte neben Natalie den Kopf aus der Grube, sah, wie Romain fiel und schrie. »Nein!«

Er schnappte sich eine Schaufel und rannte auf seinen Bodyguard zu. Plötzlich bemerkte Natalie aus dem Augenwinkel am Helikopter eine Bewegung. Entsetzt sah sie, wie die tätowierte Frau in den Sand sprang. Sie zog sich die dunkle Kapuze vom Kopf, sodass die kurzen Hörner ihrer Maske zum Vorschein kamen. Mit weit ausholenden Schritten kam sie auf sie zu. Obwohl ihre Robe fast bis zum Boden reichte, erhaschte Natalie einen Blick auf ihre nackten Füße. Auch sie waren tätowiert.

Ruckartig schaute sie von Natalie zu Giles und dann zu Romain, während sie die Lage einschätzte. Plötzlich platzte Romain aus der Gruppe der Angreifer heraus. Auf seiner Wange prangte ein tiefer Schnitt, und seine Knöchel waren blutig. Er sah aus wie ein wildes Tier, das um sein Leben kämpft. »Giles, lass das!«, schrie er. »Bleib zurück!«

Romain umklammerte einen Schlagstock, rammte den Griff in eine der Masken, zerbrach sie und schlug ihren Besitzer zu Boden. Dann warf er sich mit der Schulter voran gegen den Nächsten. Mit einem dumpfen Knall prallten sie zusammen und landeten im Sand. Ein zweiter Maskierter sprang auf Romains Rücken und schlang einen Arm um seinen Hals.

Giles war fast bei ihnen, als die tätowierte Frau ihm den Weg abschnitt. Giles schwang die Schaufel und zielte auf ihren Kopf. Doch sie knickte mit dem Oberkörper nach hinten, und die Schaufel sauste knapp über ihr vorbei. Bevor Giles erneut ausholen konnte, versetzte die Frau ihm einen fiesen Tritt in den Magen, und er ging zu Boden. Dann drehte sie sich zu Natalie um.

Vor Furcht wich Natalie zurück und wäre beinahe in das Loch gefallen.

Wie eine Wildkatze näherte die Frau sich. Verstohlen

und flink trieb sie ihre Beute in die Enge. Am Boden lag eine der Schaufeln. Doch als Natalie sich danach bücken wollte, war die Frau schon bei ihr. Kräftige Finger packten Natalies Hals und zogen sie in die Höhe. Natalie tastete mit den Zehen nach der Erde. Vergeblich. Mit unglaublicher Kraft stemmte die Fremde Natalies gesamtes Gewicht in die Luft.

»Wo ist es?«, scharrte eine kratzende Stimme hinter der gehörnten Maske.

»Was?«, krächzte Natalie. Die Finger gruben sich seitlich in ihre Kehle, sodass ihr das Atmen schwerfiel.

»Spiel nicht die Dumme«, dröhnte die Frau. »Das Orakulum.«

»Wo ist mein Großvater? Was haben Sie mit ihm gemacht?«

Die Frau drückte fester zu, und die Augen hinter den Löchern funkelten. »Was schert dich das, nach all den Lügen, die er dir erzählt hat?«

»Wo…von … reden … Sie überhaupt?«

Die Maskierte brachte Natalies Gesicht näher an ihr eigenes. »Willst du in den Aither sehen, Kind? Willst du alles sehen, was war und je sein wird? Chaos rückt an, und du musst entscheiden, auf welcher Seite du stehst.«

»Jedenfalls nicht auf eurer!«, presste Natalie hervor. Sie wollte dieser Frau die Maske abreißen, schaffte es aber nicht. Das Blut staute sich in ihrem Kopf. Rote Punkte tanzten vor ihren Augen, während sie immer weniger Luft bekam. Hinter der Fremden bewegte sich etwas.

Bamm!

Die Maskierte wurde beiseitegeschleudert, und der Druck auf Natalies Hals verschwand. Mit der Schaufel in der Hand stand Giles über der Frau, die im Sand lag. Sein Schlag hatte sie tatsächlich ausgeknockt. Romain krabbelte auf den Helikopter zu, wobei er eine Blutspur hinterließ. »Zum Jeep!«, brüllte er. Hinter ihm lagen zwei der Angreifer noch immer reglos auf dem Boden, doch die anderen drei rührten sich allmählich.

Was will er denn beim Hubschrauber?

»Sie dürfen nicht entkommen!«, befahl die tätowierte Anführerin und rappelte sich auf. Giles schwang erneut seine Schaufel, doch sie blockte sie mit einem Arm ab. Das Werkzeug zerbrach an ihrem Unterarm in zwei Teile, beförderte sie aber dennoch erneut zu Boden.

Das ist unmöglich, dachte Natalie. *Sie muss Knochen aus Stahl haben …*

»Wo ist es?«, wiederholte die Frau und starrte Natalie durchdringend an. »Sag es mir, sonst sorge ich dafür, dass Hardaker so hirntot endet wie dein Vater!«

Giles rannte zu Romain, der vor den Kufen des Helikopters zusammengebrochen war. Er versuchte, Romain aus dem Sand zu hieven, indem er sich den Arm des Hünen um die Schulter legte.

Natalie hatte keine Zeit, über die Worte der Frau nachzudenken. Sie ahnte, dass diese sie sonst vor Angst lähmen würden.

Zwei der Maskierten hatten sich inzwischen hochgekämpft und hinkend die Verfolgung aufgenommen. Natalie rannte zu Giles, nahm den Leibwächter am anderen Arm, und mit vereinten Kräften schafften sie es, Romain zum Jeep zu schleppen. Sein Körper war voller blutender Schnitte, die seine zerfetzten Klamotten rot färbten. »Lasst mich zurück«, sagte er. »Seht zu, dass ihr fortkommt.«

»Vergiss es!«, sagte Giles. Wie ein Bündel packten sie ihn auf die Rückbank des Wagens, wo er auf den Rücken gerollt liegen blieb. Natalies Hände waren voller Blut. Sie stolperte Giles hinterher und kletterte auf den Beifahrersitz.

»Haltet sie auf!«, brüllte die tätowierte Frau.

Zwei der maskierten Handlanger rannten in Richtung Jeep, doch Giles startete bereits den Motor und trat das Gaspedal durch. Der Motor brüllte wütend auf. Über die Schulter sah Natalie, wie von den Hinterreifen Sandfontänen auf die Angreifer spritzen. Einer wurde von der Wucht umgerissen, der andere hob die Hände, um seine Augen zu schützen. Nur die Frau schritt scheinbar ungerührt durch die Sandwolken. Sie erreichte Natalies Fenster, holte mit der Faust aus und rammte sie ins Glas. Kreischend wich Natalie zurück, als die Scheibe zerplatzte und Tausende Splitter auf sie regneten. Wieder holte die Frau aus. »Wo *ist* es!«, brüllte sie.

Plötzlich wurde Natalie in ihren Sitz gedrückt, als der Jeep Halt fand und vorwärts schoss. Im Seitenspiegel sah sie, wie die Frau reglos verharrte und ihnen nachschaute.

Dann machte sie abrupt kehrt und hielt auf den Helikopter zu.

»Denen entkommen wir nie«, sagte Natalie verzweifelt. »Wir sind viel langsamer.«

»Wir entkommen«, sagte Romain schwach. »Halt an.«

»Warum?«, wollte Giles wissen. »Wir sollten schleunigst verschwinden. Noch können wir vielleicht einen Vorsprung rausholen!«

»Weil ich es sage«, antwortete der Bodyguard. Er hielt etwas in der blutigen Hand, das einem alten Handy ähnelte.

Giles fuhr langsamer und wendete den Jeep im Sand, sodass er schräg zu ihren Verfolgern stand. Die Handlanger der maskierten Frau bestiegen bereits den Hubschrauber, doch sie selbst blieb wie angewurzelt stehen, als wittere sie Gefahr. Sie blickte auf den Jeep, dann auf den Helikopter.

»Raus da!«, rief sie den Männern zu. »Raus da, sofort!«

Der letzte der maskierten Soldaten verharrte mit dem Fuß auf der Kufe, vor Unentschlossenheit wie versteinert. Romain drückte einen Knopf auf dem Gerät in seiner Hand. Einen Sekundenbruchteil später ging der Helikopter in Flammen auf. Die Explosion erfasste die Männer und schleuderte die Frau drei Meter weit durch die Luft. Selbst Natalie spürte die Druckwelle aus Hitze und Sand. Eine Wolke aus Rauch und Feuer wallte über der Wüste auf.

Romain muss einen Sprengkörper angebracht haben … Als der schwarze Schleier sich legte, war von dem Helikopter nur noch verbogenes Metall übrig. Von den Angreifern fehlte jede Spur. Obwohl das eine Erleichterung war, wurde Natalie übel bei dem Gedanken.

»Verschwinden wir«, sagte sie leise.

»Wohin?«, fragte Giles, als er den Motor zündete.

In diesem Moment war das Natalie völlig egal. »Einfach ... weg.«

KAPITEL 14

SCUTUM

Der Schild.
Schutz wird geboten.

Auf Romains Anweisung hin fuhren sie Richtung Westen. Die Sonne hatte ihren höchsten Punkt erreicht und brannte erbarmungslos vom Himmel. Obwohl die Fenster offen standen, drang nur warme Luft ins Innere.

Giles schien das Fahren einigermaßen zu beherrschen, auch wenn er jedes Mal auf die Bremsen stieg, sobald sie sich einem Schlagloch näherten, sodass Natalie ständig nach vorn geworfen wurde.

Auch Romain regte sich wieder. Natalie verzog das Gesicht, als sie die vielen tiefen Schnitte auf seinem Oberkörper und seinen Armen sah. Mit schmerzverzerrter Miene nahm Romain ein Telefon aus der Tasche, ließ sich den Verstärker für das Satellitensignal aus dem Handschuhfach geben, steckte ihn auf und drückte eine Kurzwahltaste. Leise sagte er ein paar knappe, abgehackte Worte. Danach schaute er sie an. »Ich habe die Koordinaten für den nächsten Stopp. Bereit?«

Während er sie runterratterte, gab Natalie die Zahlen ein. Das Navi des Wagens hatte dazu den Ort Sharq El Owainat-Flughafen gelistet.

»Nie davon gehört«, sagte Giles.

»Das ist ein kleiner Flugplatz, der vor allem von Regierungsbeamten genutzt wird«, erklärte Romain. »Matthieu wird uns dort mit dem Jet deines Vaters abholen.« Er biss die Zähne zusammen. »Verbandskasten. Im Handschuhfach.«

Natalie fand ihn und reichte ihn nach hinten. Hin und wieder warf sie einen Blick in den Rückspiegel und sah, dass Romain seine Wunden verarztete. Zuerst wusch er sie mit Jod aus, dann nahm er eine Nadel zur Hand, um die schlimmsten Schnitte zu nähen. Nur der Schweiß auf seiner Haut und das leichte Zittern seiner Hände verrieten, wie sehr es schmerzen musste. Danach legte er Verbände an, die fast sofort blutgetränkt waren.

»Wir müssen dich ins Krankenhaus bringen«, sagte Giles.

»Wenn wir in England sind«, entschied Romain. »Lord Thwaites' Privatarzt wird sich um mich kümmern.«

»Aber –«

»Ich werde schon wieder«, unterbrach ihn Romain. Damit schien das Thema beendet. Natalie fragte sich, wie viel Blut er wohl verloren hatte.

Etwa zwanzig Minuten später kamen sie auf eine asphaltierte Straße, die auch im Navigationssystem erschien. Der Anzeige nach lag Sharq El Owainat drei Stunden entfernt.

Immer wieder dachte Natalie daran, wie der Helikopter explodiert war. War die tätowierte Frau tot? Die Druckwelle der Explosion hatte sie davongeschleudert, doch es war nicht auszuschließen, dass sie überlebt hatte. »Wie haben die uns überhaupt gefunden?«, wunderte sich Natalie.

»Ich hab dir doch gesagt, du sollst dein Smartphone nicht benutzen«, meinte Giles.

»Habe ich nicht«, verteidigte Natalie sich. »Nicht seit Griechenland. Vielleicht haben die den Jeep geortet?«

»Wie denn?«, fragte Giles. »Sie konnten ja schlecht wissen, wo wir einen mieten würden. Was hat diese Frau eigentlich zu dir gesagt?«

»Sie wollte das Orakulum.« Natalie versuchte, sich an die genauen Worte ihrer Angreiferin zu erinnern. Irgendwas von wegen, in den Aither sehen. Dasselbe Wort, das sie schon bei ihrem Anfall vor der Bibliothek gehört hatte – was immer es auch sein mochte. So vieles ergab keinen Sinn …

»Aber wenn diese Typen zum Orphischen Mysterium gehören, sollten sie dann nicht *wissen*, wo es ist?«, meinte Giles. »In dem Brief und dem Tagebuch klang es doch so, als hätte Nostradamus dieses Orakulum von ihnen bekommen, oder nicht?«

»Vielleicht haben sie die Maschine verloren. Vielleicht hat Nostradamus sie versteckt. Ich weiß es nicht.«

Natalie musste an die Drohung der Frau denken: *Sag es mir, sonst sorge ich dafür, dass Hardaker so hirntot endet wie dein Vater.* Eiskalte Furcht legte sich um ihr Herz. Wie konnte die Frau von ihrem Vater wissen? Was, wenn auch er in Gefahr schwebte?

Sie holte ihr Smartphone aus der Tasche.

»Hey! Das darfst du nicht!«, rief Giles.

»Es geht nicht anders«, sagte Natalie. »Außerdem – ich bin mir sicher. Mein Handy ist es nicht, das sie verfolgen.«

Romain erklärte ihr mit zusammengebissenen Zähnen, wie man das Satellitensignal verstärkte. Sie steckte das Gerät auf ihr Smartphone, wählte eine Nummer und überschlug, wie spät es gerade in Boston sein musste.

»Psychiatrie Cambridge«, meldete sich eine Empfangsdame. »Was kann ich für Sie tun?«

»Ich wollte nur nachfragen, wie es einem Ihrer Patienten geht«, erklärte Natalie.

»So leid es mir tut, ohne das Patientenpasswort können wir am Telefon keine medizinischen Details preisgeben«, sagte die Stimme am anderen Ende.

»Es geht um meinen Vater. Matthew Hardaker. Das Passwort ist *Filius*«, sagte Natalie.

»Einen Augenblick bitte.«

Natalie wartete. Sie spürte förmlich Giles' Neugier, während sie weiterfuhren.

Einige Sekunden später erklang eine andere Frauenstimme aus dem Lautsprecher, und Natalie erkannte die Ärztin, Martha Del Reyes, die für ihren Vater zuständig war. »Natalie?« Sie klang ein wenig verwirrt.

»Hallo. Ist bei meinem Dad alles okay?«

Pause. »Nun ja … es geht ihm gut. Alles unverändert. Planen du und dein Großvater einen Besuch?«

»Vielleicht demnächst«, antwortete Natalie. »Danke.«

Sie legte auf.

»Alles in Ordnung?«, fragte Giles.

Eigentlich war ihr nicht danach zumute, darüber zu reden. Aber wahrscheinlich war sie ihm eine Erklärung schuldig.

»Vermutlich weißt du es nicht, aber mein Dad ist in einer Nervenheilanstalt.«

»Kein Scheiß? Ich hab irgendwie gedacht, er wäre, na ja, tot.«

Könnte man so nennen, dachte Natalie.

»Er ist schon mein ganzes Leben lang da«, erzählte sie.

»Das muss echt hart sein. Ist ihm irgendwas zugestoßen?«

»Er hatte einfach einen Zusammenbruch«, sagte Natalie. »Meine Mutter ist damit nicht fertiggeworden und gegangen.«

»Wow«, sagte Giles. »Und ich dachte immer, meine Familiengeschichte wäre schräg.« Nach einer Pause fügte er hinzu: »Tut mir leid. Das war unsensibel.«

»Schon okay. Du hast ja recht. Wir besuchen ihn nicht so oft, wie wir sollten. Für Grandad ist es wirklich schwer.«

»Tut mir leid. Und wo steckt deine Mum jetzt?«

»Wer weiß?«

»Bist du gar nicht neugierig?«

»Sie hat uns sitzen lassen«, antwortete Natalie. »Ich kann mich nicht mal mehr an sie erinnern.«

Ihr war klar, dass sie seine Frage damit nicht beantwortet hatte, und sie war dankbar, dass er nicht weiterbohrte. In Wahrheit fragte sie sich schon manchmal, wie es ihrer Mutter ging, doch meist wich ihre Neugier schnell der Wut. Und sie hatte Angst, Fragen über ihre Mutter würden ihren Großvater verärgern. Irgendwie käme es ihr wie ein Verrat vor – er war für sie da gewesen, nachdem ihre Mutter sie im Stich gelassen hatte. Sie wollte ihm nicht das Gefühl vermitteln, er wäre ihr nicht genug.

Im Laufe der Jahre hatte sie immer mal wieder daran gedacht, auf eigene Faust zu versuchen, ihre Mutter aufzuspüren, aber am Ende hatte sie nie den Mut dazu gehabt. Sie kannte ja nicht mal ihren richtigen Namen.

»Ich denke andauernd an meine Mum«, sagte Giles. Obwohl er die Augen stur geradeaus auf die Straße richtete, verriet Natalie ein verstohlener Blick, dass er den Tränen nahe war. Seine Arroganz auf einen Schlag weggewischt zu sehen, war fast erschreckend. Er sah aus wie ein verängstigtes Kind. Natalie schaute weg.

Der Pilot erwartete sie bereits mit dem Jet. Sharq El Owainat war nur eine Reihe Hangars in der Wüste. Andere Flugzeuge gab es nicht. Trotzdem wurde der Platz von einer kleinen Einheit gelangweilter Soldaten mit Gewehren über der Schulter bewacht. Romain, der kaum noch stehen konnte, redete mit ihrem Vorgesetzten. Die deutlich sichtbaren Verletzungen schienen den Soldaten nicht zu stören. Nachdem er den Jeep flüchtig überprüft hatte, winkte er sie direkt zum Rollfeld durch.

Der Pilot musste Romain bei den Stufen helfen. Sobald er an Bord war, brach der Bodyguard auf einem der Sofas zusammen. Seine Haut war fahl, gelblich und von Schweiß bedeckt, wie Natalie auffiel. Sie hoben ab, und Natalie sah zu, wie die Wüste unter ihnen immer kleiner wurde.

»Ich muss Lionel anrufen«, sagte Giles, den Blick starr auf das Smartphone in seiner Hand gerichtet. Seine große Klappe schien er ausnahmsweise einmal vergessen zu haben.

»Können wir ihm denn trauen?«, gab Natalie zu bedenken. »Was, wenn er mit denen unter einer Decke steckt?«

Giles sprach leiser. »Romain ist wirklich krank. Wir können das nicht verheimlichen. Außerdem weiß er bestimmt längst, dass wir den Jet genommen haben.«

»Und was willst du ihm sagen?«, fragte Natalie.

»Weiß nicht.« Er drückte auf die Anruftaste, brach den Vorgang jedoch wieder ab. »Ich halte mich einfach ans Wesentliche.«

Natalie sah aus dem Fenster, während der Jet immer höher stieg. Die Wüste erstreckte sich kilometerweit. Nur hin und wieder wurde sie vom Grün einer kleinen Oase oder einer kleinen Stadt unterbrochen. Giles schien die Mailbox erreicht zu haben, denn er sprach eine genuschelte Nachricht auf. Er ließ Thwaites wissen, dass sie auf dem Weg zurück nach England waren und für Romain einen Krankenwagen brauchten. Es habe einen Unfall gegeben. Und er erwähnte noch, dass es ihm selbst gut ginge. Dann legte er auf.

Natalie lehnte den Kopf zurück und versuchte zu schlafen. Doch jedes Mal, wenn sie die Augen schloss, sah sie Orion, der mit seinem Pfeil auf sie zielte. Was in der unterirdischen Kammer geschehen war, konnte sie nicht erklären. Doch sie wusste noch genau, wie es sich angefühlt hatte. Noch bevor irgendetwas Greifbares darauf hingedeutet hatte, hatte sie gewusst, dass der Kult anrückte. Ihretwegen. Etwas oder jemand hatte sie vor der Gefahr gewarnt. Irgendwie – wenn auch nur unklar – hatte sie in die Zukunft gesehen.

Und das war unmöglich.

Sollte die tätowierte Frau die Explosion überlebt haben, musste sie die Höhle inzwischen selbst entdeckt haben. Würde sie Verstärkung holen können, obwohl ihr Helikopter nur noch ein Skelett aus Asche und verbogenem Metall war? Selbst wenn, würde es Stunden dauern, bis jemand bei ihr war. Wenigstens eine Zeit lang mussten sie sich über sie also keine Sorgen machen.

Trotzdem konnte Natalie sich nicht wirklich entspannen. *Wenn er ihnen nicht gibt, was sie wollen, haben sie keinen Grund, ihn am Leben zu lassen.* Bestimmt hatten diese zwielichtigen Gestalten mit den Masken kein Problem damit, jemanden, den sie nicht brauchten, aus dem Weg zu räumen.

Und auch Natalie hatte nicht, worauf sie es abgesehen hatten. Sie hatte das Orakulum in Ägypten nicht gefunden, und nun war die Spur kalt. Es gab keine weiteren Hinweise, denen sie folgen konnten. Sie musste ihre Taktik ändern. Sie musste mehr über das Orphische Mysterium herausfinden. Ihr Hauptquartier orten. Wo sonst sollte man ihren Grandad gefangen halten? Nur wie könnte sie es anstellen?

Die Gedanken in Natalies Kopf fuhren unaufhörlich Karussell. Doch ihr Körper zwang sie schließlich zur Pause. Sie merkte erst, dass sie eingeschlafen war, als Giles' panische Stimme sie weckte.

»Romain! Wach auf!«

Natalie sah, wie ihr Freund sich über seinen Leibwächter beugte und ihn an der Schulter schüttelte. Draußen am Boden zogen grüne Felder vorüber. *Könnte Frankreich sein*, vermutete sie. Doch dann entdeckte sie eine Straße und Autos, die auf der linken Seite fuhren. *Dann also Südengland.*

»Er wacht einfach nicht auf!«, rief Giles hektisch. »Ihm geht es echt richtig schlecht!«

»Ihr müsst euch setzen«, sagte der Pilot durch den Lautsprecher. »Wir beginnen den Landeanflug.«

Natalie stand auf und stellte sich zu Giles. Romain sah schlimmer aus denn je. Sie legte einen Finger auf sein Handgelenk und fühlte den Puls. Es gab einen, wenn auch schwach und schnell – wie ein Flattern.

»Was ist los?«, fragte Giles. Er sah ehrlich verzweifelt aus.

»Vielleicht waren diese Nägel vergiftet?«, überlegte Natalie. »Er braucht einen Arzt.«

»Hinsetzen!«, befahl der Pilot streng.

»Nein, ich bleibe bei ihm«, widersprach Giles. Er legte die Hände fest auf Romains Schultern.

Der Boden kam rasend schnell näher, doch die Landung gelang recht sanft. Als sie vom Rollfeld fuhren, wurden sie bereits von einem privaten Krankenwagen erwartet. Und von dem Bentley. Aus diesem stieg Thwaites, während die fahrbare Treppe an die Ausstiegstür des Jets geschoben wurde.

Sanitäter kamen an Bord und hoben Romain auf eine Trage. Sie überprüften seine Vitalwerte und öffneten ein Augenlid, um in seine Pupille zu leuchten. »Wie lange ist er schon nicht mehr ansprechbar?«, fragte einer.

»Ich … ich weiß nicht«, antwortete Giles. »Wird er wieder gesund?«

Die Sanitäter tauschten einen Blick, gaben ihm allerdings keine Antwort. Jeder der beiden nahm ein Ende der Trage, dann eilten sie damit zum Ausgang.

Giles und Natalie folgten ihnen und sahen zu, wie sie Romain in den Krankenwagen luden. Plötzlich trat Thwaites ihnen in den Weg.

»Will mir vielleicht mal jemand erklären, was los ist? Wo wart ihr?«

Giles schob ihn beiseite. »Nicht jetzt«, sagte er. »Ich gehe mit ihm mit.«

»So geht das nicht, mein Junge«, sagte Thwaites. »Ich musste ein sehr wichtiges Treffen absagen, um hierherzukommen.«

»Wäre nicht nötig gewesen«, meinte Giles und stieg in den Krankenwagen. »Wir haben nur einen kleinen Ausflug gemacht, damit Natalie auf andere Gedanken kommt.«

Thwaites atmete durch bebende Nasenflügel und schaute dann Natalie an. »Ich vermute, es gibt noch nichts Neues von meinem Freund Professor Hardaker?«

Zu gerne hätte Natalie ihm zugebrüllt, dass Freunde nicht einfach so beim anderen einbrachen und mitgehen ließen, was sie finden konnten. Doch sie wusste, dass sie damit jeden Vorteil kaputt machen würde, den sie im Augenblick noch hatte. Thwaites ahnte nicht einmal, dass sie einen Verdacht hatte.

»Nein«, sagte sie einfach, bevor sie neben Giles einstieg.

Der Fahrer schloss die Tür, und Thwaites verschwand außer Sicht.

Einer der Sanitäter entnahm Romain eine Blutprobe. Giles hatte die Hände vor der Brust verschränkt, beinahe als würde er beten.

»Er kommt durch«, tröstete Natalie ihn. »Er ist zäh wie altes Leder.«

Giles sah sie mit großen, blutunterlaufenen Augen an. »Er hat uns nur beschützt. Er war immer für mich da. Wenn er stirbt, weiß ich nicht, wie ich …«

Natalie griff nach Giles' Hand und drückte sie.

KAPITEL 15

ARIES

Der Widder.
Loyalität und Stärke

Als sie das Krankenhaus erreichten, war Romain wieder zu Bewusstsein gekommen. Er schien überrascht, wieder in England zu sein. Man brachte ihn mit der Trage sofort auf die Intensivstation. Die Ärzte verboten sowohl Giles als auch Natalie strikt, ihn zu begleiten, da sie keine Familienangehörigen waren. Giles blieb allerdings stur und weigerte sich, die Trage loszulassen. Am Ende musste Romain selbst ihn nach Hause schicken. Giles und Natalie sahen zu, wie man ihn fortrollte.

»Er ist in den allerbesten Händen«, redete Natalie ihrem Freund gut zu. »Du solltest machen, was er sagt.«

Giles nickte abwesend. »Was ist mit dir?«

»Ich muss nach Hause, mich umziehen«, sagte sie. »Wir sprechen uns später?«

»Klar«, antwortete Giles. Er rieb sich die Augen. »Die letzten Tage hatten es ganz schön in sich, was?«

»Das ist die Untertreibung des Jahrhunderts!«

Verlegen überlegte sie, ob sie ihn umarmen sollte. Doch Giles hatte sich bereits umgedreht und lief mit hängenden Schultern zum Ausgang. Natalie war überrascht, was für einen heftigen Stich ihr das versetzte. Er schien so ungeheuer traurig. Nach den vergangenen gemeinsamen Tagen – nach allem, was sie herausgefunden und durchgemacht hatten – kam es ihr falsch vor, ihn allein zu lassen. Widerstrebend riss Natalie sich los.

Sie machte sich auf zu ihrem Londoner Apartment. Ihr war klar, dass ihr Großvater nicht dort sein würde. Doch nach drei Tagen außer Landes war es zumindest ein Trost, wieder in vertrauter Umgebung zu sein. Natalie wurmte ein schlechtes Gewissen, weil sie die Seriosität ihres Großvaters – und sogar seine geistige Gesundheit – am Abend seines Vortrags angezweifelt hatte. Das Orakulum gab es offensichtlich wirklich, und es *konnte* die Zukunft zeigen. Die Höhlenmalereien waren Beweis genug. Die maskierten Gestalten hatten bewiesen, dass sie zu allem bereit waren, um die legendäre Maschine in die Finger zu kriegen. Doch wie hatten sie sie gefunden, ausgerechnet in Nabta Playa? Hatten sie vorausgesehen, wo Natalie sein würde? Aber wie, wenn sie das Orakulum noch gar nicht hatten? Sie wünschte, ihr Großvater wäre hier und sie könnte mit ihm reden. Er war gut darin, die Dinge logisch und vernünftig zu durchdenken. Natalie selbst war dazu im Moment absolut nicht fähig. Wenn sie an die Visionen dachte, an die fast übernatürlichen Kräfte der tätowierten Frau, fiel ihr nur eine Erklärung ein – und die lag jenseits der Welt der Wissenschaft.

In ihrer Tasche begann das Handy zu klingeln. Als sie sah, dass es Johann Schar war, fühlte sie sich gleich ein bisschen besser. Sie hob ab.

»Hi, Johann!«

»Natalie, wie geht es dir?« Sein abgehackter europäischer Akzent und der sanfte Tonfall beruhigten sie sofort.

»Die letzten Tage war viel los«, sagte sie.

»Und wie war es in Griechenland?«

»Verwirrend.« Sie hatte kaum noch die Energie, ihm zu erklären, worauf sie gestoßen waren. Johann Schar war durch und durch Physiker. Gerede über antike Kulte würde ihn nicht interessieren. »Johann«, sagte sie, »glaubst du, an dem, was mein Großvater gesagt hat, ist irgendetwas dran? Dass es tatsächlich eine Maschine gibt, die die Zukunft vorhersagen kann?«

Am anderen Ende der Leitung herrschte Schweigen. Natalie sah förmlich, wie Dr. Schar sich auf seine typische Art eine Augenbraue kratzte. So blickte er immer drein, wenn er über etwas nachdachte, egal ob es um ein mathematisches Problem ging oder darum, was er im Restaurant bestellen sollte.

»Das erscheint mir unwahrscheinlich«, sagte er schließlich. »Aber meiner Erfahrung nach gehört Avery zu den vernünftigsten Menschen, die ich kenne. Ich glaube nicht, dass er so etwas behaupten würde, ohne Beweise zu haben.«

»Dann glaubst du also, dass diese Prophezeiungsmaschine existiert?«

Wieder eine lange Pause. »Das habe ich nicht gesagt. Doch wenn mich die theoretische Physik etwas gelehrt hat, dann, mit dem Unerwarteten zu rechnen. Voraussagen kann man auf viele Arten treffen. Wie sagen die Engländer doch so schön: *Will man wissen, wie die Pfütze schmeckt, muss man sie probieren*.«

»Die *Grütze*«, verbesserte Natalie lachend.

»Natürlich.« Auch Johann Schar lachte. »Was ich damit sagen will: Bevor wir ein Urteil darüber fällen können, ob diese Maschine funktioniert oder nicht, müssten wir sie testen. Den Worten deines Großvaters nach hat er genau das getan. Doch eine Theorie muss mehrfach auf die Probe gestellt werden, bevor man von Fakten sprechen kann.«

Natalies Geist wanderte zurück zu den Bildern auf den unterirdischen Wänden. Von Flugzeugen, Kriegen, Naturkatastrophen. Alle waren wahr geworden, abgesehen von der letzten gruseligen Szene mit ihr und Giles, umgeben von Totenschädeln. Und die mit der mysteriösen Gestalt in der Robe. Sie schauderte.

»Hat dein Großvater denn je von dem Orakulum gesprochen? Vor seiner Rede, meine ich?«, fragte Dr. Schar.

»Schön wär's«, antwortete Natalie. »Dann könnte ich ihn vielleicht zurückbringen. Aber egal. Ich muss jetzt weiter. Es hat wirklich gutgetan, mit dir zu reden«, sagte sie.

»Wo bist du denn jetzt?«

»Wieder in London. Ich gehe zurück in die Wohnung. Vielleicht habe ich irgendetwas übersehen. Eine Spur.«

Johann Schar seufzte. »Das sage ich mir auch andauernd. Hör mal, Natalie. Wir geben nicht auf, bis wir deinen Großvater gefunden haben! Zurzeit stellen wir eine Website auf die Beine, um Spenden zusammenzutrommeln. Professor Hardaker hat mit seiner Arbeit nicht nur in der Gemeinschaft der Akademiker eine Menge Menschen berührt. Ich glaube, wir können genug Geld sammeln, um ein Team Privatermittler anzuheuern. Besser als diese nutzlosen Kretins von Interpol wären die allemal.«

Meghan Moss hatte Natalie beinahe schon vergessen.

»Haben die auch mit dir geredet?«

»Zumindest haben sie es versucht«, antwortete Dr. Schar. »Sie scheinen sich in irgendeine seltsame Theorie über Avery verrannt zu haben. Ich habe ihnen gesagt, dass ich ihnen zu meinem allergrößten Bedauern nicht weiterhelfen kann.«

»Danke.«

»Ich mache mir Sorgen um dich«, sagte Dr. Schar. »So ganz allein. Warum kommst du nicht zu mir, in die Schweiz? Ich könnte dir einen Flug buchen. Dann wärst du unter Freunden.«

»Das ist lieb«, sagte Natalie. »Aber ich habe hier auch Freunde.« Sie staunte selbst, dass sie von Giles so redete. Vor drei Tagen waren sie noch das genaue Gegenteil gewesen. So viel hatte sich so schnell verändert.

»Na gut«, meinte Schar. »Aber das Angebot steht. Und halte mich auf dem Laufenden. Du bist auch für mich wie eine Enkelin, Natalie.«

Mit Tränen in den Augen dankte sie ihm noch einmal und legte dann auf. Als sie zur Wohnung kam, war dort überall Polizeiabsperrband angebracht. Natalie überlegte, ob die reguläre Polizei dafür verantwortlich war oder ob Interpol hier herumgeschnüffelt hatte. Wahrscheinlich hatte Mrs Patel sie hineingelassen.

Im Apartment sah zum Glück alles so aus, wie sie es verlassen hatte. Auch im obersten Stock herrschte dieselbe Unordnung wie nach Thwaites' Überfall. Am Flughafen war Natalie einfach nur wütend gewesen, als sie ihn gesehen hatte. Und anschließend war sie vollauf mit Romain beschäftigt gewesen. Erst jetzt fiel ihr auf, wie merkwürdig er sich verhalten hatte. Welcher Vormund hätte sich mit Giles' schwacher Erklärung über einen »Ausflug« zufriedengegeben? Sie waren in einem Privatjet aufgetaucht, mit einem halb toten Bodyguard – und Thwaites hatte kaum eine Miene verzogen. Hatte er gewusst, wo sie gewesen waren? Hatte er ihnen nachspioniert? Oder war Natalie schon paranoid?

Sie entschied, nach unten zu gehen, um sich umzuziehen. Doch da fiel ihr Blick auf das *Sternenbuch*, das noch immer am Rand des Schreibtischs lag. Thwaites hatte sich wohl nicht dafür interessiert, was sie wenig überraschte. Es sah nicht mal annähernd nach etwas Besonderem aus. Sie nahm es und blätterte durch die zerlesenen Seiten. Bei all den offenen Geheimnissen war die Frage nach der Identität von Elodie d'Anjou komplett untergegangen. Wer war diese Frau, von der Caterina de Medici bereits vor fünfhundert Jahren gewusst hatte?

Das Buch öffnete sich in der Mitte, bei der vertrauten Konstellation des Taurus. Natalie spürte ein Zwicken im Bauch, als sie sich an die wirbelnden Sterne an der Kammerdecke erinnerte. An den grauenvollen Schrecken, als Orion, der Schütze, das Zeichen des Stiers ins Visier genommen hatte. Doch als sie nun auf die Seite starrte und das Bild fast schon zwingen wollte, sich zu bewegen, blieb es reglos. Was auch sonst? *Was erwartest du, Natalie?*, fragte sie sich selbst. *Bücher erwachen nicht zum Leben.*

Sie legte es beiseite und ging zur Treppe. Bis ihr auffiel, dass sich im Zimmer doch etwas verändert hatte. Das Teleskop ragte in einem steilen Winkel nach oben. Als sie das Display überprüfte, verriet ihr die grüne LED-Leuchte, dass der Trackingmodus eingestellt war. *Komisch.* Es musste schon die ganze Zeit ein bestimmtes Objekt verfolgen, denn Thwaites hatte es sicher nicht eingeschaltet. Er hatte genug damit zu tun gehabt, möglichst schnell Beute in seinen Sack zu schaufeln. Und dass einer der Polizisten oder Mrs Patel damit herumgespielt hatte, war wenig logisch.

Neugierig hielt Natalie das Auge ans Okular. Der Autofokus war in Betrieb, daher begriff sie schnell, worauf sie schaute. Es war der linke Rand des Sternbilds Cetus, gewöhnlich als der Walfisch bekannt. Es befand sich inmitten der übrigen Konstellationen, die nach Wasserwesen benannt waren – wie Aquarius, Pisces und Eridanus. *Warum Grandad sich ausgerechnet das angeschaut hat?* Cetus war weder sehr bekannt noch besonders interessant.

Doch dann bemerkte sie ein rotes Flimmern, genau im Zentrum des Suchers. Ein roter Zwergplanet, wenn sie sich nicht täuschte.

Vielleicht hat er gar nicht Cetus verfolgt … Sie schaltete das Display zu, das die Namen der Objekte im Sucher anzeigte. Die Anzeige unter dem Planeten lautete:

UB31 [ERIS]

Natalie schrak zurück, als hätte das Teleskop sie gebissen.

Eris. Die Göttin des Chaos.

In ihrem Kopf reihte sich eins ans andere. Sie nahm ihr Smartphone und tippte sich zu den Bildern aus dem Museum von Nestos vor. Der Buchstabe *E*, den jemand auf die Knochentafel gekratzt und damit Orpheus ersetzt hatte.

Sie sah noch einmal nach, nur um ganz sicher zu sein. Dabei fielen ihr die letzten verzweifelten Worte ihres Großvaters ein. *Die Wahrheit liegt in den Sternen …*

Damals hatte sie es nicht verstanden, doch jetzt fiel der Groschen. Es konnte kein Zufall sein. Er hatte ihr sagen wollen, hierherzukommen und durch das Teleskop zu schauen. Er hatte geahnt, was passieren könnte, und deshalb das Tracking programmiert, um ihr die nötige Spur zu geben. *Warum habe ich das nicht kapiert?*

»Chaos rückt an«, sagte sie.

Oh, Grandad … es tut mir leid, dass ich es nicht gleich gesehen habe.

Das Orphische Mysterium war angegriffen und überwältigt worden. Und Natalie hatte so eine Ahnung, wer dafür verantwortlich sein könnte. Ein neues Mysterium. Eins, das nicht der Kreativität, Vorsehung oder dem Potenzial der Zukunft huldigte. Sondern etwas Zerstörerischem. Es waren Mörder. Anhänger, denen Chaos und Streit wichtiger waren als alles andere. Eine Gruppe, für die Prophezeiungen und Gewissheit der Feind waren. Die vor nichts haltmachte, alles vernichtete.

Natalie nahm ihr Handy und bestellte ein Taxi.

»Okay, okay, jetzt mal langsam«, sagte Giles.

Natalie hatte zu reden angefangen, sobald Giles die Tür geöffnet hatte.

»Das Mysterium von Eris«, wiederholte sie. »Sie wollen die Macht übernehmen. Sie haben schon in der Vergangenheit getötet, und sie werden es wieder tun. *Sie* sind diejenigen, die meinen Grandad haben.«

»Die mit den Masken? Bist du sicher?«

Natalie packte seinen Arm und zog ihn zum Arbeitszimmer von Thwaites. »Mach schon!«, sagte sie und nickte zum Nummernfeld.

»Wie heißt das Zauberwort?«, neckte Giles sie.

Stattdessen warf Natalie ihm einen vernichtenden Blick zu.

Grummelnd öffnete Giles die Tür.

Als innen die Lichter angingen, zeigte Natalie auf den Wandteppich über dem Schreibtisch, auf dem die Göttin mit dem Apfel abgebildet war. »Das ist sie. Eris. Chaos.«

Giles runzelte die Stirn. »Dann meinst du echt, Lionel hat mit denen zu tun? Mit diesem menschenmordenden Kult? Er ist eine Nervensäge, aber *so* übel nun auch wieder nicht.«

»Danke für die Vertrauensbekundung«, sagte Thwaites.

Natalie wirbelte herum. Woher war die gedämpfte Stimme gekommen? Plötzlich glitt ein Regal nahe der Wand beiseite. Thwaites trat hervor, und Natalie wich instinktiv zurück. Sie saßen in der Falle.

KAPITEL 16

CENTAURUS

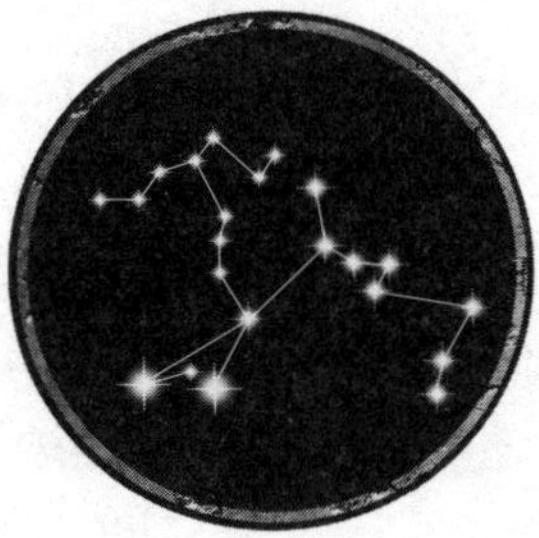

Der Zentaur.
Wahre Weisheit offenbart sich

Lassen Sie uns in Ruhe!«, forderte Natalie. Sie sah sich im Raum um und schnappte sich dann ein Samuraischwert mitsamt Scheide von der Wand.

»Immer mit der Ruhe!«, sagte Giles.

»Bitte, das ist ein Original«, sagte Thwaites. Als Natalie die glänzende Klinge aus der Hülle zog, machte er ein gequältes Gesicht. »Und sehr, sehr scharf. Ich will nicht, dass du dich schneidest.«

»Ich weiß, wer Sie sind.« Natalie stemmte die Waffe vor sich in die Luft. »Ein Anhänger des Mysteriums von Eris.«

Thwaites hob eine Augenbraue. Aufgeflogen zu sein, schien ihm nicht das Geringste auszumachen.

»Ich bin beeindruckt«, sagte er. »Offensichtlich hast du gut recherchiert.«

Er ging einige Schritte vorwärts und schlüpfte hinter seinen Schreibtisch. »Bleiben Sie da weg!«, fuhr Natalie ihn an. Die Spitze des Schwerts wackelte. Könnte sie es wirklich einsetzen, wenn sie musste?

»Aber leider muss ich dir mitteilen, dass du die falschen Schlüsse gezogen hast«, fuhr Thwaites fort. »Ich stehe dem Mysterium von Eris ebenso feindlich gesinnt gegenüber wie du und dein Großvater.«

»Sind Sie deshalb in Grandpas Wohnung eingebrochen und haben seine Sachen geklaut?«, fuhr Natalie ihn an.

»Die Erklärung ist weit simpler. Ich muss meinen Freund, Professor Hardaker, finden. Das Mysterium von Eris hat ihn entführt, und ich habe vor, ihn zu retten.«

»Wie kommt es dann, dass sie so viel über den Kult wissen?«, fragte Natalie. »Warum haben Sie ein Bild von Eris an der Wand?« Mit der Schwertspitze zeigte sie kurz auf den Wandteppich.

»*Wenn du deinen Feind kennst und dich selbst kennst, brauchst du das Ergebnis von hundert Schlachten nicht zu fürchten*«, antwortete Thwaites. »Das stammt von Sun Tzu.«

Das hätte er Natalie nicht sagen müssen, sie kannte das Zitat auswendig. Es war eins von denen, die ihr Grandad in seine letzte BBC-Doku eingebaut hatte, in der Hoffnung, Natalie würde es erkennen.

»Wir verfolgen die Machenschaften der Anhänger von Eris schon seit über zweitausend Jahren.« Thwaites lockerte seine Krawatte und knöpfte seine Weste auf. Dann löste er die oberen Knöpfe seines Hemds, öffnete es und zeigte ihnen seine Brust. Auf dem rechten Muskel prangte ein Symbol.

»Ich glaub's nicht, du hast ein Tattoo!«, rief Giles.

Als Natalie genauer hinsah, erkannte sie eine Lyra.

»Sie gehören zum Orphischen Mysterium? Es hat also überlebt.«

»Ganz recht«, erklärte Thwaites. »Unser Ziel ist es, die Muster der Menschheitsgeschichte zu begreifen und die führenden Köpfe von Politik und Wirtschaft zu beraten, damit wir alle in Frieden, Fortschritt und Wohlstand leben können.«

»Deshalb schmierst du all den Überfliegern und Milliardären Honig ums Maul«, sagte Giles. »So wie Ninia Kane. Und ich dachte immer, du willst dich nur einschleimen.«

»Es gibt viele, die unseren Rat brauchen. Wir müssen verhindern, dass die Botschafter von Eris sie zu ihrem eigenen Nutzen verderben.«

Aus dem Versteck in der Wand holte er den Sack, den er im Arbeitszimmer von Natalies Großvater gefüllt hatte, und stellte ihn auf den Tisch. »Ich entschuldige mich für den kleinen Trick. Das hier gehört dir. Ich hätte dich gerne aus allem herausgehalten.«

Natalie hob trotzig das Kinn. »Dafür ist es längst zu spät.«

Natalie wusste noch immer nicht, was sie glauben sollte. Das Tattoo sah echt aus, und Thwaites' Erklärungen schienen ziemlich logisch. Sie ließ das Schwert sinken.

»Okay. Und haben Ihnen die Papiere meines Großvaters was gebracht?«, fragte sie. »Wissen Sie, wo er ist?«

»Wir glauben, das Mysterium von Eris hält ihn gefangen«, antwortete Thwaites.

»Das weiß ich auch! Sie wollen das Orakulum.«

Thwaites hob eine Augenbraue. »Ja, und wir dürfen auf keinen Fall zulassen, dass sie es bekommen!«

»Sie werden ihn töten. Ich weiß es. Wenn Sie wissen, wo das Orakulum ist, müssen wir es ihnen geben.«

»Junge Dame«, setzte Thwaites an, »du kannst von Glück reden, noch am Leben zu sein. Wäre Romain nicht gewesen, hätte euer kleiner Abstecher in die Wüste einen weit tödlicheren Ausgang nehmen können.«

Giles' Augen wurden groß. »Woher weißt du, was da draußen los war?«

»Romain hat mir alles berichtet.«

»Dann gehört er auch zu Ihnen?«, fragte Natalie.

»Bisher nicht, aber bald.«

Thwaites wandte sich zur Tür. »Romain, Sie können reinkommen.«

Romain trat ein, den Arm in einer Schlinge.

Giles starrte seinen Bodyguard blinzelnd an. »Romain, du glaubst Lionel?«

»Ich erkenne Lügner, wenn ich sie sehe«, dröhnte der Leibwächter. Dann hob er beschwichtigend die Hand und drehte sich zu Natalie um. »Bitte leg das Schwert zurück.«

Natalie zögerte. Thwaites hatte recht. Romain hatte ihnen das Leben gerettet. Warum hätte er das tun sollen, wenn er gegen sie arbeiten würde? Warum gleich mehrere Mitglieder des Mysteriums von Eris in die Luft jagen? Wenn er Thwaites vertraute, dann sollte Natalie es vermutlich auch tun.

»Natalie, ich glaube, das geht in Ordnung«, sagte Giles.

»Ja, okay.« Sie steckte die Waffe wieder in die Hülle und legte sie auf ihre Halterung zurück.

Thwaites lächelte. »Wenn ich ehrlich bin, hätte ich Romain schon vor Jahren einladen sollen, sich uns anzuschließen. Er ist ein wertvoller Verbündeter, wie ihr ohne Zweifel selbst erlebt habt. Aber möglicherweise habe ich den Hang, Menschen zu unterschätzen.« Als er das sagte, blickte er bedeutungsvoll zu Giles.

»Was ist mit meinem Großvater?«, fragte Natalie. »Ist er auch ein Mitglied des Mysteriums?«

Thwaites schüttelte den Kopf. »Ich hatte keine Ahnung, dass dein Großvater vom Orakulum wusste. Wie er darüber stolpern konnte, während unser Mysterium schon seit Generationen unermüdlich danach sucht, ist mir ein Rätsel.«

»Und Sie haben ihm nicht genug getraut, um ihn einzuladen?«, fragte Natalie.

»Vertrauen ist in Zeiten des Krieges eine knifflige Angelegenheit«, sagte Thwaites, ohne ihr in die Augen zu sehen. »Und Fehler können wir uns nicht erlauben. Das Mysterium von Eris kennt kein Erbarmen. Hunderte von Jahren versuchen sie schon, Anarchie zu säen. Sie glauben, dass Chaos die einzige wirkliche Freiheit ist. Das Orakulum würde ihnen die Zukunft zeigen, und zwar mit vielen Details. Mit diesem Wissen könnten sie immer mehr Einfluss gewinnen und am Ende die Weltordnung zum Einsturz bringen. Sie würden wissen, wer die Pioniere der Zukunft sein werden – wissen, wem sie eine Gehirnwäsche verpassen und wen sie vernichten müssen. Sie würden Naturkatastrophen vorhersehen und ihre Auswirkungen verschlimmern. Sie würden die Gierigen und Durchtriebenen unterstützen, die Friedvollen und Vernünftigen unterdrücken. Sie würden wissen, wie man die Menschen manipulieren kann, und sie gegeneinander aufstacheln. Es ist das ultimative Paradox des Chaos: Um das Schicksal zu vernichten, müssen sie es zuerst verstehen.«

»Also habt ihr das Ding?«, mischte Giles sich ein. »Das Orakulum?«

»Bedauernswerterweise nicht.« Thwaites' Miene verfinsterte sich. »Doch wir *müssen* es vor ihnen finden.«

Natalie wollte widersprechen, doch Thwaites ließ sie nicht zu Wort kommen.

»Ich verstehe dein Dilemma, Natalie, und wie ich schon sagte, auch mir liegt es am Herzen, deinen Großvater zu finden. Aber du kannst mir glauben: Er würde lieber sterben, als das Orakulum in die Hände unserer Feinde fallen zu sehen.«

»Sie können das leicht sagen«, konterte Natalie.

Thwaites seufzte wie ein frustrierter Lehrer. »Die Religionskriege haben im sechzehnten Jahrhundert drei Millionen Menschen das Leben gekostet. In den Geschichtsbüchern steht, dass der Auslöser dafür eine komplizierte Mischung aus Politik und Glauben war. Doch die Wahrheit ist noch viel komplizierter. Aus Gründen, die wir noch nicht verstehen, scheint das Chaos regelmäßigen Zyklen zu folgen. Mal ist sein Einfluss stärker, mal schwächer. Doch nie war er stärker als in jener Zeit. Das Mysterium von Eris war unfassbar mächtig. Sie hatten ihre Mittelsmänner in ganz Europa: Händler, Kriegsherren, Adlige und Mitglieder des Königshofs.

Das Orphische Mysterium hatte einen Vorteil, nämlich das Orakulum. Wir luden Nostradamus ein, sich uns anzuschließen, und überzeugten ihn davon, es mit an den Hof von Caterina de Medici zu nehmen. Wir hofften, dass die Macht des Orakulums, vereint mit der Macht der Krone, ausreichen würde, um dem Mysterium von Eris die Stirn zu bieten. Aber der Einfluss von Eris war zu groß. Caterina wurde zu einer von ihnen. Möglicherweise begann sie, das Orakulum für die Zwecke von Eris einzusetzen – wir wissen es nicht. Uns sind nur wenige Fragmente der Überlieferungen von damals geblieben. Doch zum Glück deuten diese darauf hin, dass es dem Orphischen Mysterium gelang, das Orakulum aus den Fängen von Caterina und Eris zu befreien. Allerdings wissen wir nicht, wo es geblieben ist.

Das Mysterium von Eris haben wir jedoch nie aus den Augen verloren. Wir wissen, dass es über mächtige Seher verfügt, sogenannte Kassandren. Sie haben die Fähigkeit, auf verschiedenen Wegen im Aither zu lesen: in Knochen oder Blut, durch Rituale oder Opferungen. Verglichen mit dem Orakulum ist solche Vorsehung Kinderkram. Trotzdem helfen ihnen diese Kräfte dabei, vorauszusehen, was kommt, und so die Zukunft zu verändern. Das Orphische Mysterium hat ihren Feldzug des Schreckens im sechzehnten Jahrhundert kaum überlebt. Sie töteten fast alle unsere Anhänger, und wir verbrannten unsere Aufzeichnungen, damit das Wissen nicht in falsche Hände fiel. Einschließlich des Wissens über das Orakulum.«

Natalie lauschte gebannt und voller Entsetzen. Giles schien ähnlich gefesselt. Sein Mund klappte mehrfach auf und zu. »Alles klar«, war alles, was er herausbrachte. Thwaites fuhr fort.

»Eine Sache wissen wir mit Sicherheit. Alle fünfhundert Jahre erreicht der Planet der Zwietracht seinen Zenit, und der Einfluss des Chaos wächst. Der nächste Zyklus steht uns kurz bevor. Wer weiß, welche Schrecken das Mysterium von Eris heutzutage anrichten kann? Unsere Welt ist so schon zerbrechlich genug – die Politik, die Wirtschaft und auch die Umwelt. Die Anhänger von Eris könnten das Fass leicht zum Überlaufen bringen. Und diesmal würden nicht Millionen, sondern *Milliarden* Menschen sterben.«

Sein Gesichtsausdruck war ernst, und in seinen Augen lagen eine Aufrichtigkeit und Verzweiflung, wie Natalie sie noch nie gesehen hatte.

»Ihr habt euch als Abenteurer bewiesen«, fuhr Thwaites sanfter fort. »Auch Mut habt ihr gezeigt, soweit mir Romain berichtet hat. Glaub mir, das Wohl deines Großvaters liegt uns allen am Herzen. Ich glaube an dich, Natalie. Und ich vertraue dir. Aber du musst mir ebenfalls vertrauen, wenn ich dir sage, dass das Orakulum wichtiger als alles andere ist. Wichtiger als dein Großvater, als ich, Giles, Romain. Als Anhänger des Orphischen Mysteriums habe ich geschworen, eher mein Leben zu geben, als zuzulassen, dass das Mysterium von Eris Erfolg hat. Daher ist es wichtig, das Orakulum vor ihnen zu finden.«

Natalie schwirrte der Kopf, doch ein Gedanke war stärker als die anderen: *Thwaites hat recht.*

Ihr Großvater würde nicht wollen, dass sie das Orakulum dem Mysterium von Eris gab. Selbst wenn es bedeutete, dass sie sich nie wiedersehen würden.

Deshalb hatte es sich so sehr nach einem Lebewohl angefühlt, als er sich am Abend seiner Rede von ihr verabschiedet hatte. Weil es genau das gewesen war.

Natalie schluckte die aufsteigende Flut an Tränen hinunter, während Thwaites die Papiere aus dem Büro ihres Großvaters auf dem Schreibtisch ausbreitete. »Wir wissen zwar nicht, wo es sich befindet. Doch Avery hatte zumindest eine Spur.« Er zog ein Blatt Notizen heraus und hielt es Natalie hin. Auf den ersten Blick hätte sie es für ein Gedicht gehalten. Die Überschrift lautete *Die Gruft von Paris*.

»Den Namen kenne ich noch!«, sagte Giles aufgeregt. »Paris von Troja war doch der Typ, der entscheiden musste, welche Göttin den Apfel von Eris bekommen soll, richtig? Er sollte ihn der Schönsten geben.«

Thwaites lächelte trocken. »Wie ich sehe, hat Miss Hardaker dir mehr über die Klassiker vermittelt als deine unerhört teure Schule. Paris war ein legendärer Held, ein trojanischer Prinz. Mehrere Orte behaupten von sich, seine ewige Ruhestätte zu sein: Griechenland, die heutige Türkei und Mazedonien. Wir schicken unsere Leute an alle möglichen Orte. Ich selbst komme gerade erst aus der Türkei zurück. Aber eine gründliche Suche durchzuführen, braucht Zeit. Außerdem versucht das Mysterium von Eris stetig, unser Vorgehen auszukundschaften.«

Natalie beugte sich über das Blatt, um die Verse in der Handschrift ihres Großvaters zu lesen. Es war gar kein Gedicht, begriff sie. Laut murmelnd las sie vor:

Folge dem Pfad des Größten Widerstands hinab in die Tiefe,
Vorbei am Ring von Giovannis Heim,
Und ziehe eine konkurrierende Linie
Vom Anbeginn der Zeit
Bis zum Ort, an dem die Himmel geschürft werden.

Dann wende dich zur aufgehenden Sonne.
Wagemut, Wagemut, Wagemut!

Denke daran, Rue zu zeigen.
Wer wirklich nach der Wahrheit sucht,
muss, soweit als möglich,
wenigstens ein Mal im Leben
alle Dinge anzweifeln,

Bis dahin, wo die Unschuldigen ruhen
und das Orakulum liegt.

»Jetzt weiß ich wieder, warum ich Gedichte nicht ausstehen kann«, meinte Giles. »Klingt wie ein Haufen Müll.«

»Wir denken, dass Professor Hardaker es selbst verfasst hat – als eine Art poetischen Code«, erklärte Thwaites. »Leider haben wir keinen Schimmer, was es bedeutet.«

Giles hatte recht. Die Worte klangen ein bisschen wie aus einer schlecht übersetzten Gebrauchsanweisung, noch dazu mit Rechtschreibfehlern. Aber vielleicht war das Absicht, um Uneingeweihte in die Irre zu führen. Natalie ging die Zeilen im Kopf noch einmal durch. Dabei ergab sich langsam ein Bild. Auf ihrem Gesicht breitete sich ein Lächeln aus.

»Na, du scheinst dich ja zu freuen«, stellte Giles fest.

»Ich glaube, ich weiß, wo wir suchen müssen«, sagte Natalie.

»Tatsächlich?«, fragte Thwaites.

Natalie sah ihn an. »Ich glaube, die Gruft von Paris hat nichts mit Paris von Troja zu tun. Ich glaube, es geht hier um den Ort, um die Hauptstadt von Frankreich. Wo Grandad und ich wohnen – wo er das Orakulum entdeckt hat. Die Gruft meint die Katakomben, die Tunnel, in denen man im siebzehnten und achtzehnten Jahrhundert die Toten bestattet hat.«

»Interessante Theorie«, meinte Thwaites, obwohl er nicht überzeugt schien.

Natalie schüttelte den Kopf. »Der Rest ist wie … wie ein Code. Ein Rätsel. Und ich glaube, er hat es für einen ganz bestimmten Menschen verfasst. Ich glaube«, und sie grinste bei diesen Worten, »er hat das hier für mich geschrieben!«

»Ich bin ganz Ohr«, sagte Thwaites.

Natalie fuhr mit dem Finger über die Zeilen und erklärte. Noch ergab nicht alles einen Sinn, aber das war bei Gedichten oft so.

»*Giovanni* – das könnte Giovanni Cassini sein. Er war ein italienischer Astronom, der am Observatorium von Paris gearbeitet hat. Dann die dritte Strophe hier, wo es um die Suche nach der Wahrheit geht, das ist ein Zitat, und zwar vom Philosophen René Descartes. Grandad hat es mich auswendig lernen lassen. Beides deutet auf denselben Ort hin: Paris. Die Katakomben. Er sagt uns, dass wir *dem Pfad in die Tiefe folgen* sollen.«

»Möglich«, sagte Thwaites, »aber was, wenn du dich irrst?«

»Tut sie nicht«, mischte Giles sich plötzlich mit voller Überzeugung ein.

»Ach nein?«, fragte Natalie überrascht.

Er hielt sein Smartphone in der Hand und starrte angestrengt auf den Bildschirm. »Weißt du noch, was wir in dem Höhlengemälde in Nabta Playa gesehen haben? Professor Hardaker zwischen all den Totenköpfen?«

Er drehte das Smartphone herum, sodass sie den Bildschirm sehen konnte. Darauf war eine Reihe von Bildern mit der Überschrift »Die Katakomben von Paris«. Alle zeigten eng bestückte Wände, die komplett aus Knochen bestanden – ein Wirrwarr aus Schädeln und anderen Skelettteilen. »Kommt dir das irgendwie bekannt vor?«

Natalie nickte. »Na klar! Die Malerei in der Höhle von Nabta Playa war eine Botschaft, die das Orphische Mysterium hinterlassen hat – für Grandad, damit er weiß, wo er suchen muss.«

»Dann wissen wir jetzt ja, wo es als Nächstes hingeht«, sagte Giles.

KAPITEL 17

CAELUM

Der Grabstichel.
Harte Arbeit bringt die Wahrheit ans Licht.

Da Romains Arm noch immer in der Schlinge hing, fuhr Thwaites selbst. Natalie fragte sich, wie lange es her war, dass er hinter einem Steuer gesessen hatte. Jedenfalls war die Fahrt nicht die bequemste. Selbst Giles in Ägypten war besser gefahren. Er ließ den Motor aufheulen, übersah mindestens zwei rote Ampeln, und einmal bremste er so abrupt, dass Natalie ohne ihren Sicherheitsgurt durch die Windschutzscheibe geflogen wäre. Es war ein Wunder, dass sie es überhaupt bis zum Flughafen schafften. Der Jet stand aufgetankt bereit. Unter der Nase wartete ihr altbekannter Pilot.

Natalie hatte kein Gepäck bei sich, außer ihrer Umhängetasche, in die sie die Aufzeichnungen ihres Großvaters gesteckt hatte. Sobald sie saß, holte sie das Gedicht heraus und legte den Zettel auf ihren Schoß. Je öfter sie es las, desto sicherer war sie, dass sie recht hatte. Beinahe konnte sie hören, wie ihr Grandad die Worte sprach – voller Begeisterung, genau so, wie er in seinen Dokumentationen immer zu seinem Fernsehpublikum redete. Doch diesmal sprach er nur mit ihr.

Die erste Zeile – *Folge dem Pfad des Größten Widerstands hinab in die Tiefe* – beschäftigte sie so sehr, dass sie nicht einmal merkte, wie sie abhoben. Erst als die Abendsonne durchs Fenster fiel und sie blendete, wurde ihr bewusst, dass sie längst in der Luft waren. Während die Lichtstrahlen auf den zerknitterten Zettel fielen und die Falten im Papier wie kleine Hügel und Täler ausleuchteten, hatte sie eine Eingebung.

»Was ist los?«, fragte Giles. »Du guckst so komisch.«

»Was, wenn das Gedicht eine Karte ist? Schau dir die erste Zeile an: *Größter Widerstand*. Das muss ein Hinweis auf die französische Résistance sein.«

»Die Gruppierungen französischer Bürger, die sich im Zweiten Weltkrieg gegen die Nazis und die deutschen Besetzer zur Wehr setzten«, erläuterte Thwaites, der plötzlich ganz hellhörig war. »Aber wie weist uns das den Weg?«

Natalie holte eine Straßenkarte der Stadt über den Katakomben heraus, die sie zu Hause bei Giles sicherheitshalber ausgedruckt hatte – gemeinsam mit einer Karte von den Katakomben selbst. Giles und Thwaites spähten über ihre Schulter. »Interessant«, hauchte Thwaites. »Sehr interessant.«

»Was?«, wollten Natalie und Giles wissen.

»Hier.« Thwaites wies auf einen öffentlichen Zugang zu den Katakomben in der Avenue du Colonel Henry Rol-Tanguy. »Der Colonel war ein Widerstandskämpfer im Zweiten Weltkrieg. In den Katakomben hatte er damals sein Hauptquartier aufgeschlagen.«

»Aber dann haben wir's ja!«, sagte Natalie triumphierend. »Dort fangen wir an.«

»Gut gemacht, Natalie«, sagte Thwaites. »Vielleicht hast du doch den richtigen Riecher.«

Natalie betrachtete erneut das Gedicht. Giles und Thwaites gingen zurück zu ihren Plätzen, den beiden Sitzen vor ihr. Obwohl sie sich leise unterhielten, konnte Natalie sie nicht überhören.

»Du hättest das alles schon längst mal erwähnen können, weißt du?«, beschwerte Giles sich. »Vielleicht hätte ich ja auch Mitglied beim Orphischen Mysterium werden können!«

»Ich habe versprochen, es vor dir geheim zu halten«, erklärte Thwaites. »Es war ein Versprechen an deine Eltern.«

»Was haben sie denn damit zu tun?« Natalie hörte den Schock in seiner Stimme.

»Sie gehörten ebenfalls zum Orphischen Mysterium. Wir wussten, dass Eris es auf sie abgesehen hatte.«

»Soll das heißen, das Mysterium von Eris …« Giles verstummte. Ihm schienen die Worte zu fehlen.

Als Thwaites antwortete, war seine Stimme brüchig. »Ein andermal werde ich dir alles erzählen. Es tut mir leid, mein Junge, aber für das, was uns bevorsteht, dürfen wir uns von nichts ablenken lassen. Nur eins darfst du nie vergessen: Sie haben dich sehr geliebt, und sie waren sehr, sehr mutig.«

»Und das alles hast du vor mir versteckt … die ganze Zeit lang?«

»Ich wollte nur … Ich war nicht sicher, ob du dafür bereit bist. Ob du es verstehen würdest. Du musst zugeben, deine Leidenschaft galt nie der Wissenschaft oder der Geschichte.«

»Äh … wir reden hier ja auch nicht von langweiligen Schulbüchern und vom Deklinieren lateinischer Verben.«

»Ich habe dich auf Abstand gehalten, das ist mir bewusst. Ich war nie an Kinder gewöhnt. Und ich schätze, ich habe mir selbst die Schuld am Tod von Harry und Katie gegeben. Ohne mich wären sie dem Mysterium nie beigetreten. Ich hatte Angst, du würdest dich von mir abwenden, wenn du die Wahrheit erfährst.«

»Ich habe immer gedacht, du kannst mich nicht ausstehen.«

»Damit könntest du nicht falscher liegen. Ich bin stolz auf dich, Giles. Unfassbar stolz.«

Durch eine Lücke zwischen den Sitzen sah Natalie, dass Thwaites die Arme um Giles legte. Schweigend flogen sie weiter.

Natalie las sich das Gedicht noch einmal durch. Einige Teile ergaben noch immer wenig Sinn: *Und ziehe eine konkurrierende Linie / Vom Anbeginn der Zeit / Bis zum Ort, an dem die Himmel geschürft werden. / Dann wende dich zur aufgehenden Sonne. / Wagemut, Wagemut, Wagemut!*

Frustriert legte sie den Zettel beiseite. *Was übersehe ich, Grandad?* Vielleicht würde es deutlicher werden, wenn sie erst in den Katakomben waren.

»Lord Thwaites«, sagte sie, »kann ich Sie etwas fragen?«

»Selbstverständlich.«

»Was ist der Aither? Die Frau vom Mysterium von Eris hat davon geredet. Und Sie haben es auch erwähnt.«

Thwaites wurde etwas blass. »Und was genau hat sie gesagt?«

»Irgendetwas von wegen ›in den Aither schauen‹ oder so ähnlich … Ich kann mich nicht genau erinnern. Hat es mit dem Orakulum zu tun?«

»Der Aither hat mit allem etwas zu tun. Es ist das fünfte Element, das uns alle umgibt.«

»Klingt wie ausgemachter Blödsinn«, meinte Giles. »Nicht sehr wissenschaftlich.«

Thwaites lächelte. »Ein Wissenschaftler zu sein, heißt zu akzeptieren, dass es Dinge gibt, die man noch nicht versteht. Der Aither hat in verschiedenen Zeiten und Kulturen unterschiedliche Namen. Die Japaner nannten ihn das Void, in der Hindu-Tradition heißt er Akasha. Śūnyatā für Buddhisten. Das Orphische Mysterium kennt ihn als Oberstes Prinzip. Selbst moderne Physiker wie Dr. Johann Schar haben den Aither im Phänomen der Quantenverschränkung erkannt, doch ich muss zugeben, das übersteigt mein Begreifen.«

»Aber was genau ist das für ein Ding?«, wollte Giles wissen.

»Das ist nicht die richtige Frage. Es geht nicht darum, was es *ist*. Es geht darum, was es *tut*. Der Aither verbindet Vergangenheit, Gegenwart und Zukunft. Er ist das Bindeglied der Raumzeit.«

»Also so eine Art Computercode für das Universum«, sagte Giles.

»Genau«, stimmte Thwaites mit dem Anflug eines Lächelns zu. »Jahrhundertelang studierte das Orphische Mysterium Omen, um Einsicht in den Aither zu erhalten und Voraussagen über die Zukunft zu treffen. Menschen, die in der Zukunft lesen, nennt man Kassandren. Einige haben angeborenes Talent, andere können eines entwickeln.«

»Wie Hellseher«, sagte Natalie.

»Gewissermaßen. Es gibt viele Medien, die Einblick in die Wege des Schicksals erhalten. Doch nur wenige haben die Fähigkeit, ihren Körper und Geist direkt mit dem Aither zu verbinden. Allein ihr Instinkt verrät ihnen, was bevorsteht. Wir nennen das den *Nous*. Wir wissen, dass mindestens eine aufseiten von Eris ihn hat – eine Ritualistin, die sich Anath nennt.«

»Und dieses Orakulum … kann den Aither irgendwie lesen?«, fragte Giles.

»So scheint es«, antwortete Thwaites. »Das Mysterium von Eris sucht schon lange nach einem Zugang zum Aither, will ihn sogar kontrollieren. Die Rituale, die sie durchführen, sind gefährlich. Den Anhängern des Orpheus sind solche Praktiken verboten.«

»Was zum Beispiel?«, wollte Natalie wissen.

Thwaites runzelte die Stirn. »Stell dir den Aither wie die Sonne vor. Sie schenkt Leben und spendet Wärme. Aber man darf nicht direkt in sie hineinsehen, sonst wird man blind. Das Mysterium von Eris blickt direkt in den Aither, und … es schadet ihnen. Macht sie wahnsinnig, verdreht ihren Geist. Außerdem verleiht es ihnen beinahe übermenschliche Stärke und macht sie unempfindlich für Schmerz.«

»Also deshalb sind sie so stark«, sagte Giles.

»Ja«, antwortete Thwaites mit gerunzelter Stirn. »Der Aither besteht zu einem großen Teil aus dem, was Wissenschaftler ›dunkle Materie‹ nennen. Er ist wie eine endlose

Kraftquelle, die menschliche Muskeln mit Energie versorgen kann, sie stark, schnell und schmerzresistent macht. Doch jedes Mal, wenn man den Aither zu diesem Zweck nutzt, verliert man einen Teil des Verstands – einen Teil dessen, was uns zu Menschen macht. So werden aus den Anhängern von Eris gewissenlose, hoch effektive Killer.«

»Klingt ganz nach der verrückten Tattoo-Lady!«, sagte Giles.

In seiner Stimme lag Humor, doch Natalie fand das gar nicht witzig. Thwaites' Worte machten sie nachdenklich. Was würde er davon halten, wenn sie ihm von ihren Kopfschmerzen und Halluzinationen erzählte? Vielleicht hatte die Frau tatsächlich etwas mit ihr gemacht, irgendwie ihren Verstand infiziert.

Als Natalie zurück zu ihrem Sitz ging, hallten die Worte der Angreiferin durch ihren Kopf.

Willst du in den Aither sehen, Kind?

Was, wenn sie das längst getan hatte?

Sie erinnerte sich an etwas anderes. Hatte ihr Großvater nicht zu ihr gesagt: *Vertraue auf deinen Instinkt. Nutze deinen Nous?*

Nous.

Konnte es denn sein, dass Natalie selbst eine Art instinktive Verbindung mit dem Aither hatte? Würde das ihre Migränevisionen erklären? Bei diesem Gedanken wurde Natalies Hals ganz trocken. *Aber woher hätte Grandad das wissen sollen?* Sie beschloss, ihre Bedenken erst einmal für sich zu behalten. Was würde Thwaites von ihr halten, wenn er wüsste, dass sie vielleicht solch gefährliche Kräfte hatte?

Sie landeten auf dem Flughafen Charles de Gaulle und nahmen ein Taxi in die Avenue du Colonel Henri Rol-Tanguy im 14. Arrondissement. Als sie die Seine überquerten, funkelten die Lichter von Paris wie Sterne im Wasser.

Mehrere Schilder wiesen auf die Katakomben hin. Doch der Zugang für die Touristen war nur eine schlichte grüne Holztür am Rand einer großen Straßenkreuzung. Die Tafel mit den Öffnungszeiten ließ sie wissen, dass sie vor zehn Uhr am nächsten Morgen keinen Zutritt mehr haben würden. Einige Autos waren unterwegs. Doch die Ecke, an der sie standen, war zum Glück nicht von Laternen beleuchtet. Romain hatte das Schloss in weniger als zehn Sekunden geknackt, und schnell gingen sie hinein. Natalie fischte die Taschenlampe aus ihrer Umhängetasche, während Romain aus seinem Mantel eine Hochleistungsvariante hervorzauberte. Die beiden Lichtkegel wanderten über einen Empfangstresen und einen kleinen Souvenirladen, in dem es Postkarten, Bücher und Schlüsselanhänger zu kaufen gab.

Der Zugang zu den Katakomben selbst war ein steinerner Torbogen hinter einer Absperrung. Beim Gedanken daran, was dahinterlag, schauderte Natalie. Kilometerlange finstere Tunnel voller Toter.

»Ich melde Romain freiwillig, um vorauszugehen«, sagte Giles.

Sein Bodyguard lächelte tatsächlich. Dann trat er auf den Durchgang zu, schaffte es allerdings nur wenige Schritte weit. Das Licht ging an, so hell, dass alle sich die Hände vor die Augen hielten. Zuerst dachte Natalie, die Bewegungsmelder wären schuld. Doch als ihre Sicht wieder klar war, blickte sie in den Lauf einer Pistole – in den Händen von Interpol-Beamtin Meghan Moss.

»Keiner rührt sich!«, befahl sie. Romain griff in seine Jacke, doch Moss zielte sofort auf ihn. »Das gilt auch für dich, Schwachkopf.«

Romain zog die Hand zurück. Natalie konnte sich nicht erklären, wie Moss hierhergekommen war, oder woher sie gewusst haben konnte, dass sie hier sein würden.

»Können wir Ihnen helfen, Miss Moss?«, fragte Thwaites höflich.

»Während wir uns unterhalten, sind meine Kollegen bereits unterwegs«, sagte Moss. »Es ist vorbei.«

»Ich fürchte, ich verstehe nicht, wovon Sie reden«, sagte Thwaites gefasst. »Aber es besteht wirklich kein Grund, mit einer Waffe herumzufuchteln. Wir führen gerne eine zivilisierte Unter–«

»Das können Sie sich sparen«, fiel Moss ihm ins Wort. »Miss Hardaker hier wurde von der ägyptischen Polizei angezeigt, weil sie die historische Stätte von Nabta Playa geplündert hat. Unseren Informationen nach befinden Sie sich soeben auf der Suche nach einem weiteren Artefakt, einem gewissen Orakulum.«

»Ihren *Informationen* nach?«, wiederholte Natalie.

»Sagen Sie mir einfach, wo es ist«, forderte Moss. »Damit sparen wir alle uns eine unangenehme Vernehmung.«

»Sie sollten eigentlich nach meinem Großvater suchen«, sagte Natalie.

Moss machte ein verbissenes Gesicht und zielte nun auf Natalie. In ihrem Blick flackerte ein Anflug von Wahnsinn, und Natalie sah den Druck ihres gekrümmten Fingers auf dem Abzug. Sie schluckte.

Sie hat Angst. Oder sie fühlt sich unsicher. Irgendwas stimmt jedenfalls nicht.

»Wir wären gar nicht hier, würden Sie Ihren Job ordentlich machen«, meinte Giles und reckte die Brust vor. »Und wir wissen nicht, wovon Sie reden.«

Moss sah ihn düster an. »Wenn das Ihre letzte Antwort ist, habe ich keine Wahl, als Sie alle zu verhaften.«

»Tun Sie sich keinen Zwang an«, sagte Thwaites. »Aber Sie sollten wissen, dass ich recht teure Anwälte habe. Zuallererst werden sie dafür sorgen, dass die Kinder auf freien Fuß gesetzt werden. Romain ist ohnehin kein sehr gesprächiger Typ, und auch ich kann stur sein. Es wird eine lange Nacht für Sie werden.«

»Sagen Sie mir einfach, wo es ist!«, brüllte Moss.

»Ich glaube, wir warten lieber auf Ihre Kollegen«, sagte Thwaites und verschränkte die Arme.

Natalie spürte es in der Luft. Der Druck fiel merkwürdig ab und kündigte an, dass etwas Schlimmes passieren würde. Ihre Gedanken schienen sich zu öffnen, wie in der Höhle in Nabta Playa. Ihr Kopf dröhnte, als würde sich eine Migräne ankündigen, allerdings ohne den Schmerz. Als Moss' Finger sich um den Abzug spannte, warf Natalie sich auf Thwaites und stieß ihn kräftig zur Seite. Sie hörte das Bersten eines Schusses. Thwaites zuckte zusammen und hielt sich den Arm.

»Nein!«, rief Giles.

»Sie hat auf mich geschossen!«, sagte Thwaites fassungslos und krümmte sich.

Moss zielte mit der Pistole auf sein Herz. »Und beim nächsten Mal werde ich auch treffen. Wo ist das Orakulum?«

Durch Thwaites' Finger tropfte Blut. »Sie sind Polizistin! Sie können nicht einfach so Leute anschießen!«

Moss zuckte mit den Schultern. »Ich werde einfach behaupten, es war Selbstverteidigung.«

Natalies Geist schien auf Hochtouren zu laufen. Als sie blinzelte, erschien vor ihrem geistigen Auge ein Sternbild: Orion. Der Jäger. Ihr Herz klopfte ihr bis zum Hals. Endlich begriff sie. *Wie konnte ich das übersehen?*

»Sie sind keine Polizistin! Sie sind *sie*! Die Frau, die meinen Großvater entführt hat. Die aus der Wüste …«

Als Moss' Augen böse aufblitzten, wurde es noch offensichtlicher. Mit der freien Hand griff sie sich ins Haar und zerrte sich die Perücke vom Kopf. Die Tattoos darunter wirkten auf ihrem glänzenden Kopf richtig schwarz.

»Sie gehört zum Mysterium von Eris!«, sagte Natalie.

Thwaites wirkte entsetzt. »Anath!«, sagte er.

»Ich sehe dir an, dass du von mir gehört hast«, sagte die tätowierte Frau. »Ihr Orpheus-Verehrer, immer müsst ihr euch einmischen, wollt Ordnung schaffen … Ihr habt keine Ahnung, dass Chaos die ultimative Freiheit bedeutet.«

Thwaites schüttelte den Kopf. »Wir wollen die Welt nur mit großer Vorsicht formen – durch kurze Einblicke in die Zukunft informieren und beraten. Auf der Oberfläche des Schicksals nur kleine Wellen schlagen. Ihr dagegen wollt eine Sturmflut auslösen. Die Auswirkungen auf den Aither wären unvorstellbar gefährlich. Die Ereignisse der Zukunft würden ins Extreme schlagen: schreckliche Katastrophen, Verwüstung, Kriege – alle so unberechenbar, dass keiner sie vorhersehen könnte.«

Anath knurrte. »Ganz genau! Ihr glaubt, ihr könnt das Orakulum benutzen, um die Ära des Chaos zu bremsen? Das werden wir niemals zulassen. Wir werden es selbst einsetzen. Nicht für die Ordnung, sondern um für alle Zeiten Chaos zu stiften!«

»Das würde die Apokalypse bedeuten!«, rief Thwaites. »Nicht einmal ihr würdet überleben!«

Anath senkte den Kopf und redete in einem hektischen Flüstern weiter. »Ihr begreift, womit ihr es zu tun habt? Ihr wisst, dass ich euch alle einen nach dem anderen töte, bis ihr mir gebt, was ich verlange? Vielleicht fangen wir mit dem Jungen an.« Sie zielte mit der Waffe auf Giles. »Letzte Chance, bevor ich ihn erschieße.«

Romain zielte mit einem abrupten Tritt auf die Kniekehlen der Frau. Sie knickte sofort ein. Die Pistole feuerte, und eine Kugel knallte in die Wand. Romain stürzte sich auf die Frau und umklammerte ihren Schussarm mit der freien Hand.

»Lauft!«, brüllte Thwaites. »Findet das Orakulum!«

Irgendwie gelang es Anath, Romains Gewicht von sich zu stoßen und aufzustehen. Er schlug nach ihr, doch sie blockte ab und zerkratzte ihm mit den Nägeln das Gesicht. Giles trat neben Thwaites.

»Wir können euch nicht zurücklassen!«

Romain schleuderte Anath in einen Postkartenständer, sodass der gesamte Boden von Ansichtskarten übersät wurde.

»Ihr müsst!«, drängte Thwaites. »Jetzt lauft endlich! Es ist eure einzige Chance!«

Natalie nahm Giles am Arm und zerrte ihn zum Eingang der Katakomben. Erst leistete er Widerstand, doch nach ein paar Schritten gab er nach und ließ sich in die Dunkelheit ziehen.

KAPITEL 18

CANIS MAJOR

Der große Hund.
Tempo ist entscheidend.

Steinerne Stufen führten steil nach unten. Sie kamen in einen schmalen Gewölbegang. Deckenlichter badeten alles in einen warmen goldenen Schimmer. Trotzdem roch die Luft feucht und modrig. An den Wänden hingen gerahmte Infotafeln, für die Natalie sich allerdings nicht interessierte. Der Lärm des Handgemenges über ihnen wurde immer leiser. Schüsse fielen keine mehr.

»Warte!« Giles blieb entschlossen stehen. »Wir können nicht …«

Natalie hatte ihn noch nie so gequält gesehen.

»Thwaites und Romain werden sich gegenseitig beschützen«, sagte sie. »Ihnen wird nichts passieren.«

Beinahe gelang es ihr, sich selbst davon zu überzeugen. Romain hatte bewiesen, dass er hart im Nehmen war und austeilen konnte. Aber die tätowierte Anhängerin von Eris war anders. Sie wirkte fast nicht mehr menschlich. Allein schon der Name. *Anath*? Er klang alt. Natalie erinnerte sich an eine griechische Göttin, die so hieß. Die Griechen hatten sie von noch viel älteren Zivilisationen in ihren Pantheon übernommen. Es war die Göttin des Krieges.

Giles schien hin- und hergerissen.

»Wir *müssen* das Orakulum als Erste finden!«, sagte Natalie. »Du hast Thwaites gehört.«

Er nickte. »Ich weiß«, sagte er leise. »Also, wo gehen wir jetzt hin?«

Natalie ging in die Hocke und holte die Karten heraus, die sie bei ihm zu Hause noch ausgedruckt hatte. Sie hielt beide nebeneinander, und Giles leuchtete mit seiner Handytaschenlampe darauf. Natalie sagte das Gedicht ihres Großvaters auf, das sie inzwischen auswendig kannte.

»Folge dem Pfad des Größten Widerstands hinab in die Tiefe / Vorbei am Ring von Giovannis Heim …« Sie fuhr mit dem Finger von ihrem Standort aus zum Observatorium von Paris, wo Giovanni Cassini gewohnt hatte. Wo genau sie sich gerade befanden, war nicht leicht festzustellen. Aber als sie den Gang auf und ab blickte, meinte sie, eine ungefähre Ahnung zu haben. Sie deutete auf den Korridor, den sie hinuntergerannt waren. »Wir müssen da rüber und dann in den zweiten Tunnel auf der linken Seite.«

»Sicher?«

»Glaube schon.«

Sie standen auf und schritten die rauen Felswände ab. Gespenstische Meißelspuren aus den Zeiten, als die Tunnel noch mittelalterliche Felsminen gewesen waren, bedeckten die Wände wie Narben. Sie fanden die Abzweigung genau dort, wo Natalie sie erwartet hatte. Das gab ihr neues Selbstvertrauen. Sie legte einen Gang zu und folgte der Karte. Natalie hatte sich nie für klaustrophobisch gehalten. Doch während sie in die Tiefe vordrangen und den Himmel, die Sehenswürdigkeiten und Geräusche der Stadt hinter sich ließen, fühlte sie sich allmählich unwohl.

Und da hatte sie die Schädel noch nicht gesehen.

Online hatte sie viele Bilder recherchiert. Trotzdem war

es noch einmal etwas ganz anderes, selbst in dem Ossarium zu sein. Als Natalie und Giles die runde Kammer betraten, starrten Hunderte von leeren Augenhöhlen sie an. Natalie wusste, dass man im späten achtzehnten Jahrhundert die Gebeine aus überfüllten Friedhöfen aus der ganzen Stadt hierhergebracht hatte. Es war, als wären sie direkt in das Bild von Nabta Playa eingetaucht – ein Junge und ein Mädchen in einer grauenhaften Unterwelt. Natalie musste an Orpheus denken, der in den Hades hinabgestiegen war, um seine geliebte Eurydike zu retten. Er war bei seiner Mission gescheitert. *Uns darf das nicht passieren.*

»Wohin jetzt?«, wisperte Giles.

»Ziehe eine konkurrierende Linie / vom Anbeginn der Zeit / bis zum Ort, an dem die Himmel geschürft werden …«, zitierte Natalie. Das gehörte zu den Teilen des Gedichts, die sie bisher noch nicht erklären konnte. Konkurrierend … Konkurrenz? Für wen? Cassini? Sie wusste nicht genug über ihn. Sie wünschte, sie hätte damals im Observatorium besser aufgepasst. Sie erinnerte sich nur daran, wie faszinierend sie es gefunden hatte, gleichzeitig in der östlichen und in der westlichen Hemisphäre zu stehen – indem sie sich nämlich breitbeinig über den Meridian gestellt hatte, der dort in den Boden eingraviert war.

»Ich hab's!«, rief sie.

»Ach ja?« Giles runzelte die Stirn.

»Die konkurrierende Linie muss der Nullmeridian im Observatorium sein. Im Cassini-Zimmer!«

»Äh, was ist ein Nullmeridian?«, fragte Giles.

»Ein halber Längenkreis im Gradnetz der Erde«, erklärte Natalie. »Die Längenkreise sind die senkrechten Linien auf einem Globus. Mit ihnen berechnet man von Osten nach Westen gesehen, wo man sich befindet. Der Nullmeridian liegt genau bei null Grad: die Grenze zwischen Osten und Westen. An dieser Linie beginnen alle Zeitzonen: *der Anbeginn der Zeit*. Heute befindet sich der festgesetzte Nullmeridian in Greenwich. Aber das war nicht immer so. Vor zweihundert Jahren haben viele Gelehrte den in Paris verwendet. *Eine konkurrierende Linie.*«

»Und was soll das mit dem Schürfen der Himmel? Sollen wir jetzt ins Weltall, oder was?«

Natalie fuhr vom Observatorium aus mit dem Finger erst nördlich, dann südlich die Längenkreislinie entlang. Sie suchte nach Hinweisen. Und dann sah sie es.

»Luxembourg!«, rief sie.

»Wie bitte?«

»Sie wollen Weltführer im Schürfen von Asteroiden werden«, sagte Natalie. »Es ist verrückt! Mein Grandad hat mir den Artikel gezeigt – jetzt weiß ich es wieder! Er war ganz hin und weg davon.«

»Dann müssen wir nach Luxemburg?«, fragte Giles.

»Nicht das Land.« Natalie tippte auf einen grünen Fleck ein kurzes Stück nördlich von ihrer jetzigen Position. »*Les Jardins du Luxembourg*, die Gärten von Luxembourg. Das ist ein Park.« Sie lief los und suchte nach einem Tunnel Richtung Norden.

»Du machst das echt gut«, lobte Giles sie.

»Hoffe ich doch«, meinte Natalie. »Genug Kreuzworträtsel habe ich mit meinem Grandad jedenfalls gemacht!« Kurz war sie richtig stolz auf sich, weil sie sein Denkspiel lösen konnte. Mit jedem neuen Hinweis fühlte sie sich ihm ein bisschen näher. Gleichzeitig war dieses Gefühl mit großer Angst verbunden. Thwaites hatte recht. Ihr Großvater würde nicht wollen, dass sie das Orakulum hergab, nicht einmal im Tausch gegen sein Leben. Je näher sie dem Ende des Gedichts kamen, desto näher rückte der Augenblick, in dem der Eris-Kult über seinen Tod entscheiden würde. Doch es half nichts, sie musste weitermachen. Ihr Großvater wollte es so.

Sie kamen an eine Abzweigung. Hier stapelten sich zu allen Seiten, vom Boden bis zur Decke, weitere menschliche Überreste. Natalie wünschte, sie hätte einen Kompass mitgebracht. Sie *glaubte*, hier wäre Norden, aber sicher war sie nicht.

»Meinst du, denen geht's gut … da oben?«, fragte Giles, während sie weitereilten.

»Natürlich«, sagte Natalie und gab sich Mühe, selbstsicher zu klingen. Sie zählte ihre Schritte. Die Luxembourg-Gärten lagen etwa fünfhundert Schritt entfernt. Im Kopf war sie bereits beim nächsten Hinweis des Gedichts. *Dann wende dich zur aufgehenden Sonne* war leicht. Es bedeutete, gehe nach Osten. Und die Zeile *Wagemut, Wagemut, Wagemut!* erkannte Natalie sofort. Es war ein Zitat von Georges Danton, einem Anführer der Französischen

Revolution – ebenfalls eines der Zitate, die ihr Grandad in seinem BBC-Interview für sie versteckt hatte.

»Nur warum ist das wichtig?«, überlegte Natalie, während sie die Karte betrachtete.

Aber halt! Gleich östlich der Pariser Métro war auf der Karte die Rue Danton! Dann war »Rue« gar kein Rechtschreibfehler gewesen. Ihr Grandad sprach nicht von Ruhe, sondern von »rue«, dem französischen Wort für »Straße«. Sie lächelte, als sie an ihre morgendlichen Denkrätsel-Wettkämpfe dachte. *Nicht schlecht, Grandad.* Natalie überflog die Karte noch einmal, bis sie auch die Rue Descartes in der Nähe fand. Daher also das Zitat des Philosophen.

»Wir sind fast da«, sagte sie zu Giles.

Sie kamen an Nischen mit Grabsteinen und prächtigen Sarkophagen vorbei. Einige hatten eingravierte Inschriften oder waren mit kleinen Engelsstatuen geschmückt. Und allgegenwärtig waren die Totenköpfe. Reihe um Reihe, eingelassen in die zahllosen Wände, waren sie zu Grundpfeilern der Stadt geworden. Hunderte und Aberhunderte von Toten. Irgendwo hatte Natalie gelesen, dass insgesamt fast sechs Millionen Menschen hier unten beigesetzt waren – der größte Friedhof der Welt. Inzwischen hatte sie aufgehört, ihre Schritte zu zählen. Sie folgte etwas anderem. Einer Gewissheit, die ihren Ursprung nicht in ihrem Kopf hatte oder darin, dass sie den Code ihres Großvaters geknackt hatte. Natalie folgte einem Ruf ihres Herzens. Schließlich fing sie an zu rennen. Hinter sich hörte sie Giles keuchen, fix und fertig.

»Hey, mach mal langsamer!«, rief er.

Aber sie konnte nicht. Sie spürte, dass sie auf dem richtigen Weg war. *Ich bin dicht dran. Ich fühle es. Das Orakulum ist hier und wartet.*

Sie liefen um eine Ecke und stießen auf den nächsten Gewölbegang. Wieder bestanden die hohen Wände von oben bis unten aus Knochen und Schädeln. Der Weg gabelte sich nach links und nach rechts.

»Wohin?«, fragte Giles.

Natalies Füße waren wie am Boden festgewachsen. Mitten an der Wand hing eine Tafel mit der Inschrift: *Ossements du cimetière des Innocents déposés le 2ème Juillet 1809.*

»Gebeine des Friedhofs der Unschuldigen, hierhergebracht am zweiten Juli achtzehnhundertundneun«, übersetzte sie.

»Wie im Gedicht«, sagte Giles. *»Bis dahin, wo die Unschuldigen ruhen …«*

»… und das Orakulum liegt«, fuhr Natalie mit gedämpfter Stimme fort. »Hier ist es.«

»Und wer sind die Unschuldigen?«, fragte Giles.

Natalies Blick wanderte über die Schädel. »Das ist nur der Name einer Massenbegräbnisstätte am Nordufer der Seine«, erklärte Natalie. »Irgendwann hat die Stadt sämtliche Überreste ausgraben und hierherbringen lassen.«

»Gruselige Aufgabe.«

»Wo ist es?« Natalie drehte sich suchend um die eigene Achse. »Wo ist das Orakulum?«

»Vielleicht war schon jemand da und hat es mitgenommen?«, überlegte Giles.

»Nein! Grandad würde uns niemals umsonst auf so eine Schnitzeljagd schicken. Es muss versteckt sein.«

»Tja, leider hab ich keine Hacke dabei«, scherzte Giles. »Und die Wand da sieht ziemlich stabil aus.«

Natalie dachte an die Geheimtür in Thwaites' Büro. Vielleicht war es hier ähnlich. Sie gab sich Mühe, nicht durchzudrehen, als sie die Hand ausstreckte und den kalten Knochen des nächstbesten Schädels berührte.

»Bestimmt gibt es irgendeinen Mechanismus oder so.« Sie drückte auf den Totenkopf, doch nichts geschah. Etwas vorsichtiger pikte sie mit dem Finger in die Augenhöhle und tastete darin herum. Dann nahm sie sich den nächsten Schädel vor.

»Das fühlt sich *mehr* als krank an«, kommentierte Giles. »Schänden wir damit nicht irgendwie die Toten oder so?«

»Um die Lebenden zu retten! Hilf mir lieber!«

Giles stellte sich neben sie und suchte nach hervorstehenden Knochen, die sich bewegen ließen. Doch allmählich schwante Natalie, dass ihre Mühe vergebens war.

Warum sollte Grandad uns so weit führen, nur damit wir in einer Sackgasse landen? Das ergibt keinen Sinn.

»Hey, ich glaube, ich hab was gefunden«, sagte Giles. »Es ist auf Latein, aber zumindest der Name sagt mir was.«

Natalie eilte zu ihm. Giles starrte auf eine kleine Steinplakette nahe dem Fuß der Wand. *Hic corpus Idris Khalili iacet.*

Natalie übersetzte für ihn: »Hier liegt der Körper von Idris Khalil.« Sie zerbrach sich den Kopf. »Idris Khalil war doch Nostradamus' Assistent, oder? Derjenige, der ihn nach Nabta Playa gebracht hat. Im Tagebuch von Caterina de Medici steht, dass Nostradamus einen Gefährten mit nach Frankreich gebracht hat. Das muss er gewesen sein.«

»Meinst du, das Orakulum ist hinter der Plakette?«, fragte Giles.

»Wie denn? Khalil muss im sechzehnten Jahrhundert auf dem Friedhof der Unschuldigen begraben worden sein. Das war grob zweihundert Jahre, bevor man die Toten umgesiedelt hat. Selbst wenn er ursprünglich mit dem Orakulum beigesetzt wurde, hätte man die Maschine 1809 gemeinsam mit ihm ausgegraben. Und ob man das Gerät dann hierher mitgenommen hätte …?«

»Vielleicht hat das Orphische Mysterium dabei geholfen, seine Überreste hierherzubringen? Ist doch möglich, dass sie die Maschine bei der Gelegenheit behalten oder woanders versteckt haben.«

»Aber warum hat Grandpa uns dann hierhergelotst?«

»Vielleicht wusste er es nicht. Vielleicht hat er sich einfach geirrt?«, sagte Giles. »Kann schließlich jedem mal passieren. Selbst jemandem, der so klug ist wie dein Großvater.«

Natalie schloss die Augen und versuchte, die Dinge klar zu sehen. Sie stellte sich Nostradamus' lange Reise von der Wüste im Süden Ägyptens bis an den Hof von Caterina de Medici in Paris vor. Die ganze Zeit über musste diese unglaubliche Maschine in seinem Besitz gewesen sein. Nicht nur die Reise an sich musste hart gewesen sein. Nach allem, was sie wussten, war ihnen damals das Mysterium von Eris auf den Fersen. Vielleicht war Idris Khalil so eine Art Leibwächter, der Nostradamus und seine Fracht beschützte. In diesem Fall war denkbar, dass man ihn später damit begraben hatte.

»Weißt du, was ich nicht kapiere?«, sagte Giles. »Was *ist* das überhaupt für eine Maschine? Ein Computer scheidet aus, weil die damals noch nicht erfunden waren. Was für ein Gerät lässt einen solche Bilder malen?«

»Worauf willst du hinaus?«, fragte Natalie frustriert. Sie waren so weit gekommen, hatten so viel durchgemacht – nur um jetzt in einer Sackgasse zu landen!

»Na ja, ist eine Maschine nicht was ziemlich Modernes?«

»Es kommt vom Lateinischen *machina*«, erklärte Natalie. »Das meint eine Vorrichtung oder auch Trick. Oder wenn man weiter zurückgeht: Das griechische *mekhos* bedeutet eher so was wie Fähigkeit.« Sie stockte. Die Erkenntnis traf sie, als hätte man einen Eimer eiskaltes Wasser über ihr ausgekippt.

»Natalie Hardaker, das wandelnde Wörterbuch«, zog Giles sie auf. Dann sah er sie besorgt an. »Alles okay?«

Nein. Denn die Wahrheit sickerte durch ihr Hirn und machte sie ganz schwindlig. »Oh mein Gott! Warum habe ich das bisher nicht begriffen? Du hast recht!«

»Ach ja?«

Sie nahm noch einmal das Gedicht heraus und konzentrierte sich auf die letzten Zeilen. Die Sache mit Knobelversen war, dass grundsätzlich keine Wörter verschwendet wurden. Alles hatte eine Bedeutung.

Bis dahin, wo die Unschuldigen ruhen / Und das Orakulum liegt.

Dieses letzte Wort »liegt«. Nicht wo das Orakulum »ist«, sondern wo es »liegt«. Auf Latein »iacet«. Das bezog sich auf einen liegenden Körper, genau wie in der Inschrift.

»Nostradamus hat gar keine Sache transportiert. Er brachte einen Menschen mit. Idris Khalil!«

»Okay – und was heißt das jetzt? Ist das Orakulum gar nicht hier?«

»Doch. Es *liegt* hier. Das Orakulum *ist* Idris Khalil.« Giles' Augen wurden groß, als er begriff. »Wie Thwaites sagte: Er war ein Kassandre, ein Seher. Jemand, der die Zukunft lesen konnte. Aber nicht irgendeiner, sondern der größte Seher, den die Welt je erlebt hat. *Er* hat die Bilder in Nabta Playa gemalt. Keine Maschine hat sie ihm gezeigt, er hat sie in seinem Geist gesehen. Es waren Dinge, die er im Aither wahrgenommen hat.«

»Und warum kann man das nicht klipp und klar so sagen?«, fragte Giles.

»Hätte das Mysterium von Eris gewusst, dass es Khalil ist, hätten sie ihn in ein Verlies gesperrt und ihn gezwungen, ihnen zu helfen. Verstehst du nicht? Die ganze Geschichte war eine Finte. Die Typen mit den Masken sollten einer falschen Fährte nachjagen.«

»Okay, das ist irgendwie logisch. Abgesehen von einer Sache.«

»Ja?«

»Idris Khalil ist schon lange, lange tot. Heute *gibt* es also kein Orakulum mehr. Doch neulich in Greenwich sagte Professor Avery, es gäbe eins. Er meinte, er *wüsste*, dass es existiert. Aber wenn es quasi mit Khalil gestorben ist, vor vierhundert und noch was Jahren, warum hat er das Anath und ihren Bekloppten nicht einfach gesagt? Wozu ihnen vormachen, es gäbe irgendwo eine Zukunftsmaschine – und damit sein Leben und auch unseres in Gefahr bringen?«

Natalie musste zugeben, dass das eine sehr gute Frage war.

Sie wandte sich noch einmal Idris Khalils Tafel zu. Unter seinem Namen war eine weitere Inschrift, allerdings hatte die lange Zeit die Buchstaben so sehr verwischt, dass es ihr vorher nicht aufgefallen war.

»Komm mal her, Giles«, sagte sie. »Schau dir das an.«

»Oh, wenn ich du wäre, würde ich das lassen, Giles«, ertönte eine eisige Stimme. »Ich würde mich keinen Zentimeter von der Stelle rühren.«

Grauen wanderte von Natalies Fingerspitzen bis in ihre Zehen, als Anath in den Lichtschein am Rand des Ossariums trat. Ein Augenlid war angeschwollen, und aus ihrer Nase rann Blut. Doch ansonsten war sie unverletzt. Und sie war nicht allein. Andere maskierte Gestalten folgten ihr und verteilten sich entlang der Knochenmauer im Halbkreis. Zuletzt erschien ein Mann in einer Robe. Das Kleidungsstück war aufwendig mit Symbolen bestickt, die Natalie noch nie gesehen hatte. Seine Maske war viel reicher verziert als die übrigen. Der Schädel war der eines Stiers. Die geschwungenen Hörner waren an den Enden zugespitzt und mit Gold bemalt. Zweifellos war das ihr Anführer – der Mann hinter dem Mysterium von Eris. Seine Gegenwart entfachte in Natalie ein Beben. In ihrem Kopf flammten Bilder auf, ähnlich wie bei ihren Migräneanfällen. Inmitten der pulsierenden Visionen stach vor allem eins heraus: der glühend rote Stern von Aldebaran, Teil des Taurus-Sternbilds. Ihr fiel ein, was das *Sternenbuch* dazu zu sagen hatte: *Taurus. Der Stier der Macht, der in uralten Tagen die Frühjahrs-Tagundnachtgleiche kennzeichnete. Große Veränderungen stehen bevor.*

»Wo ist Lionel?«, fragte Giles mit leicht brüchiger Stimme. »Wo ist Romain?«

»Sie leben«, antwortete der Mann. »Fürs Erste.« Sein Akzent war kein englischer.

»Wer sind Sie?«, fragte Natalie.

Ein fahles Lachen drang aus dem grinsenden Kieferknochen des Schädelgesichts.

»Darauf bist du noch nicht gekommen?«, sagte er. »Der Professor hat es auch nicht begriffen – erst, als es zu spät war.«

Da verstand Natalie. Die Art, wie er »Professor« betonte, mit diesem lang gezogenen europäischen Akzent, verriet es. Fast brachte sie den Namen nicht über die Lippen. »Johann?«

Er hob die Hände, packte die Maske und nahm sie ab.

Johann Schar sah fast genauso aus wie das letzte Mal, als sie ihn in Greenwich getroffen hatte – beim Champagnerschlürfen und Witze-Erzählen. Nur war jede Spur von Humor aus seinem Gesicht gewichen. Seine Lippen kräuselten sich. Aber vor allem seine Augen hatten keine Ähnlichkeit mehr mit früher. Sonst hatten sie immer vor Intelligenz und Wärme gestrahlt. Doch der Blick, der Natalie im Ossarium durchbohrte, war so kalt und gleichgültig wie der der Schädel ringsum.

KAPITEL 19

CHAMAELEON

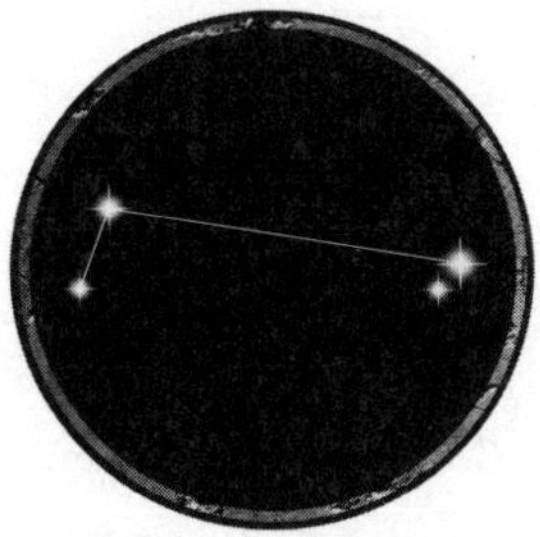

Das Chamäleon.
Die Maske fällt.

Nachdem sie den ersten Schock verdaut hatte, wurde Natalie wütend. Sie riss sich aus ihrer Versteinerung und stürzte sich auf Schar. Ganze zwei Meter kam sie, bevor mehrere Hände sie an Armen und Schultern packten und zurückrissen. Sie prallte gegen die Wand aus Schädeln und sackte zu Boden. Die Luft wurde ihr regelrecht aus den Lungen gedrückt.

»Vorsichtig!«, sagte Schar. »Sie ist nur ein Mädchen.«

Wie er das aussprach, so voller Verachtung. Am liebsten wäre sie sofort noch einmal auf ihn losgegangen.

»Du hast meinen Großvater verraten!«, fauchte sie. »Du hast so getan, als wärst du sein Freund!«

»Avery hat sich in Dinge eingemischt, die ihn nichts angingen«, sagte Schar. Dass er in der Vergangenheit redete, ließ Natalie schaudern.

»Wenn du ihm wehgetan hast –«

»Spar dir die leeren Drohungen«, unterbrach Schar sie mit einer wegwerfenden Handbewegung.

»Kein Wunder, dass du so scharf darauf warst, mit mir in Kontakt zu bleiben!«, blaffte Natalie und rappelte sich auf. »Du wolltest mich nur ausspionieren. Ich dachte, du würdest dir Sorgen machen, dabei bist du nur ein kranker, verrückter alter Mann. Wer lässt schon ein Kind die Drecksarbeit für sich machen? Und was die bescheuerte Maske angeht …« Anath trat vor, brutale Entschlossenheit im Blick. Sie holte mit der Hand aus.

»Dafür gibt es keinen Anlass«, hielt Schar sie zurück. »In gewisser Weise bewundere ich ihren Starrsinn.«

Anath ließ den Arm sinken. Allerdings merkte man ihr an, dass sie es nicht gerne tat. Stattdessen riss sie Natalie das Smartphone aus der Hand und zermalmte es unter ihrem Stiefel. Nicht nur von ihr, auch von den anderen Maskierten ging eine komische Stimmung aus. Sie wirkten gierig und grimmig. Natalie merkte ihnen deutlich an, dass es ihnen gefiel, anderen Schmerzen zuzufügen. Als würden sie davon zehren. »Deine moralischen Werte sind bewundernswert«, fuhr Schar fort, »wenn auch recht einschränkend. Ich diene einem höheren Ziel, als du dir je vorstellen könntest. Dem einzig wahren Gott: Chaos.«

»Ich dachte immer, Physiker glauben nicht an Götter«, mischte Giles sich ein.

Schar verengte die Augen. »Vor langer Zeit habe ich gelernt, dass beides nicht inkompatibel ist. Denn was ist das Universum anderes als eine Reihe von Aktionen und Reaktionen? Eine endlose Sequenz von Partikeln, die gegeneinanderstoßen, Atome, die sich gegenseitig herumschubsen, Welten, die über Zeit und Raum hinweg aufeinanderprallen. Wohin wir auch blicken, herrscht unsere Göttin Eris.«

»Das stimmt nicht«, entgegnete Giles, der sich gerade erst warm redete. »Das Universum folgt Gesetzen. Physikalischen Regeln. Was wie Chaos aussieht, ist eigentlich eine komplizierte Ordnung. Wie bei einem Computerspiel. Es fühlt sich so an, als könnte man einfach alles machen, aber es gibt Regeln. Alles unterliegt dem Code. Vielleicht sind Sie nur nicht clever genug, das zu kapieren.«

Zu jedem anderen Zeitpunkt hätte Giles' Erklärung Natalie beeindruckt. Jetzt hatte sie Angst, ihr Freund könnte den Bogen überspannen. Schar lächelte drohend.

»Ich sehe, du bist ein Determinist, mein Junge«, sagte er. »Du glaubst, die Welt folge einer Ordnung, dass dem Universum ein Pfad vorherbestimmt sei. Wie *newtonisch*.«

»Hä? Äh ... ja, kann schon sein.« Giles zuckte mit den Schultern.

Schars Lächeln verschwand. »In der Schule hat man mir denselben Blödsinn beigebracht. Doch als ich meine Arbeit am CERN begann, als wir Partikel kollidieren ließen, um die Bedingungen des Urknalls nachzustellen, sah ich ein, dass das alles nur Lügen waren. Auf Quantenebene ist das Universum alles andere als vorhersehbar. Partikel entstehen und vergehen. Die alten Modelle versagen. Chaos regiert. Die Zukunft ist ungewiss, solange sie nicht zur Gegenwart wird.«

»Da ist das Orakulum aber anderer Meinung«, sagte Natalie. Sie zeigte auf Anath. »Sie hat die Bilder in Nabta Playa doch bestimmt gesehen. Sah mir nämlich stark nach der Zukunft aus, die gerade passiert, oder nicht? Wie können Sie einerseits glauben, dass das Chaos regiert, und andererseits, dass eine Prophezeiungsmachine existiert? Das ergibt doch keinen Sinn!«

Schar blickte sie finster an. Natalie musste an ein wildes Tier denken. Seine Augen funkelten vor Bosheit. »Rede nicht von Dingen, von denen du nichts verstehst, Kind. Das Mysterium von Eris hat das Orphische Mysterium in der letzten Ära des Chaos so gut wie vernichtet – einschließlich des gesamten Wissens über die Prophezeiungen. Außerdem sind diese orphischen Dummköpfe ohnehin viel zu schwach, um sich einzumischen. Sie fürchten sich vor einem Denkzettel des Schicksals. Sie wollen das anrückende Chaos nur *eindämmen*, es *formen*, statt völlig zu verhindern! Du musst uns das Orakulum geben! Nur wir sind mutig genug, ein solches Instrument sinnvoll einzusetzen.«

Natalie atmete erleichtert aus. Schar und seine Anhänger hatten ihr Gespräch mit Giles nicht gehört. *Damit sind wir ihnen zumindest einen Schritt voraus.* Und sie kannten auch das Gedicht mit den Hinweisen nicht. Es steckte noch in ihrer Tasche, die bei Giles auf dem Boden lag. Würden sie es finden, kämen sie vielleicht selbst auf die Lösung. Und dann würde nichts mehr für ihrer beider Leben sowie das ihres Großvaters garantieren. Irgendwie musste Natalie Zeit gewinnen.

»Woher weiß ich, dass ihr meinem Grandad nicht längst etwas angetan habt?«

Schar dachte kurz nach. »Vielleicht möchtest du ihn sehen?«

Natalie zögerte. War das ein Trick? Falls ja, funktionierte er. Wenn ihr Großvater in der Nähe war, musste sie ihn sehen. Es könnte ihre letzte Chance sein. »Ja«, sagte sie. Schar nickte Anath zu, die den Raum verließ. Natalies Blick wanderte erneut zu ihrer Tasche mit Gedicht und Tagebuch darin.

Einen Moment später kam Anath zurück. Natalie ging das Herz auf. Anath hatte eine Hand in den Nacken von Professor Hardaker gelegt und hielt mit der anderen seinen auf den Rücken verdrehten Arm fest.

»Grandad!«, rief Natalie.

Anath versetzte ihm einen groben Stoß. Er fiel auf die Knie. Erschrocken keuchte Natalie auf. Er sah schrecklich aus. Seine Haut war ganz grau. Seine sonst so ordentlich rasierten Wangen waren voller Stoppel, und seine Haare waren völlig zerzaust. Er trug noch dieselben Klamotten wie am Abend seines Vortrags im Observatorium. Doch sein Smoking war am Ellbogen eingerissen. Ein Knopf hing lose herab. Sein weißes Hemd war schmutzig. Schuhe trug er gar keine, und seine Füße waren böse zerschrammt. Zum ersten Mal merkte man ihm seine sechsundachtzig Jahre überdeutlich an. Er blinzelte erschöpft. Natalie eilte zu ihm. Niemand hielt sie auf. Sie schlang die Arme um ihn.

»Alles wird gut, Grandad. Ich bin ja da.«

Erst jetzt schien er sie wahrzunehmen. *Was haben sie mit ihm gemacht?*

»Natalie?«, krächzte er. »Oh, mein Mädchen! Geht es dir gut?«

»Bestens.« Sie wollte ihm zu gerne alles erzählen. Wie sie seinen Hinweisen gefolgt waren, wie sie es endlich begriffen hatte – doch das wäre das Todesurteil für sie alle gewesen. Also drückte sie ihn stattdessen fest und sagte: »Ich hab dich lieb.«

»Wie rührend!«, höhnte Schar. »Nun, nachdem wir euch beide daran erinnert haben, was auf dem Spiel steht, ist es Zeit, dass eure Wege sich trennen.« Er wandte sich Anath zu. »Bringt sie weg. Befragt sie getrennt voneinander. Einer wird reden – das ist immer so.«

»Nein!«, rief Natalie und klammerte sich an ihrem Großvater fest, als mehrere Kultanhänger sich näherten.

»Natalie, du musst deinem Instinkt vertrauen«, flüsterte er ihr ins Ohr. »Bleib ruhig. Nutze den Nous. Du hast die Kraft, du musst sie nur finden.«

Man ließ ihr keine Zeit, über seine Worte nachzudenken. Hände packten sie und rissen sie auseinander. Ein riesiger Mann mit dem Körper eines Bodybuilders hielt sie fest – derselbe, der auch in Greenwich gewesen war und »Meghan Moss« in der Bibliothek von Alexandria begleitet hatte. Natalie schrie auf, als ihr Großvater zu stehen versuchte, aber wieder einknickte. Giles wurde ebenfalls festgehalten, auch wenn er wild um sich trat und schlug. Die Tasche lag noch immer am Boden.

»Bleib *ruhig*, Natalie«, drängte ihr Großvater. »Das ist wichtig!«

Natalie wurde von ihrem muskulösen Wächter halb getragen, halb gezerrt – einen neuen Gang entlang. Tränen standen in ihren Augen. Sie wehrte sich nach Kräften, doch bald sah sie ein, dass es sinnlos war. *Ich muss meine Kräfte schonen.* Sie wurde ganz schlaff und überlegte, wohin man sie wohl brachte. Dabei versuchte sie, sich an die Details des Tunnelplans zu erinnern.

Sie gab sich Mühe, der Anweisung ihres Großvaters zu folgen und ruhig zu bleiben. Dabei geschah etwas Merkwürdiges. Die Karte vor ihrem inneren Auge wurde schlagartig viel klarer, fast wie eine Fotografie. Ein vertrautes Gefühl stellte sich ein. Es war dasselbe, das in Nabta Playa über sie gekommen war, als sie nach der richtigen Stelle zum Graben gesucht hatte. Sie fühlte sich mit der Welt um sich herum verbunden. Kurz hatte sie Angst, eine Migräne wäre im Anmarsch. Es kam ihr vor, als würden sämtliche Neuronen in ihrem Gehirn gleichzeitig feuern. Als wären ihre Synapsen sensible Antennen, die ihre Fühler ausstreckten. Doch die Kopfschmerzen blieben aus. Stattdessen war da nur Klarheit, so ungetrübt wie ein See an einem windstillen Tag.

Das musste der Nous sein, die instinktive Fähigkeit, sich durch den Geist und den Körper direkt mit dem Aither zu verbinden.

Mit einem Mal hatte Natalie einen Plan, ausgefeilt bis ins Detail. Es gab einen Fluchtweg. Natalies Hirn schien wie im Zeitraffer zu arbeiten: Sie würde den Tunnel dort vorne nehmen, der Route bis zu einer Leiter folgen und durch einen Schacht zu einer Gasse nahe dem Fluss hochsteigen. Bis dorthin waren es vielleicht dreißig Meter.

Der Schläger, der sie trug, war fast völlig kahl, abgesehen von einem langen Pferdeschwanz, den er mit einer Haarklammer aus Metall zu einem Knoten gebunden hatte. Ihr Körper schien sich wie von selbst zu bewegen. Natalie erschrak beinahe über die Entschlossenheit und

Stärke, die sie plötzlich durchströmten. Mit einer fließenden Bewegung löste sie den Haarknoten, wickelte die Harre um den Hals des Riesen und zog daran. Grunzend versuchte der Mann, sie abzuschütteln, doch sie zog die provisorische Schlinge umso enger. Er fiel auf die Knie und grapschte nach seinem Hals. Natalie stand bebend über ihm und genoss die Macht, die durch ihre Adern strömte. Doch dann schüttelte sie das Gefühl ab, drehte sich um und rannte zum Ausgang. Wenn sie sich irrte, wenn ihr Instinkt sie im Stich ließ, lief sie womöglich direkt in eine Sackgasse.

Doch als sie durch den Gang sprintete, wusste sie, dass es nicht so war. Alles war genau, wie sie es vorausgesehen hatte. Sie duckte sich unter einem Torbogen hindurch und kam an eine Holztür. Dahinter führte ein Schacht senkrecht nach oben. In die Wand war eine Sprossenleiter geschraubt. Licht gab es hier keins, abgesehen von dem blassen Schein, der hinter ihr aus dem Tunnel sickerte. Ihr Angreifer hatte inzwischen sicher ihre Verfolgung aufgenommen. *Viel Zeit habe ich nicht …*

Schnell kletterte sie in die Dunkelheit hinauf und stellte fest, dass sie ihre Augen zum Sehen gar nicht brauchte. Instinktiv arbeitete sie sich voran, bis ihre Finger auf kaltes Metall stießen. Natalie ertastete eine Kurbel, drehte daran und drückte anschließend einen Deckel nach oben. Kalte Nachtluft strömte ihr entgegen.

Plötzlich durchzuckte ein stechender Schmerz ihren Kopf. Beinahe hätte sie den Halt verloren. Es war, als würde sie von einem gleißend hellen Licht geblendet. Als die Schmerzen nachließen, war alles wieder normal. Die Kraft, die sie angetrieben und geführt hatte, war fort. Sie kämpfte sich die letzten Sprossen nach oben und fand sich in einer schmalen Straße wieder. Auf der gegenüberliegenden Seite lag ein kleines Café. Natalie roch Tabakrauch. Als sie den Gullydeckel auf den Asphalt fallen ließ, starrten die Gäste, die draußen unter einem beheizten Vordach saßen, sie mit offenem Mund an.

Mehr als alles andere hätte Natalie sich gerne hingesetzt und ausgeruht. Ihre Flucht hatte sie so viel geistige Energie gekostet, dass sie vollkommen ausgelaugt war.

In der Ferne erklang der volle Ton von Kirchenglocken. Zwölf Schläge. Mitternacht. Eine ältere Dame stand von einem der Cafétische auf und trat mit einem Glas Wasser auf sie zu.

»Ça va?«, fragte sie. *Alles in Ordnung?*

»Non«, antwortete Natalie. Sie nahm das Glas und trank das Wasser in drei großen Schlucken aus. »Merci.«

»Où sont tes parents?«, fragte die Frau.

Natalie schüttelte den Kopf und überlegte, was sie tun sollte.

»Polizei«, sagte sie schließlich. »Appellez la police.« *Rufen Sie die Polizei*. Sie deutete hinter sich.

Die Frau wirkte überrascht, nickte aber. »Viens avec moi.« *Komm mit.*

Natalie folgte der Frau zu dem Café und wartete, während sie wählte und ihr schließlich das Telefon reichte.

»Otages«, sagte sie und hoffte, sie erinnerte sich richtig an das französische Wort für »Geisel«. »Dans les catacombs.« Ihr wurde klar, dass sie unmöglich ihre exakte Position im Labyrinth der Tunnel beschreiben konnte. Trotzdem versuchte sie ihr Bestes. Dann gab sie das Telefon zurück und wartete draußen, wo sie die neugierigen Blicke der anderen Cafébesucher nach Kräften ignorierte.

Ein paar Minuten später hörte sie, wie am anderen Ende der Straße ein Wagen mit quietschenden Bremsen anhielt. Als sie den Kopf drehte, verließ sie der Mut. Es war kein Streifenwagen, sondern ein glänzend schwarzes Auto. Noch bevor die Tür sich öffnete, wusste Natalie, wer hinter den getönten Scheiben zum Vorschein kommen würde. Zuerst stieg Johann Schar aus, dicht gefolgt von Anath. Er hatte einen Anzug an. Vermutlich hatte er ihn von Anfang an unter der Robe getragen. Anath erschien in ihrem Interpol-Outfit, mitsamt der Perücke. *Wenigstens lenke ich sie von Grandad und Giles ab*, dachte Natalie. *Aber wie konnten sie mich so schnell finden?*

Doch natürlich lag das auf der Hand. So wie sie ihr schon die ganze Zeit über gefolgt waren …

Durch den Aither.

Ein Van hielt an, und Sicherheitsleute in Schwarz stiegen aus. Sie trugen keine Masken, doch auch so erkannte Natalie das Mysterium von Eris sofort.

Sie wich vom Eingang des Cafés zurück.

»Mademoiselle?«, fragte die alte Dame.

Natalie drehte sich um und rannte los.

KAPITEL 20

CRUX

Ein Wendepunkt.
Leben und Tod sind in der Schwebe.

Natalie war völlig erschöpft. Ihre Verbindung zum Aither war erneut abgebrochen, und ihr Geist fühlte sich träge an. Sie war orientierungslos und hatte keine Ahnung mehr, wohin sie gehen sollte. Wie konnte sie sich wieder mit dem Aither verbinden? Sie hastete durch einen kleinen Park mit einem Springbrunnen. Hinter einem großen Baum blieb sie stehen und verschnaufte. Sie hatte ihre Verfolger spüren können: Sieben waren es, die wie Fliegen herumgeschwirrt waren. Sie waren langsamer geworden, hatten sich verteilt. Doch dann waren sie zielsicher in ihre Richtung gerückt. Sie wussten, wo sie war. Der Aither hatte sie verraten.

Als sie sich vom Stamm abstieß, sah sie die schattenhaften Figuren bereits auf sich zukommen, genau wie sie erwartet hatte. Sie sprintete in Richtung Quay Saint Bernard, der viel befahrenen Straße, die am Südufer der Seine entlangführte. Am anderen Ufer, auf der Île de la Cité, ragte die gotische Pracht der Kathedrale von Notre-Dame auf. Die Fassade wurde von Scheinwerfern angeleuchtet. Autos düsten auf der Straße hin und her. Natalie wartete eine Lücke im dichten Verkehr ab und flitzte dann auf die andere Seite. Am Flussufer zog sich eine Mauer entlang. Auf der Promenade flanierten zahlreiche Menschen: Pärchen schlenderten Arm in Arm, Touristen machten Fotos. Einige schauten sich zu ihr um, vielleicht weil sie so heftig schnaufte. Hinter ihr hupte es laut. Das Mysterium von Eris rückte an.

Natalie eilte eine lange Treppe zu einem Gehweg direkt

neben dem Fluss hinunter. Das Wasser war dunkel und glatt. Aufgewühlt wurde es nur von einem kleinen Passagierboot, das vorbeituckerte und sanfte Wellen schlug. Andere kleine Wasserfahrzeuge schaukelten vertäut am Kai. Natalie hetzte den Pfad entlang bis zur nächsten Brücke. Sie konnte ihre Verfolger nicht hören, aber sie spürte, dass sie nahe waren. Sie musste sie abhängen. Nur wie?

Bleib ruhig. Nutze den Aither.

Sie schloss die Augen und versuchte, noch einmal die Macht zu beschwören, schaffte es aber nicht. Dann, fast ohne nachzudenken, schaute sie durch den Schleier der Lichter der Stadt hoch zu den Sternen. Sie waren nicht mehr als blasse, glanzlose Punkte, wurden aber schnell heller. Sie suchte Taurus. Macht und Veränderung. Er würde ihr Kraft geben.

Vertraue auf den Nous.

Natalie fühlte Gefahr. Als sie die Augen öffnete, näherten sich von Osten her zwei Gestalten. Drei weitere pirschten sich von Westen aus an. Sie saß in der Falle. Hinter ihr ragte eine steile Wand auf, und vor ihr lag die tiefe Seine. Zögerlich trat Natalie darauf zu. Könnte sie springen, wenn sie musste? Sie war eine gute Schwimmerin, trug aber all ihre Kleidung. Außerdem war das Wasser bestimmt eisig.

Johann Schars Schläger kamen näher, langsam. Sie wussten, dass es keinen Grund zur Eile gab. Natalie überlegte, ob sie schreien sollte. Bestimmt würde ihr irgendjemand zu Hilfe kommen. Doch was würde das Mysterium von

Eris mit ihm anstellen? *Ich kann nicht noch mehr Unschuldige mit in die Sache reinziehen.*

Plötzlich entdeckte Natalie ein Boot, das unter ihr angebunden war. Es war klein und mit einer Plane geschützt. Am Heck befand sich ein Motor, ebenfalls abgedeckt. Eine kurze, schmale Treppe, die direkt in die Kaimauer gehauen war, führte daneben ins Wasser.

Der einzige Ausweg.

Als die Anhänger von Eris begriffen, was sie vorhatte, legten sie einen Zahn zu. Natalie stieg die Stufen hinunter und kletterte ins Boot. Es wackelte bedenklich und kippte beinahe. Doch dann schlug sie die Plane zurück und setzte sich in die Mitte. Am Boden lagen zwei kurze Paddel. Mit zitternden Fingern machte Natalie sich daran, die Vertäuung zu lösen. Nun waren die Schläger direkt über ihr. Die kleine Treppe war nur breit genug für einen, daher mussten sie hintereinandergehen. Allen voran kam der Bodybuilder. Natalie zog das Tau aus dem Eisenring und drückte sich so fest wie möglich vom Kai ab.

Das Boot setzte sich in Bewegung, doch der Gorilla schaffte es, die Kante festzuhalten.

»Du kommst mit uns«, knurrte der Mann.

Natalie wollte nach ihm treten, aber er packte ungerührt ihren Knöchel und begann, sie aus dem Boot zu zerren. Ihre Hände fanden die Sitzbank und klammerten sich daran fest. Doch der Schläger zog brutal an ihr, sodass sie den Halt verlor. Hektisch tastete Natalie um sich und stieß an eins der Paddel. Sie packte zu und holte aus.

Wumms!

Das Paddel traf den Mann genau an der Schläfe. Mit verschleiertem Blick schaute er sie verdutzt an. Dann purzelte er klatschend ins Wasser. Natalie setzte sich auf, rammte das Paddel gegen den Kai und drückte sich noch einmal ab. Als der zweite der Männer am Ende der Treppe angekommen war, driftete sie bereits auf den Fluss hinaus. Mit hasserfüllten Blicken sahen ihre Verfolger ihr nach, bevor sie sich daranmachten, ihren Kumpan aus dem Wasser zu fischen. Anscheinend hatte er das Bewusstsein verloren, doch Natalie war das egal. Sie spürte die Wut des Aithers durch ihre Adern brausen.

Die sanfte Strömung des Flusses ließ das Boot rotieren und trug sie davon.

Und jetzt?

Schars Gefolgsleute hatten ihren triefenden Kumpel inzwischen aus dem Wasser gezogen. Natalie beobachtete, wie er träge anfing, sich zu regen. Einer blieb bei ihm, während die beiden anderen auf dem Kaiweg neben ihr herliefen.

Sie werden nicht aufgeben. Egal, wo ich an Land gehe, sie werden da sein …

Und wo steckten die anderen?

Natalie hatte eine Idee. Sie warf das Paddel zurück ins Boot, wandte sich dem Motor zu und öffnete den Reißverschluss der Abdeckung. Sie war schon einmal mit einem Motorboot unterwegs gewesen – mit Mariella. In einem kleinen Hafen südlich von Kavala hatten sie an einem herrlichen Tag Fischern dabei zugesehen, wie sie mit Speeren nach Tintenfischen stießen. Doch sie war noch nie selbst gefahren, das hatte damals Mariella übernommen. Ausgesehen hatte es leicht. Natalie sah die Zündschnur, ging in die Hocke und nahm sie in die Hand. Sie zog kräftig daran, doch nichts geschah. Sie versuchte es noch einmal.

»Komm schon!«, drängte sie und wagte einen weiteren Versuch. Nichts. Der Motor sprang nicht an.

Die Flussströmung ließ sie auf eine Brücke zu treiben. Aus keinem bestimmten Grund hob sie den Blick – und entdeckte Johann Schar und Anath. Seite an Seite standen sie auf der Brücke und blickten nach unten. Warteten auf Natalie.

Natalie sah sich den Motor gründlicher an. Vielleicht war das Benzin alle? Da fiel ihr ein Schalter an der Seite auf, der geschützt unter einem durchsichtigen Plastikdeckel lag. Natürlich! Wahrscheinlich war es wie bei dem alten Benzinrasenmäher von Mrs Patel. Zuerst musste man ihn anlassen. Sie drückte ein paarmal auf den Knopf und griff erneut nach der Kordel.

Bitte geh an …

Diesmal erwachte der Motor dröhnend zum Leben. Natalie nahm das Ruder und drückte den Trimm-Schalter. Die Nase des Boots hob sich an und pflügte durchs Wasser. *Geschafft!*

In einem weiten Bogen drehte sie das Boot, bis sie flussaufwärts fuhr. Dann gab sie Gas. Die Brücke, und damit Schar und Anath, ließ sie hinter sich. Mit einem zufriedenen Lächeln schaute Natalie noch einmal über die Schulter, doch die beiden waren bereits verschwunden.

Sie musste zu einer Polizeiwache. Waren Giles, ihr Großvater, Thwaites und Romain noch immer in den Katakomben? Hatte die Polizei sie inzwischen gefunden? *Bitte, lass sie in Sicherheit sein!*

Natalie gab Vollgas, sodass sie mit hoher Kielwelle im Schlepptau zum anderen Ufer übersetzte – einen Steinwurf von der Kathedrale entfernt. Sie kreuzte den Weg eines größeren Schiffs, auf dessen Deck sich tanzende, lachende Menschen tummelten. Weiter vorne gab es einen Steg, an dem mehrere Boote vertäut lagen. Sie steuerte ihn an, schwenkte herum und wollte abbremsen. Allerdings schätzte sie ihre Geschwindigkeit falsch ein und schrammte an der Stegkante entlang, bis sie mit einem Ruck zum Stehen kam. Schnell sprang sie heraus, warf das Seil über einen Ankerpfahl und rannte eine Treppe hoch zur Promenade.

Der Platz vor Notre-Dame wimmelte vor Menschen. Natalie kam an einem Stand vorbei, der geröstete Maroni verkaufte, und schlängelte sich durch eine Reihe von Rikschas. Kurz schöpfte sie sogar so etwas wie Hoffnung. Hier waren trotz der späten Stunde so viele Touristen, dass sie sich leicht in der Menge verstecken konnte. Sie stürzte sich in die Masse und fragte, ob jemand ihr ein Handy leihen könnte, damit sie die Polizei noch einmal anrufen konnte. Doch alle schoben sich entweder an ihr vorbei oder wichen misstrauisch vor ihr zurück. Ihr lief die Zeit davon! Ein älterer Mann sagte ihr, dass es einen Block weiter nördlich eine Gendarmerie gäbe, einen Posten der französischen Militärpolizei.

Natalie zwang sich, in normalem Tempo zu laufen. Keiner sonst war in Eile, und sie durfte keine Aufmerksamkeit erregen. Trotzdem warf sie beim Laufen immer wieder verstohlene Blicke nach links und rechts. Ohne ihre Masken verschmolzen die Mitglieder des Mysteriums von Eris leicht mit normalen Leuten.

Am Rand des Platzes überquerte sie mit einem Strom Fußgänger die Straße. Die Gebäude auf der Île de la Cité entstammten der prächtigen Architektur des achtzehnten Jahrhunderts: helle Steinbauten, die vier oder fünf Stockwerke hoch waren und breite, über drei Meter hohe Holztüren hatten. Allem Anschein nach Regierungsgebäude.

Natalie kam auf einen weiteren Platz, der von ordentlich gepflanzten Bäumen umringt und voller Marktbuden war. Vor den Ständen drängte sich selbst zu dieser Zeit Kundschaft. Auf der anderen Seite sah sie ein Hinweisschild für die Gendarmerie. Natalie tauchte ins Getümmel ein, lief an Ständen vorbei, die Souvenirs, Gemälde und Töpferwaren, Spielzeug und Kleidung verkauften. Die Menschen bummelten vorüber, lachten mit Freunden oder feilschten mit Händlern.

Genau deshalb stach eine Gestalt sofort heraus: Anath, die mitten in Natalies Weg stand und sie anstarrte. Natalie wich zurück, machte auf dem Absatz kehrt und rannte in die Gegenrichtung. Sie rechnete damit, dass sich jeden Moment jemand auf sie stürzen würde, aber nichts passierte. Sie prallte gegen ein eng umschlungenes Pärchen, entschuldigte sich und lief weiter. Sie eilte zwischen zwei Buden hindurch, stieß an einen Kleiderständer, der prompt umfiel, und verlor die Orientierung. In welcher Richtung lag nun die Gendarmerie?

Als sie einen Blick über die Schulter warf, entdeckte sie Anath, die sich einen Weg durch die Einkaufenden bahnte. Sie wirkte wie eine Naturgewalt. Unausweichlich. Natalies ganzer Körper schien »Gefahr!« zu rufen. Der Nachthimmel glänzte über den emporragenden Dächern. Natalie entdeckte Orion, der unvorstellbar hell durch die Dunstglocke der Stadt leuchtete. Der Jäger. War das ein Omen wie die Vision, die sie auf der Höhlenwand in Nabta Playa gesehen hatte, bevor die Anhänger von Eris sie angegriffen hatten? Dass der Jäger kurz davor war, seine Beute zu stellen?

Doch ebenso stark leuchtete Taurus – Aldebaran noch immer blutrot –, das Zeichen für Macht und Veränderung, zumindest stand es so im *Sternenbuch*. Er schenkte Natalie Kraft. Das Sternbild sagte ihr, dass sie ihr Schicksal selbst in die Hand nehmen konnte. Dass sie die Kraft zum Überleben hatte.

Schnell und entschlossen ging sie weiter, wich Hindernissen flink und geschmeidig aus. Bis sie über einen fremden Fuß stolperte und hinfiel. Ein Mann wollte ihr hochhelfen, doch sie war bereits wieder auf den Beinen. Eilte weiter. In der Mitte des Platzes führte eine Frau eine Feuershow auf, umringt von zahlreichen Zuschauern. Unter wütenden Rufen zwängte Natalie sich an den Umstehenden vorbei auf die freie Fläche. Sie duckte sich unter einer Feuerfontäne hindurch zur anderen Seite. Dort machten die Leute ihr überrascht Platz und ließen sie durch. Schließlich tauchte vor Natalie eine Absperrung auf, eine provisorische Barriere. Dahinter ragte ein Baugerüst auf. Auf Höhe der Tür des eingezäunten Gebäudes hing ein Schild.

Le commissariat de police est fermé pour rénovation.

Ihr sank das Herz bis in die Schuhsohlen und tiefer. Die Gendarmerie war geschlossen.

»Hör auf, wegzurennen«, erklang hinter ihr eine Stimme.

Als Natalie sich umdrehte, konnte sie Anath nicht sehen. Aber lange würde es nicht mehr dauern. Neben der Wache öffnete sich eine Gasse. Einen anderen Weg gab es nicht. Natalie duckte sich unter der Absperrung hindurch, zwängte sich zwischen den orangen Barrikaden vorbei und ging unter dem Baugerüst zu der kleinen Gasse. Hier war niemand, und nach wenigen Schritten erkannte sie auch, warum. Ein Metalltor versperrte den Durchgang. Vermutlich war das hier kein öffentlicher Weg, sondern ein Nebeneingang zum Gendarmeriegelände. Erst war Natalie enttäuscht, doch dann sah sie einige Meter vor ihr außen am Gebäude eine Feuertreppe. Das unterste Stück war eine ausziehbare Leiter. Sie schwebte knapp zweieinhalb Meter über Natalies Kopf – außerhalb ihrer Reichweite, selbst wenn sie sprang.

Natalie zog eine Mülltonne unter die Leiter und kletterte darauf. Wenn sie sich auf die Zehenspitzen stellte, konnte sie die unterste Sprosse erreichen. Sie griff zu und zerrte die Leiter unter Quietschen ein gutes Stück weit nach unten. In diesem Augenblick bog Anath um die Hausecke.

Die Angst verlieh Natalie Kraft, und sie hievte sich auf die Leiter. Rasch hangelte sie sich zu einem Gitterbalkon und zog die Leiter so weit nach oben, dass Anath sie trotz der Mülltonne nicht erreichen konnte.

»Es ist zwecklos, Kind«, sagte Anath. »Dem, was dich verfolgt, kannst du nicht entkommen. Genauso wenig wie dem, was vor dir liegt.«

Vorsichtshalber zerrte Natalie die Leiter noch ein Stück mehr außer Reichweite und kletterte dann den nächsten Abschnitt hinauf. Anath sah ihr gelassen zu, bevor sie sich abwandte und fortlief. Ihre Ruhe machte Natalie nervös. Warum war Anath so gefasst? Natalie selbst spürte, wie sie in Panik ausbrach, die sie zu überwältigen drohte.

Sie zwang sich, weiterzuklettern, bis sie auf dem Dach ankam. Hier oben, gut zwölf Meter über der Erde, wehte ein starker Wind. Natalie betrachtete die Kuppeln und Türme der Dächer ringsum. Die Höhe machte sie schwindelig. Ihre Sicht verschwamm, das Blut pulsierte in ihren Schläfen. Benommen trat sie auf ein Brett des Baugerüsts. Verdammte Höhenangst! Sie musste sie von ihrem Großvater geerbt haben. Zumindest erinnerte sich sich an einen Ausflug auf die Aussichtsplattform des Empire State

Building in New York mit ihm. Damals waren sie vollkommen sicher gewesen, trotzdem hatten sie sich schlotternd aneinandergeklammert. Hier hatte Natalie es mit einem Bruchteil der Höhe zu tun. So nah an der Dachkante fand sie es trotzdem weitaus gefährlicher.

Irgendwo in der Nähe hörte sie ein dumpfes Scheppern. Eine Hand tauchte auf, schob sich vor Natalie über eine Stange, und Anath zog sich aufs Dach. *Sie muss am Gerüst hochgeklettert sein.*

Ihre Verfolgerin schritt auf sie zu. Natalie taumelte rückwärts, doch schon hatte sich die Dienerin von Eris auf sie gestürzt. Sie packte Natalie am Hals. Mit eisernem Griff gruben sich die Finger in Natalies Kehle. Sie spürte, wie sie vom Boden gehoben wurde. Halt suchend, reckte sie die Zehen, bevor sie völlig frei in der Luft baumelte. Sie griff nach Anaths Hand und versuchte, ihre Finger zu lösen, doch Anath schüttelte den Kopf.

»Wenn ich du wäre, würde ich das lassen.«

Natalie presste einen erstickten Schrei hervor, als Anath sie über das harte Pflaster von Paris hielt. Einen Sturz aus dieser Höhe würde sie niemals überleben.

»Angeblich«, sagte ihre Peinigerin, »bringt es einen dem Aither näher, wenn man den Tod vor Augen hat. Würdest du sagen, das stimmt, Miss Hardaker?«

Natalie fühlte nichts als Wut. Hätte sie sprechen können, hätte sie geflucht. Anath schaute tief in Natalies Augen, als würde sie nach etwas suchen. »Ich wollte zuerst nicht glauben, was der Aither mir gezeigt hat«, sagte

Anath. »Aber jetzt begreife ich es. Wir sind gleich, Natalie. Du und ich. Das weißt du. Ich *weiß* es. Du hast den Nous. Ich weiß, dass du die Kraft in deinen Adern fühlst. Ich sehe es in deinen Augen. Aber wenn du dich dem Chaos nicht anschließt, wird diese Kraft nie völlig freigesetzt werden. Chaos verstärkt die Möglichkeiten des Aithers. Wir werden nicht länger Sklaven des Schicksals sein, sondern seine Bezwinger!«

Die Hand um Natalies Hals öffnete sich. Plötzlich und kraftvoll spürte sie die Erdanziehung. Natalie stürzte und riss instinktiv die Arme hoch. Sie fand Halt. Ihr Fall wurde gebremst, auch wenn der Ruck ihr beinahe die Schultern aus den Gelenken riss. Eine Gerüststange. Als sie wieder zu Atem kam, versuchte Natalie, sich auf das Holzbrett darüber zu stemmen. Doch sie war nicht stark genug. Ein Stockwerk über ihr lächelte Anath böse. »Weißt du, mein Kind, du bist zu Großem fähig. Würdest du nur auf deinen Nous vertrauen.«

Anath sprang vom Dach, fiel drei Meter und kam donnernd auf dem Brett neben Natalie auf. Durch die Wucht des Aufpralls verlor Natalie beinahe erneut den Halt. Ihre Beine baumelten hilflos in der Luft, und ihre Arme brannten wie Feuer.

»Du musst dich nicht opfern«, zischte Anath, die in die Hocke gegangen war. »Chaos wird dich stark machen, Miss Hardaker. Eris wird dich beschützen. Du musst dich ihr nur anschließen. Komm zu uns, und die Göttin wird mit ihrer Belohnung deine kühnsten Erwartungen übertreffen. Sie wird dich durch den Aither führen und dir die Zukunft zeigen.«

In Anaths Augen leuchtete eine wahnsinnige Raserei. Natalie hatte keine Zweifel, dass sie jedes Wort ernst meinte. Aber warum wollte Anath sie überzeugen, dem Eris-Kult beizutreten? Warum kümmerte es sie überhaupt, ob Natalie lebte oder starb? Bisher hatten die Leute von Eris es nur auf das Orakulum abgesehen gehabt. Sie waren bereit gewesen, Natalie zu töten.

Anath streckte die Hand aus. »Greif zu, Kind. Greif zu und werde eine von uns.«

Plötzlich spürte Natalie, dass sie nicht allein waren. Auch Anath schaute sich suchend um. Weiter hinten im Gebäude öffnete sich auf ihrer Höhe knarrend ein Fenster. Romain betrat das Baugerüst, begleitet von Thwaites.

»Es ist vorbei, Anath«, rief Thwaites. »Lassen Sie Natalie in Ruhe.«

Anath blickte zu Natalie, die sich kaum noch halten konnte. »Miss Hardaker muss eine Wahl treffen«, sagte sie.

Natalie spürte, wie ihr Griff sich lockerte.

»Wir haben die Polizei verständigt«, sagte Thwaites. »Genauso wie Ihre Kollegen von Interpol.«

Wie aufs Stichwort tauchte ein Helikopter über ihnen auf. Sein Suchscheinwerfer glitt über die Fassade des Gebäudes, bevor er an Anath hängen blieb. Ihr kahl geschorener Kopf glänzte im Licht, und sie verengte geblendet die Augen.

Unter sich hörte Natalie polternde Schritte. Ein Sondereinsatzkommando-Team der Gendarmerie, ganz in Schwarz, ging in Position. Ihre Waffen deuteten nach oben, bis die roten Punkte mehrerer Laserzielfernrohre über Anaths Körper tanzten.

»Gehen Sie von dem Mädchen weg«, wiederholte Thwaites. »Ergeben Sie sich.«

Zu Natalies Überraschung lächelte Anath. »Ich habe meinen eigenen Tod längst im Aither vorhergesehen«, sagte sie. »Ich opfere mich gerne für das Chaos. Es kommt, und es gibt absolut nichts, was einer von euch dagegen unternehmen könnte.« Sie sah noch einmal zu Natalie. »Du kannst dich der Göttin nicht entziehen, Kind. Dafür habe ich gesorgt. Traue deinem Nous, Natalie. Das Schicksal ruft nach dir.«

Ihr Lächeln verschwand. Natalie begriff, was als Nächstes passieren würde.

»Nein!«, sagte sie. »Tun Sie d–«

Doch Anath war bereits gesprungen. Eine Sekunde darauf hörte man ihren Körper auf der Straße aufprallen. Natalie wurde schrecklich übel – und das gab ihr den Rest. Ihre Hand verlor die Kraft und glitt ab.

»Festhalten!«, rief Thwaites.

Doch sie konnte einfach nicht mehr. Romain rannte zu ihr, doch er war zu weit weg. Ihre Finger rutschten ab.

KAPITEL 21

SAGITTARIUS

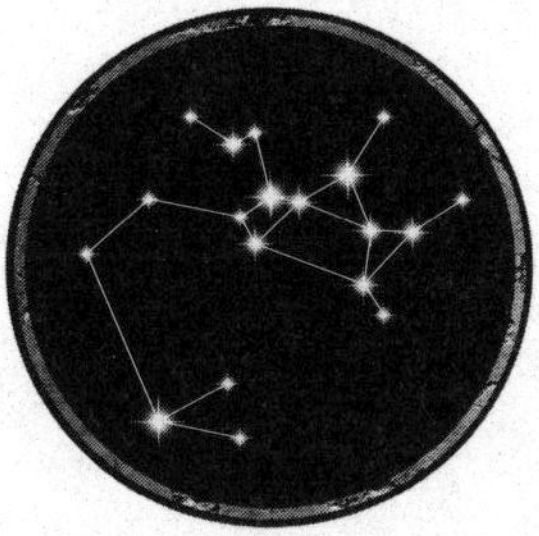

Der Schütze.
Den Feinden wird die Stirn geboten.

Sie fiel. Und dann fiel sie auf einmal nicht mehr. Der Kragen ihrer Jacke blieb irgendwo hängen, riss ein. Dann wurde sie grob von einer Hand unter der Achsel gepackt.

»Das lässt du schön bleiben!«, sagte Giles, der sich aus einem Fenster beugte und sie aufgefangen hatte. »Du bist echt schwerer, als du aussiehst.«

Natalie gelang es, sich am Sims festzuhalten. Besonders elegant stellten sie sich nicht an, aber mit vereinten Kräften schafften sie es, Natalie ins Büro auf der anderen Seite zu hieven.

»Danke!«, keuchte sie.

Er nickte. »Kein Ding. Nach allem, was Romain durchgemacht hat, um dich zu beschützen, hätte er mir ewig was vorgejammert, wenn ich dich hätte abkratzen lassen.«

Kurz darauf platzten Romain und Thwaites ins Zimmer. »Dem Himmel sei Dank!«, rief Thwaites außer Atem.

Natalie rollte sich auf den Rücken und setzte sich auf. »Wo ist mein Großvater?«

»Im Krankenhaus«, antwortete Thwaites. »Interpol hat ihn aus dem Kofferraum eines verlassenen Vans gerettet, nachdem sie uns in den Katakomben gefunden hatten.«

»Geht es ihm gut?«

»Er wird schon wieder«, sagte Thwaites. »Wenn du willst, bringen wir dich gleich zu ihm.«

Natalie stand schnell auf, doch Giles blieb sitzen. »Wie wär's mit 'ner kleinen Pause? Ihr wisst schon, für den Lebensretter hier?«

Romain griff nach ihm, packte ihn am Kragen und wuchtete ihn auf die Beine. »Keine Müdigkeit vorschützen, Soldat.«

Sie nahmen die Treppe durch die verlassene Polizeiwache und verließen das Gebäude durch den Hauptausgang. Davor parkten mehrere Streifenwagen, und am Rand des nahen Marktplatzes hatte sich eine Gruppe Schaulustiger gebildet. Natalie gab sich Mühe, nicht auf das weiße Laken am Boden und den Umriss des Körpers darunter zu sehen. Stattdessen schaute sie nach oben, wo sie die letzten Augenblicke mit Anath verbracht hatte. Als sie an die gelassene Ruhe der Frau dachte, ihr Lächeln, kurz bevor sie sich in den Tod gestürzt hatte, wurde Natalie eiskalt. Aber noch schlimmer waren ihre letzten Worte gewesen. *Du kannst dich der Göttin nicht entziehen, Kind. Dafür habe ich gesorgt. Traue deinem Nous, Natalie. Das Schicksal ruft nach dir.*

Vier Tage später saß Natalie auf dem Balkon ihrer Suite im Le Meurice und ließ es sich beim Frühstück mit Buttercroissants und frisch gepresstem Orangensaft gut gehen. Es war mit Abstand das teuerste Hotel, das sie je betreten hatte. Unter ihr lag der hübsche Park Le Jardin des Tuileries, der vom Place de la Concorde bis zum Louvre reichte. Glitzernde Springbrunnen plätscherten darin. Zum Glück übernahm Lord Thwaites die Rechnung. Er hatte es sich nicht nehmen lassen, sie nach den Schrecken der vergangenen Tage etwas zu verwöhnen.

Es klopfte an der Flügeltür. »Herein«, rief sie.

Thwaites persönlich trat ein, gekleidet in einen gut gebügelten Tweedanzug und auf einen Stock gestützt. Die Wunde in seinem Bein, die er Anath zu verdanken hatte, war nur oberflächlich. Trotzdem würde es eine Weile dauern, bis sie verheilt war.

»Gute Nachrichten, mein Mädchen«, begrüßte er sie. »Man hat Avery entlassen.«

Natalie ließ ihr Messer fallen und sprang auf. »Dann holen wir ihn ab!«

»Der Wagen wartet am Haupteingang auf uns«, sagte Thwaites.

Natalie hatte ihren Großvater in dem kleinen Privatkrankenhaus nahe der Avenue Victor Hugo an jedem der vergangenen Tage mehrere Stunden lang besucht. Sie hatte sofort gemerkt, dass er nicht reden wollte über das, was passiert war. Zumindest noch nicht. Und so waren sie in alte Gewohnheiten verfallen: Seite an Seite – er im Bett und sie im Stuhl daneben – hatte jeder für sich das Kreuzworträtsel der *Times* gelöst. Was sich in Paris zugetragen hatte, wurde in den Nachrichten mit keinem Wort erwähnt. Selbst Professor Hardakers Entführung war von Kontaktleuten des Orphischen Mysteriums bei Interpol unter Verschluss gehalten worden. Sie wollten nicht riskieren, dass die Welt von ihnen erfuhr. Den Besuchern seines Vortrags hatte man erklärt, es hätte sich um einen weit übertriebenen Studentenstreich gehandelt.

Über Johann Schar wurde ebenso wenig berichtet.

Er und die Hälfte seiner Anhänger waren einer Verhaftung entkommen. Sie waren noch immer irgendwo dort draußen.

Auf dem Tisch zwischen Natalie und ihrem Großvater stand ein Blumenstrauß. Mariellas Familie hatte ihn geschickt, nachdem Natalie sie angerufen und ihnen erzählt hatte, dass ihr Grandad wiederaufgetaucht war.

Im Moment führte Natalie zwei zu eins. Wie genau zwei gebrochene Rippen, ein angeknackstes Handgelenk und einige Schnitte und Prellungen sich auf seine Fähigkeit zum Lösen von Kreuzworträtseln auswirkten, war ihr ein Rätsel.

»Du vergisst die Gehirnerschütterung«, hatte er gesagt und mit dem Stift an seinen Kopf geklopft.

Nun wetzte sie die geschwungene Treppe in die Hotellobby hinunter, während Thwaites den Aufzug nahm. Unten wartete Giles. In den Händen hielt er einen Koffer. Einige Schritte hinter ihm wartete Romain.

»Tut mir leid, Nat«, sagte er. »Ich kann nicht mit.«

Enttäuscht schluckte sie. »Warum nicht?«

Giles ließ traurig die Schultern hängen. »Schule«, antwortete er. »Die Ferien sind vorbei.«

»Ach so.« Einen Moment lang standen sie sich gegenüber und wussten nicht, was sie sagen sollten.

Dann humpelte Thwaites vorbei. »Husch, husch«, sagte er und zeigte mit dem Stock nach draußen. Der Bentley parkte direkt vor dem Eingang, ein Chauffeur saß hinter dem Steuer.

»Bin gleich da«, sagte Natalie und sah dann wieder zu Giles. »Weißt du, ich habe mich nie ordentlich bei dir bedankt.«

»War ein glücklicher Fang.« Giles zuckte mit den Schultern.

»Nicht nur dafür. Auch für alles andere«, meinte Natalie. Sie senkte den Blick. »Ohne deine Hilfe hätte ich meinen Großvater nie zurückbekommen. Für einen Schnösel bist du ganz in Ordnung.«

Giles wurde rot. »Ja, du auch. Für einen Klugscheißer.«

Natalie beugte sich vor und schlang verlegen die Arme um ihn. Zuerst ließ er seine Arme schlaff herunterhängen. Dann tätschelte er ihr zweimal knapp den Rücken, und sie lösten sich voneinander.

»Richte deinem Grandad schöne Grüße von mir aus«, sagte er.

»Mach ich.« Natalie ließ ihn in der Lobby zurück. Draußen hielt der Fahrer ihr die Tür zur Rückbank auf, und sie rutschte neben Thwaites. Als die Tür sich schloss, stand Giles noch immer dort, wo sie ihn stehen gelassen hatte.

»Er ist ein guter Kerl«, sagte sie.

Thwaites nickte. »Ist er. Ganz wie seine Eltern.«

Als sie zum Krankenhaus kamen, wartete Avery Hardaker in einem Rollstuhl in der Eingangshalle auf sie.

»Ist das wirklich notwendig, mein Bester?«, erkundigte sich Thwaites.

»Reine Vorsichtsmaßnahme«, antwortete Natalies Großvater. »Auch wenn ich mich daran gewöhnen könnte, durch die Gegend gerollt zu werden. Verschwinden wir von hier!«

Natalie nahm den Rollstuhl und drehte ihn Richtung Ausgang.

»Zurück zum Le Meurice?«, fragte sie.

Sie meinte, einen vielsagenden Blick zwischen ihrem Grandad und Thwaites bemerkt zu haben. Dann sagte Thwaites: »Warum lasse ich euch nicht kurz allein?«

Er drehte sich um und humpelte zum Wagen.

»Gehen wir eine Runde spazieren, was meinst du?«, schlug Avery vor. »Das Wetter ist herrlich. Fahren wir zum Fluss.«

Was das Wetter anging, hatte er recht. Der Pariser Sonnenschein brachte die prächtigen Boulevards zum Strahlen, und die Blätter der Bäume raschelten in einer sanften Brise. Alles sah einfach nur schön aus. Natalie schob den Rollstuhl mit leichtem Schritt über den Gehweg.

»Ich habe Belinda versprochen, sie anzurufen, wenn du entlassen wirst«, sagte Natalie. »Sie hat sich echt Sorgen um dich gemacht.«

»Keine Bange, ich telefoniere später mit ihr«, sagte ihr Großvater.

»Erzählst du ihr ... von Johann?«, fragte Natalie.

Kurz schwieg ihr Grandad, und als er antwortete, sprach er sehr leise. »Ich glaube nicht. Manchmal ist es besser, die, die man liebt, im Dunkeln zu lassen.«

Wie mich, dachte Natalie, behielt es aber für sich. Hatte er gerade gesagt, dass er Belinda Estevez *liebte*? Normalerweise hätte sie ihn deswegen aufgezogen. Doch er hatte dabei so traurig geklungen, dass es ihr falsch vorgekommen wäre. Seine Geheimnisse so lange für sich zu behalten, musste schwer für ihn gewesen sein. Eine Last. Natalie wünschte, sie könnte es ihm leichter machen. Vielleicht konnte sie es ja, wenn sie ihm die volle Wahrheit erzählte.

»Grandad«, fing sie an. »Ich glaube, wir müssen uns einmal richtig unterhalten.«

»Da gebe ich dir recht«, stimmte er zu. Sie hatten eine Kreuzung erreicht. »Nach links«, sagte er.

»Aber der Fluss liegt noch ein paar Straßen weit entfernt«, sagte Natalie.

»Wir gehen nicht zum Fluss.«

Sie tat, worum er sie bat, und schob ihn in eine ruhige Nebenstraße, die von geparkten Autos flankiert wurde. Die Wohngebäude links und rechts waren vier Stockwerke hoch und hatten hohe Fenster mit hübschen alten Läden. *Wohin bringt er mich?*

Auf halber Höhe der Straße fand sie es heraus. »Halte bitte an«, sagte ihr Großvater. Sie standen vor dem Haus Nummer 22. Kurz fischte er in seiner Tasche, dann holte er einen Bund mit einem großen Eisenschlüssel und einem kleineren aus Stahl heraus. »Die Ehre gebührt dir«, sagte er.

Verwirrt rollte sie den Rollstuhl zum Eingang, nahm den großen Schlüssel und steckte ihn ins Schloss. Mit einem dumpfen Knacken öffnete sich die Tür. Im Innern rutschte ein riesiger Stapel Werbung auf den Fliesenboden. Wo waren sie hier? Hinter der Tür kam eine kleine Vorhalle zum Vorschein, in der eine Treppe nach oben führte. »Wir bleiben im Erdgeschoss«, sagte ihr Großvater. »Appartement A. Mit dem Le Meurice kann es leider nicht mithalten.«

Mit immer verdutzterem Ausdruck schob Natalie ihn zur Wohnungstür an der Seite und schloss auch diese auf. Dahinter lag ein Raum mit einer nackten Küchenzeile an der Wand, einem einfachen Esstisch aus Holz und mehreren Stühlen. Zwei weitere Türen führten in andere Zimmer. Die Luft war abgestanden. Als Natalie den Rollstuhl hineinbrachte, bemerkte sie eine Staubschicht auf dem Parkettboden. Hier war schon eine ganze Weile niemand mehr gewesen.

»Wo sind wir?«, fragte sie.

Ihr Großvater blickte sie forschend an. »Du spürst nichts?«

Sobald er das gesagt hatte, fühlte Natalie tatsächlich etwas. Zuerst nur ein sanftes Kribbeln im Nacken. Doch schnell breitete es sich auf ihre gesamte Haut aus, und hinter ihren Augen stellte sich ein leichtes Pochen ein, genau wie vor ihren Migräneanfällen. Zum Glück blieb der Schmerz jedoch aus. Sie hob lächelnd den Kopf.

»Ich habe mich mit Lionel besprochen. Ich muss zugeben, ich hatte keine Ahnung, dass er zum Orphischen Mysterium gehört. Diese ganze Kassandren-Sache ist für mich Neuland. Aber die Wissenschaft sollte versuchen, sie zu begreifen. Wenn ich es richtig verstanden habe, hat man an bestimmten Orten einen leichteren Zugang zum Aither. An Orten von historischer Bedeutung. Orten, an denen der Aither bereits kontaktiert wurde – oder an Orten, zu denen die Kassandren eine persönliche Bindung haben.«

Es war das erste Mal, dass Natalie ihn das Wort »Aither« benutzen hörte. Es löste einen Schwall aus Sorgen und Angst aus, Erinnerungen an Anath und an ihre letzten Worte, die Natalie wie ein Fluch erschienen.

»Es scheint, dass jene, die den Nous haben, den Aither direkt sehen können. Er spricht mit ihnen, ohne dass sie ihn erst einladen müssen.«

»Also meine Migräne … ist der *Nous*?«, fragte Natalie.

»Stell es dir wie einen sechsten Sinn vor, zusätzlich zu den fünf, die jeder kennt. Fühlen, Riechen, Sehen, Schmecken, Hören. Der Nous ermöglicht dem Aither, auf direktem Weg in deinen Geist und deinen Körper zu strömen, rein instinktiv. Er zeigt, was erst noch passieren wird.«

Natalie schwieg. Sie spürte ein merkwürdiges Kribbeln. Das Gefühl, als würde ihr endlich etwas klar werden. Aber noch konnte sie nicht genau erkennen, was.

»Du bist eine ganz besondere Kassandre, Natalie«, fuhr ihr Großvater fort. »Anscheinend können die meisten nur Bruchstücke des Schicksals erhaschen, zweideutige Omen, und selbst das nur mit größter Anstrengung. Aber dir fällt es leicht, nicht wahr? Du hast Visionen mit vielen Details. Du siehst vor deinem inneren Auge, wie die Sterne sich bewegen. Das Orphische Mysterium möchte mithilfe von Kassandren erfahren, was auf die Welt zukommt.

Auf diese Weise wollen sie Ordnung und Frieden bewahren. Doch schon lange hatte keiner von ihnen mehr den Nous … Das Mysterium von Eris hatte Anath. Sie hatte den Nous und hat durch Erfahrung und Training gelernt, ihn effektiv einzusetzen. Aber du, Natalie, hast viel, viel größeres Potenzial als Anath. Der letzte Mensch mit einem so starken Nous war Idris Khalil – der größte Seher aller Zeiten. Wie du herausgefunden hast.«

»*Er* war das Orakulum«, sagte Natalie. »Ich habe seine Bilder in Nabta Playa gesehen. Er hat sogar ein Bild von Giles, dir und mir gemalt!«

Ihr Großvater lächelte geheimnisvoll. »Schieb mich doch bitte ein Stück näher an den Tisch.«

Sie tat ihm mit zitternden Händen den Gefallen. Er griff unter die Tischplatte und hantierte dort mit etwas herum. Dann zog er einen kleinen Aktenkoffer hervor. Verblüfft sah Natalie zu.

»Als ich die Malerei in Nabta Playa gesehen habe, wusste ich, dass ich in den Katakomben suchen musste. Ich fand Khalils Überreste und begriff die Wahrheit. Dass *er* das Orakulum war. Allerdings habe ich dort noch eine zweite bemerkenswerte Entdeckung gemacht.«

Natalies Herz raste. »Was meinst du? Ich verstehe nicht ganz.«

»Hast du es nicht gesehen? Seine Frau und seine Kinder sind neben ihm beigesetzt. Seine Gattin war eine französische Adelige, Tochter des Marquis d'Anjou. Der Titel ging auf ihre Kinder über. Einschließlich Elodie.«

In Natalies Kopf überschlugen sich die Gedanken, ergaben aber kein einheitliches Bild. Ihr fiel die Inschrift unter Khalils Namen ein, die sie nicht mehr hatte entziffern können, weil Anath aufgetaucht war. War Elodie dort gewesen, direkt vor ihrer Nase? »Elodie d'Anjou – das ist der Name der Autorin des *Sternenbuchs*.«

Ihr Großvater lächelte. »Genau.«

Er öffnete den Koffer. »Ich habe einen Stammbaum der Familie d'Anjou angelegt, nur um ganz sicherzugehen.« Er nahm einen gefalteten Zettel heraus und legte ihn flach auf den Tisch. Natalie betrachtete den aufgezeichneten Stammbaum darauf. Ganz oben stand Idris Khalil, der verheiratet war mit Marie aus der Familie d'Anjou. Natalie überflog die Generationen darunter, ihre Geburts- und Todesdaten; die Zweige, die endeten, und jene, aus denen mehrere Kinder sprossen. Kurze und lange Leben. Bis es ganz unten mit einem Namen aufhörte.

Elodie d'Anjou.

»Das hier ist Elodies Appartement«, erklärte Professor Hardaker. »Vor vierzehn Jahren kam ich hierher, kurz nachdem ich das Tagebuch von Caterina de Medici mit der Inschrift darin gefunden hatte: *Trouvez Elodie d'Anjou*.«

»Und wo ist sie jetzt?«, wollte Natalie wissen. »Ist sie tot?«

Ihr Großvater seufzte. »Ich weiß es nicht.«

»Aber sie war Khalils Nachfahrin. Seine Großgroßgroß… na, auch egal, irgendeine Enkelin.«

»Das stimmt«, gab Avery Hardaker ihr recht. »*Er* hat

den Hinweis in Caterinas Tagebuch hineingeschrieben, um mich zu Elodie zu führen.«

»Hatte auch sie den Nous?«

»Oh ja. Obwohl keiner von uns damals wusste, dass man es so nennt. Sie war … eine beeindruckende junge Frau.«

Natalie merkte ihm an, wie gut es ihm tat, sich endlich alles von der Seele zu reden. Trotzdem war da noch immer etwas, das er verschwieg. Sie spürte es. Eine gewaltige Ahnung überkam sie. Wie Wasser, das sich hinter einem Damm anstaute. Das, was sie noch nicht begriff, wog schwer.

»Kurz nachdem ich sie kennengelernt hatte, verschwand Elodie. Und die folgenden zehn Jahre habe ich auf der ganzen Welt nach historischen Hinweisen gesucht: nach Sehern, nach dem Orakulum, das Caterina in ihrem Tagebuch erwähnte, und nach den zwei geheimnisvollen Organisationen, die Einfluss auf Caterina hatten. Erst in Griechenland begriff ich allmählich, wer sich dahinter verbarg. Den Rest kennst du.«

»Ich begreife das nicht«, gab Natalie schließlich zu. »Warum wollte Khalil, dass du Elodie suchst? Du hast sie doch nicht gebraucht, um das Orakulum zu finden.«

»Als ich herkam, war ich nicht allein«, fuhr ihr Großvater fort. »Matthew begleitete mich.«

Natalie brauchte kurz, bis sie verstand. »Dad?« Im Damm tat sich ein Riss auf, und die ersten Tropfen Erkenntnis tröpfelten heraus.

»Er hat sich in Elodie verliebt.« Natalie schluckte, als

der Groschen allmählich fiel. »Sie hatten ein Kind …«, erzählte ihr Großvater weiter.

Der Damm brach – mit solch brutaler Wucht, dass Natalie beinahe nicht mehr sprechen konnte.

»Mich«, wisperte sie. »Dann ist Elodie d'Anjou meine Mutter.«

Ihr Großvater schwieg eine Zeit lang. Worte waren auch gar nicht nötig. Die Erleichterung in seiner Miene verriet ihr, dass die Bürde, die er so lange getragen hatte, endlich von seinen Schultern genommen war. Die Mutter, von der sie nie etwas erfahren hatte, die Herumtreiberin, die sie im Stich gelassen hatte … endlich hatte sie einen Namen. Ein Leben.

»Darum hast auch du den Nous«, sagte ihr Großvater schließlich. »Ich habe mir dein Tagebuch angesehen. Zusammen mit dem, was du mir über die letzten Tage und Wochen erzählt hast, besteht kein Zweifel mehr: Deine Visionen sind stark und komplex. Sie kommen unkontrolliert zu dir, rein instinktiv. Aber das können wir ändern. Du kannst lernen, mit deinen Kräften umzugehen.«

»Unten in den Katakomben, da war es, als wäre ich eins mit dem Aither.«

»Gut. Das ist der Anfang. Das Orphische Mysterium kann dir beibringen, es zu schulen.«

»War Elodie auch Teil des Mysteriums?«, fragte Natalie.

»Nein«, antwortete Avery. »Wir wussten gar nicht, dass es existierte. Dafür wusste sie, dass jemand sie jagte. Deshalb ist sie auch nie lange am selben Ort geblieben. Beide, sowohl das Mysterium von Orpheus als auch das von Eris, wollten sie für sich gewinnen. Sie haben sie durch den Aither geortet.«

»Genau wie mich«, sagte sie.

»Ganz recht. Ich wollte dir so gerne die Wahrheit sagen, Natalie. Aber je weniger du wusstest, desto sicherer warst du. Ich hatte Angst, die Kassandren von Eris könnten dich aufspüren, deine Gedanken lesen und die Wahrheit erfahren. Ich habe dich so lange wie möglich im Dunkeln gelassen. Aber je älter du wurdest, desto stärker wurde deine Verbindung zum Aither. Eine so machtvolle Verknüpfung wäre früher oder später aufgefallen. Und ich wusste nicht, wie ich dich noch beschützen sollte, Natalie. Aber ich wusste, dass es jemanden gibt, der es kann.«

»Das Orphische Mysterium«, hauchte Natalie. »Deshalb hast du deinen Vortrag gehalten?«

»Ich wusste nicht, wer sie sind, daher konnte ich nicht mit ihnen in Kontakt treten«, erklärte er. »Es gab keinen Weg, sie um Hilfe und Schutz zu bitten. Ich hatte vor, mit meiner Rede ihre Aufmerksamkeit zu wecken. Dann wollte ich ihnen alles über dich erzählen, damit sie dich vor Eris retten. Zumindest war das der Plan. Wie du selbst weißt, ist es nicht ganz so glücklich verlaufen.«

»Du hast nur gemacht, was du für richtig gehalten hast«, sagte Natalie. Sie atmete tief durch. »Warum hat sie uns verlassen? Sag mir die Wahrheit.«

»Du darfst ihr keine Vorwürfe machen, Natalie. Ich habe dir erzählt, sie sei fortgegangen, als dein Vater krank wurde, weil ich *wollte*, dass du sie hasst. Ich habe mir eingeredet, solange du sie hasst, suchst du nicht nach ihr und gerätst nicht in Gefahr. Aber um ehrlich zu sein, glaube ich nicht, dass sie gehen wollte. Ich glaube, sie hatte Angst. Auf ihre Weise hat sie dich und Matthew von Herzen geliebt. Das *Sternenbuch* war ihre Art, dich zu beschützen. Sie las in der Zukunft, indem sie die Sterne betrachtete – das war ihr Medium, ihr Weg, zu *sehen*. Wenn sie den Nachthimmel ansah, erschienen ihr Visionen von Sternen und Planeten, die unmögliche Formationen bildeten, die Farbe änderten, Bilder ergaben … Neben dem Vogelflug, Träumen, Würfeln, Karten und anderen Medien sind Hinweise in den Sternen ein typischer Weg, wie der Aither mit Kassandren in Verbindung tritt. Doch ihr Nous schenkte ihr ungeheure Details und weitreichende Visionen. Außerdem ein instinktives Verstehen von dem, was erst kommen sollte. Ich glaube, Elodie hat geahnt, dass du dieselben Kräfte erben würdest. Und sie wollte dir einen Vorteil verschaffen. Im Laufe der Jahre hatte sie einen reichen Erfahrungsschatz angehäuft, darüber, welche Zeichen in den Sternen welche Ereignisse der Zukunft darstellen. Und das alles hat sie im *Sternenbuch* für dich aufgeschrieben. Dir zeigt der Aither oft Bilder von Sternen, nicht wahr?«

Natalie erinnerte sich daran, wie die Sterne an der Höhlenwand von Nabta Playa sich in Bewegung gesetzt hatten, kurz bevor das Mysterium von Eris sie angegriffen hatte. Und es war nicht das einzige Mal gewesen.

»An dem Abend in Greenwich«, sagte sie. »Aldebaran hatte eine komische Farbe. Blutrot. Aber du hast das nicht gesehen. Vielleicht wollte der Aither mir so sagen, was passieren würde?«

»Ich glaube schon«, sagte ihr Großvater. »Du wirst lernen müssen, deinem Bauchgefühl zu vertrauen, Natalie. Taurus steht für Veränderung, und die Farbe Rot symbolisiert Gewalt.«

»Hätte ich besser aufgepasst, hätte ich also verhindern können, dass man dich verschleppt?«

Ihr Grandad schüttelte den Kopf. »Ich glaube nicht, dass der Aither dich *davor* warnen wollte.« Er holte ein zweites Blatt Papier aus dem Koffer. Natalie erkannte das gelbliche Pergament.

»Das stammt aus Caterinas Tagebuch«, sagte sie. »Aber es ist nicht ihre Schrift.«

»Volltreffer. Idris Khalil nahm Caterinas Tagebuch an sich. So konnte er die Nachricht an mich hineinschreiben. Doch diese Seite habe ich vom Rest getrennt aufbewahrt«, fuhr er fort. »Sie ist sehr wichtig. Sollte das Buch je in die falschen Hände fallen, muss diese Seite versteckt bleiben. Und umgekehrt ergibt ihr Inhalt ohne das Tagebuch keinen Sinn. Es war sicherer, beide an unterschiedlichen Orten aufzubewahren. Möchtest du sie lesen?«

Mit größter Behutsamkeit schob er das Blatt zu Natalie. Der Eintrag war mit dem 4. Dezember 1555 überschrieben. »Wie steht es um dein Französisch?«

Natalie las und übersetzte dabei zögerlich:

Mein Vermächtnis

Alle fünfhundert Jahre nähert sich Eris wie ein Unwetter. Diese Zeit ist nah, und Tausende werden in ihren wütenden Stürmen und peitschendem Regen umkommen. Doch die Göttin, ist sie erst gesättigt, wird sich wieder schlafen legen, und der Schrecken eurer Zeit wird in Vergessenheit geraten. Schätzt euch glücklich, denn so laut Euer Volk wehklagen mag, ist dieses Leid nichts verglichen mit dem, was noch kommt. Fünfhundert Jahre später wird Eris erneut zuschlagen, mächtiger und zorniger. Und sie wird das Leben von der Erde löschen, ohne Mitleid oder Gnade. Ihr Chaos wird alles vernichten. Erscheinen wird sie als Kind von Bastet, der Todesbotin, der Ausgeburt von Krieg und Streit. Kein Mensch wird ihrer Herrschaft von Zwietracht und Tod entkommen – es sei denn, du, meine Nachfahrin, hast Erfolg. Ich muss achtsam sein, falls diese Worte in die falschen Hände fallen. Doch höre: Das Schicksal wird sich wiederholen. Die drei Omenschriften, aufgezeichnet zum Untergang dreier Zivilisationen, werden dich leiten. Du musst deine Zivilisation davor bewahren, als vierte und letzte zu stürzen.

Natalie wurde kalt.

»Jahrelang dachte ich, Nostradamus hätte diese Prophezeiung selbst aufgeschrieben«, sagte ihr Großvater. »Dass der Erbe, von dem hier die Rede ist, sein eigener Nachfahre ist. Ich glaubte, nur einer seiner Nachfahren wäre in der Lage, diese geheimnisvolle Prophezeiungsmaschine zu bedienen. Ich habe wertvolle Zeit damit vergeudet, sie zu finden – und erreicht habe ich nichts. Doch diese Prophezeiung stammte ja gar nicht von Nostradamus. Sie stammte von Khalil. Khalil, der selbst das Orakulum war. Der die Gabe seinen Kindern vermachte, die sie wiederum an ihre Kinder weitergaben.«

»Du willst mir aber nicht erzählen, dass er *mich* meint.«

»Mir hat er aufgetragen, Elodie d'Anjou zu finden«, erwiderte ihr Großvater. »Seine direkte Nachfahrin. Er wusste, wohin das führen würde. Idris Khalil mag tot sein, aber das Orakulum lebt weiter. In dir, Natalie.«

Natalie bekam am ganzen Körper Gänsehaut, als die Bedeutung der Worte ihres Grandads in ihr Bewusstsein sackte. Sie widersprach nicht. Auf einmal fühlte sie sich ganz ruhig, als hätte sie all das, irgendwo tief in ihr, längst gewusst. Als hätte längst in ihr geschlummert, wonach sie so lange gesucht hatte. Als hätte sie geahnt, welche Bürde sie eines Tages zu tragen hätte …

Natalies Gedanken kehrten zurück in die unterirdische Kammer von Nabta Playa und zu dem Bild apokalyptischer Verwüstung. Feuer, Schrecken, Tod. Der Sieg von Eris und ihrem Kult.

Es sei denn …

Idris Khalil hatte die Zukunft vorausgesehen – oder zumindest, welche Zukunft möglich war. Unvermeidbar war sie nicht. Noch nicht. Noch konnten die Karten des Schicksals neu gemischt werden.

Und sie, Natalie Hardaker, war der Schlüssel.

Lust auf weitere spannende Abenteuer?

AIMÉE CARTER

ANIMOX

Als Ratten seine Mutter entführen und sein Onkel sich in einen Wolf verwandelt, wird Simon klar, dass seine Familie zu den sogenannten Animox gehört – Menschen, die sich in mächtige Tiere verwandeln können. Und schon steckt er mitten im Krieg der fünf Tierkönigreiche …

Auf den folgenden Seiten findet ihr eine Leseprobe aus Band 1 »Das Heulen der Wölfe«!

ERSTES KAPITEL

Taubenpfannkuchen

Pock, pock. Pock, pock, pock.

Simon Thorn schlug die Augen auf. Er lag in seinem Bett, atmete schwer und blinzelte ins erste Morgenlicht. Gerade noch war er mitten im Traum gewesen, und je mehr er sich bemühte, ihn zurückzuholen, desto schneller entglitt er ihm. Dabei schien der Traum wichtig gewesen zu sein. Obwohl er sich nicht daran erinnern konnte, ihr Gesicht gesehen zu haben, wusste er, dass seine Mutter darin vorgekommen war.

Pock. Pock, pock, pock.

Er rollte sich auf die andere Seite, noch ganz benommen, weil er so wenig geschlafen hatte. Durch die kleine New Yorker Wohnung, in der er mit seinem Onkel wohnte, zog Pfannkuchenduft, und Simon wurde schlecht. Nicht einmal Pfannkuchen mit Schokostückchen machten es erträglich, dass heute sein erster Tag in der siebten Klasse war.

Pock. Pock, pock. Pock, pock, pock.

Auf dem Fensterbrett saß eine Taube und klopfte mit dem Schnabel gegen die Scheibe. Simon stöhnte. »Du bist zu früh. Komm später wieder.«

Die Taube klopfte unbeirrt weiter. Typisch. Simon hatte festgestellt, dass Tauben im Allgemeinen ziemlich unhöfliche und eingebildete Geschöpfe waren. Was kümmerte es die Taube, dass Simon erst kurz vor Mitternacht eingeschlafen war, weil seine Gedanken nicht zur Ruhe gekommen waren und ihm flau im Magen gewesen war? Für sie zählte nur eins, und das war …

»Futter!«, gurrte sie, als Simon das Fenster öffnete. Ein Dutzend weitere Tauben landete auf der Feuertreppe. »Futter! Futter! Futter!«

»Ich habe noch nichts«, sagte Simon.

»Hast du wohl. Riech ich«, sagte die erste Taube. Sie flatterte ins Zimmer und landete auf dem Nachttisch. Die anderen drängten sich zusammen und stritten um den frei gewordenen Platz auf der Fensterbank. »Futter! Futter!«

»Lasst mich in Ruhe.«

Simon versuchte, sie zu verscheuchen, aber es wurden immer mehr. An einem anderen Tag hätte ihn das nicht gestört. Simon mochte Tiere. Ihnen war es egal, dass er kleiner und schmächtiger war als die anderen Zwölfjährigen in seiner Schule, und sie waren immer da, wenn er jemanden zum Reden brauchte. Aber an diesem Morgen wurde es ihm zu viel. Er hatte schon genug Sorgen, auch ohne hungrige Tauben.

»Wenn ihr nicht sofort verschwindet, kommt mein Onkel, und ihr wisst ja, was er mit Tauben macht«, drohte er.

Das verschlug ihnen die Sprache, und sie wechselten ängstliche Blicke. »Wir … Futter?«, fragte die erste.

»Genau. Mein Onkel liebt Taubenpfannkuchen«, sagte Simon. »Könnt ihr den Teig riechen?«

Die erste Taube plusterte sich auf und spähte Richtung Fenster. Soweit Simon wusste, hatte Darryl es noch nie gewagt, einem Lebewesen etwas zuleide zu tun (abgesehen von den Spinnen im Treppenhaus, die Simon gewarnt hatte, bevor Darryl sie überhaupt entdeckt hatte). Aber was Simon betraf, hatte sein Onkel nur einen Grundsatz, und der lautete:

Halte dich von Tieren fern.

Jahrelang war Simon das nicht schwergefallen. Er mochte Tiere, aber er hatte sich nie ein Haustier gewünscht, und sein Onkel achtete genau darauf, dass sich keine Wanzen oder Ratten bei ihnen einnisteten.

Doch vor einem Jahr hatte sich alles geändert. Simon war von einer lautstarken Unterhaltung geweckt worden. Er hatte geglaubt, sein Nachbar habe den Fernseher auf volle Lautstärkte gedreht. Zu seinem Entsetzen musste er feststellen, dass es nicht der Fernseher war – es waren die Tauben auf der Feuertreppe vor seinem Fenster. Er konnte nicht nur alles verstehen, was sie sagten, sie verstanden auch alles, was er sagte.

Und nicht nur die Tauben. Simon konnte mit den Katern reden, die durch die engen Seitenstraßen strolchten, mit den Ratten, die in den Mülltonnen nach Futter suchten, und sogar mit den Mücken, die er im Sommer wegwedelte. Er hatte geglaubt, er sei verrückt geworden – er war immer noch nicht ganz sicher, ob das nicht der Fall war –, jedenfalls wurde Simon seitdem von Tieren umschwärmt, und es wurde immer schwieriger, sein Geheimnis vor Onkel Darryl geheim zu halten.

Glücklicherweise war sein großer, breitschultriger Onkel sehr viel stärker und imposanter, als er selbst wohl je sein würde, und die meisten Tiere fürchteten sich vor ihm, ohne dass Simon leere Drohungen aussprechen musste. Er verstand nicht ganz, warum Darryl Tiere so sehr hasste, aber er war ziemlich sicher, dass es etwas mit den Narben zu tun haben musste, die sein Onkel am ganzen Körper hatte, darunter auch eine zornige rote Narbe auf der linken Wange. Simon hatte seinen Onkel schon unzählige Male gefragt, was passiert war, doch er hatte nie eine Antwort bekommen.

»Ihr kriegt euer Futter später«, sagte Simon zu den Tauben. »Aber nur …«

Plötzlich drang ein starker Windstoß durchs Fenster, und einige der Tauben flatterten erschrocken auf. Bevor Simon sich darüber freuen konnte, landete ein großer Adler genau dort, wo gerade noch die Tauben gesessen hatten.

Simon erstarrte. Er hatte noch nie einen Adler getroffen. Einige der Federn standen seltsam ab, als hätte er gerade einen Kampf hinter sich, und Simon sah, dass er nur ein Auge hatte.

Die übrigen Tauben rutschten nervös hin und her, und Simon runzelte die Stirn. »Hör mal, ich habe noch kein Futter. Wenn du in einer halben Stunde wiederkommst …«

»Futter interessiert mich nicht«, erklärte der Adler hochnäsig.

»Was willst du dann?«

Der Adler drehte den Kopf, um Simon mit seinem gesunden Auge anzusehen. »Du schwebst in großer Gefahr, Simon Thorn. Wenn du nicht sofort mit mir kommst …«

»Simon?«, ertönte eine raue Stimme vor der Tür. »Mit wem sprichst du?«

Darryl.

Simon schlug hastig das Fenster zu, ohne den Adler ausreden zu lassen. Unglücklicherweise sperrte er so die erste Taube im Zimmer ein. Simon schoss zur Tür und stemmte einen Fuß davor, damit Darryl sie nicht ganz öffnen konnte. Für eine Taube in seinem Zimmer konnte er sich eine Ausrede einfallen lassen, bei einem Adler auf seiner Feuertreppe sah es schon anders aus.

»Was ist hier los?«, fragte sein Onkel, strich sich die langen dunklen Haare aus den Augen und versuchte, ins Zimmer zu spähen. Die Taube trippelte eilig Richtung Fenster.

»Nichts«, sagte Simon mit klopfendem Herzen. »Ich mach mich nur für die Schule fertig.«

Vor seinem Fenster begannen gleich mehrere Tauben zu gurren, und Simon zuckte zusammen. Darryl schob den Unterkiefer vor und ließ die Muskeln seiner gewaltigen Arme spielen. »Hast du sie wieder gefüttert?«

»Ich habe am Samstag aus Versehen das Fenster offen gelassen«, flunkerte Simon. »Sie haben mir mein halbes Käsebrot geklaut.« Er konnte Darryl nicht die Wahrheit sagen – dass er sein Käsebrot einer kranken Taube geschenkt hatte, die selbst nicht die Kraft gehabt hatte, nach Futter zu suchen.

Sein Onkel grummelte. »Wie oft muss ich es dir noch sagen? Wenn du sie einmal fütterst ...«

»Kommen sie immer wieder, bis ihre dummen Taubenhirne verrotten«, leierte Simon herunter. »Ich weiß. Es tut mir leid.«

Darryl warf einen weiteren Blick auf den Teil des

Zimmers, den er von der Tür aus sehen konnte, und Simon hätte schwören können, dass er knurrte. »Lass das Fenster zu. In zehn Minuten gibt es Frühstück. Heute wirst du eine anständige Portion Proteine gebrauchen können.«

Simon würde mehr als Proteine brauchen, um den Tag zu überstehen. Eher ein mittleres Wunder. »Ich komme gleich.«

Sobald die Schritte seines Onkels leiser wurden, lief Simon wieder zum Fenster, doch der Adler war verschwunden. Er biss sich auf die Lippe. Warum hatte der Adler gesagt, Simon sei in großer Gefahr? Und woher kannte er seinen Namen?